Oetinger

Thomas Mendl, 1967 in Wien geboren, besuchte eine Werbefachschule und absolvierte eine Ausbildung im Bereich der neuen Medien. Er arbeitete als Illustrator und lebte einige Jahre im Ausland, bevor er, durch die Geburt seiner Zwillingstöchter inspiriert, mit dem Verfassen von Geschichten für Kinder begann.

Thomas Mendl

Herr der Krähenmänner

Verlag Friedrich Oetinger · Hamburg

Mehr von Thomas Mendl bei Oetinger
Im Land der Stundendiebe

© Verlag Friedrich Oetinger GmbH, Hamburg 2015
Alle Rechte vorbehalten
Einband von Verena Körting
Satz: Dörlemann Satz GmbH, Lemförde
Druck und Bindung: GGP Media GmbH, Pößneck
Printed 2015
ISBN 978-3-7891-4277-2

www.oetinger.de

Für Uli

Inhalt

Valmot

Die Straße von Valmot nach Quentin verlief schnurgerade, als wäre sie mit einem Lineal in die Landschaft gezogen worden. Sie führte zwischen den kleinen, bewaldeten Hügeln hindurch, an der stillgelegten Nadelfabrik vorbei und teilte auf ihrem weiteren Weg die endlosen Weizenfelder, welche die kleinen Ortschaften und Städtchen des Umlandes wie ein goldgelber Ozean umschlossen.

Diese Straße war die einzige Verbindung Valmots mit dem Rest der Welt. Trotzdem wäre es ein Leichtes gewesen, den kleinen Ort auf diesem Weg zu erreichen, doch schon seit sehr, sehr langer Zeit hatte kein Fremder mehr seinen Fuß in das Dorf gesetzt. Es war schon so lange niemand mehr gekommen, dass Leon größte Mühe hatte, sich überhaupt an den letzten Besuch zu erinnern.

Gedankenverloren saß er an diesem Sommertag mit seiner Mutter und seiner kleinen Schwester Valerie im lichtdurchfluteten Esszimmer am gedeckten Tisch und sah durch das weit geöffnete Fenster nach draußen. Die Mittagshitze lag brütend über dem Dorf. Es war, als hätte sich die heiße Luft zwischen den verwinkelten Mauern und Ecken der alten Häuser verfangen.

Leon stocherte mit der Gabel in seinem Essen herum.

»Ich fände es schön, wenn endlich noch mal jemand nach Valmot kommen würde«, sagte er, wie schon so oft. »Oder wenn ich nur *ein Mal* die Stadt sehen dürfte. Bitte, nur ein einziges Mal.« Er warf seiner Mutter einen flehentlichen Blick zu.

Leons Mutter sah von ihrem Teller auf. »Du weißt, wie es ist«, sagte sie. »Es wird keiner kommen. Nie wieder.« Sie legte ihm die Hand auf die Schulter.

»Aber was ist mit der Stadt?« Leon spießte eine Kartoffel auf und steckte sie sich in den Mund.

Der Gesichtsausdruck seiner Mutter wurde ernst. »Es geht nicht, das solltest du inzwischen wissen.« Damit erhob sie sich, nahm ihren Teller und ging in die Küche.

»Sie macht sich jedes Mal große Sorgen, wenn du von der Stadt sprichst«, flüsterte Valerie. »Frag besser nicht mehr.«

Leon ließ wütend sein Besteck fallen. Er wusste, dass seine Mutter recht hatte. Den Bewohnern Valmots war es untersagt, die Stadt zu besuchen, und nach allem, was geschehen war, würde sich bestimmt auch kein Fremder mehr in ihren Ort wagen. Jenen Ort, der anders war als alle anderen Orte auf der Welt und dessen Bewohner ein Geheimnis teilten, das kein Außenstehender je erfahren durfte.

Leon hatte gerade seinen zwölften Geburtstag gefeiert, als zum letzten Mal ein Fremder nach Valmot gekommen war. Einen seiner unzähligen zwölften Geburtstage. Er war damals nicht zum ersten Mal zwölf Jahre alt geworden. Nein, er war schon immer zwölf Jahre alt gewesen, und sosehr er auch versuchte, sich an die Zeit zu erinnern, als er noch elf war – er konnte es nicht. Sein Gedächtnis stieß jedes Mal an eine unüberwindliche Grenze, an der seine Erinnerungen jäh endeten.

Er war allerdings nicht der Einzige, der nicht älter wurde. Auch seine Mutter und seine kleine Schwester Valerie waren niemals gealtert. Wie es bei seinem Vater aussah, konnte Leon nicht sagen, denn der war lange vor dem Zeitpunkt verschwunden, den Leon und alle anderen im Dorf erinnerten. Möglicherweise war er einfach nur zur Arbeit gegangen, vielleicht hatte er sie aber auch verlassen, oder er war längst nicht mehr am Leben. Nur ein vergilbtes Foto, das im Wohnzimmer über der Kommode hing, erinnerte an ihn.

Von ihm hatte Leon das struppige braune Haar geerbt – von seiner Mutter die großen dunklen Augen.

Leons Familie war mit ihrem merkwürdigen Schicksal nicht allein. Sie teilte es mit allen anderen Bewohnern Valmots, denen, ganz egal wie viele Tage, Jahre und Jahrzehnte auch vergingen, keine Zeichen des Alterns anzumerken waren.

Da gab es Joseph, den Piloten, der unaufhörlich von seinem knallroten Flugzeug sprach, das jedoch noch nie jemand gesehen hatte. Oder Hendrik, den Sohn der alten Kornell, der so schön singen konnte, dass jeder, der seinem Gesang lauschte, wässrige Augen bekam. Und natürlich Fliege, Leons besten Freund. Immer schwarz gekleidet und mit einer dick umrandeten Brille auf der Nase, konnte sein Spitzname kaum treffender sein. Sie alle bekamen keine Falten, keine grauen Haare und keine dritten Zähne. Niemand war müde, krank und gebrechlich, außer der alten Kornell, die schon immer müde, krank und gebrechlich gewesen war.

Dieses Geheimnis also verband die Bewohner Valmots, und jeder im Dorf vertraute dem anderen, denn das gemeinsame Los ließ die Menschen zusammenrücken. Aus Angst, jemand könnte von ihrer ungewöhnlichen Existenz erfahren, durfte auch niemand ohne Genehmigung den Heimatort verlassen – das Land jenseits der letzten Häuser, des kleinen Waldsees und der bewirtschafteten Ackerflächen betreten. Zu ihrem Schutz, wie der Bürgermeister stets betonte.

Die Einwohner Valmots ernteten ihr eigenes Getreide, schlachteten das eigene Vieh und holten Fische und Krebse aus dem nahe gelegenen See. Obst und Gemüse wuchsen in den gepflegten Gärten hinter den Häusern, und die kleinen Handwerksläden stellten alles her, was die Bewohner brauchten. Fehlte doch einmal etwas, schickte der Bürgermeister Enrico Morelli.

Der drahtige Mann, ein ehemaliger Zirkusartist, verstand es meisterhaft, sich zu verkleiden. Mit falschem Bart oder Augenklappe, mit Zwicker auf der Nase oder getarnt als Priester reiste Morelli dann für gewöhnlich in die nahe gelegene Stadt und organisierte dies und das. Ohne seine Kostümierung wäre man ihm wohl über kurz oder lang auf die Schliche gekommen. Sein Aussehen veränderte sich nämlich ebenfalls kein bisschen, im Gegensatz zu all den Leuten, mit denen er in der Stadt zu tun hatte. Sie waren, wenn man seinen Schilderungen glauben durfte, über die Jahre allesamt grau, dick, gebeugt oder kahl geworden.

Die Besonderheit der Bewohner Valmots war allerdings nicht der Grund für das Ausbleiben von Besuchern. Es war etwas anderes. Etwas, das zuverlässig dafür sorgte, dass das Geheimnis die Dorfgrenzen nicht verließ, und die Menschen aus der Fremde davon abhielt, nach Valmot zu kommen. Etwas sehr Bedrohliches, das wie ein Fluch auf den kleinen Steinhäusern und den gepflasterten Wegen des Ortes lastete.

Jeder Besucher, sei er aus Neugierde, aus geschäftlichen Gründen oder aus Versehen in dem kleinen Ort gelandet, war kurz nach seiner Abreise auf mysteriöse Weise zu Tode gekommen. Die armen Teufel waren durch Blitzschläge, Unfälle oder plötzlich aufgetretene Erkrankungen dahingerafft worden. Sie hatten sich an gebratenen Hähnchen verschluckt oder waren in der Badewanne ausgerutscht.

Wie ein Lauffeuer hatten sich die unheimlichen Vorfälle herumgesprochen, und so unterschiedlich sie auch waren, so unübersehbar war die Gemeinsamkeit, dass jeder der Verstorbenen kurz vor seinem Tod das Örtchen Valmot besucht hatte. Die Angst der Leute in der nahen Stadt und den umliegenden Dörfern wurde daraufhin so groß, dass viele nicht einmal mehr den Namen des Dorfes auszusprechen wagten. So war Valmot über die Zeit in Vergessenheit geraten und nicht nur von den Straßenkarten, sondern auch aus dem Gedächtnis der meisten Menschen verschwunden.

»Leeeon!« Eine kräftige Männerstimme riss Leon aus seinen Gedanken. Er erhob sich von seinem Stuhl und lehnte sich aus dem Fenster. Mitten auf der Straße stand Hendrik Kornell in seiner neuen blauen Uniform. Seit er als Hilfspolizist für den Bürgermeister Dienst versah, war er kaum noch ohne sie anzutreffen.

»Ich soll dir ausrichten, dass Fliege am See auf dich wartet«, sagte er freundlich. »Er hat angeblich eine neue Angel bekommen.« Hendrik deutete die Straße hinunter. Seine Haare leuchteten orangerot in der prallen Mittagssonne. »Ich muss weiter zu meiner Mutter. Heute ist Waschtag! Wenn ich zu spät komme, gibt's Ärger.« Er zuckte mit den Schultern und verdrehte die Augen.

Obwohl Hendrik schon fast erwachsen war, behandelte ihn die alte Kornell wie einen kleinen Jungen. Aber Leon wusste, dass Hendrik alles ertragen konnte, solange er nur singen durfte. Der Gesang war sein Leben – und oft konnte er es sich nicht verkneifen, während seiner Patrouillengänge durch das Örtchen lauthals ein Lied anzustimmen. Die Dorfbewohner hatten sich an den singenden Hilfspolizisten gewöhnt und blieben ehrfurchtsvoll stehen, um ihm zu lauschen.

Hendrik war schon einige Meter gegangen, als er sich noch einmal zu Leon umdrehte. »Ach, übrigens«, sagte er und strich sich dabei nachdenklich mit den Fingern übers Kinn. »Es wurden schon wieder Steine gestohlen. Diesmal am Marktplatz. Haltet die Augen offen, ja? Wenn ihr etwas Verdächtiges bemerkt, müsst ihr es melden.« Damit wandte er sich um und ging.

»Danke!«, rief Leon ihm hinterher. »Wir passen auf!«

Die rätselhaften Ereignisse rund um den kleinen Ort waren an sich schon sonderbar genug, doch die meisten Bewohner hatten sich längst mit ihrem Schicksal abgefunden. Eine Sache allerdings beunruhigte sie seit Kurzem in höchstem Maße.

Es hatte damit begonnen, dass plötzlich an mehreren Häusern Dachziegel fehlten. Dann waren Pflastersteine aus den Straßen des Ortes verschwunden, und zuletzt waren auf unerklärliche Weise Steine aus dem Springbrunnen am Marktplatz entfernt worden. Keiner wusste, warum das so war und wer diese dreisten Diebstähle begangen haben konnte. Nur eines war sicher: Ein Fremder hätte das Diebesgut niemals aus dem Ort schaffen können. Er hätte nicht einen Tag lang überlebt. Es kam daher nur ein Dorfbewohner als Schuldiger infrage, und die Leute begannen, misstrauisch zu werden.

Auch Leon konnte sich die mysteriösen Ereignisse nicht erklären, doch er schenkte ihnen wenig Beachtung. Viel lieber verlor er sich in Gedanken an die Stadt. Immer wieder malte er sich aus, wie es wäre, nur ein einziges Mal über die breiten Straßen zu flanieren, in den Gastgärten der Restaurants ein Eis zu löffeln oder die üppig dekorierten Schaufenster zu bestaunen. Am allermeisten aber faszinierte ihn der Gedanke, einmal andere Menschen kennenzulernen. In andere Gesichter als die der Bewohner Valmots zu blicken. Wenngleich er wusste, dass all die Bilder in seinem Kopf nur auf den blumigen Erzählungen Morellis beruhten, war die Stadt in seiner Vorstellung dennoch das reinste Paradies. Schillernd schön und unerreichbar.

Leon drehte sich um, nahm seinen Teller vom Tisch und trug ihn in die Küche. Dort stand seine Mutter, die dunklen Haare zu einem Zopf gebunden und beide Hände tief im Spülwasser. Für einen Augenblick sah er sie einfach nur an. Glücklich, dass das Schicksal sie ihm nicht auch genommen hatte, denn er liebte seine Mutter sehr.

»Fliege hat eine neue Angel. Kann ich mit ihm zum See?«

»Natürlich, mein Schatz! Aber kommt nicht zu spät nach Hause.« Leons Mutter beugte sich zu ihrem Sohn und gab ihm einen Kuss auf die Stirn.

»Und ich?« Valerie lugte erwartungsvoll unter ihrem schwarzen Pony hervor. »*Wir* wollten doch gemeinsam zum See.«

»Das nächste Mal«, sagte Leon, während er sich die Hosenbeine hochkrempelte. »Versprochen!«

Leon verlor keine weitere Zeit. Er zog sich die Schuhe an, trat vor die Tür, zog sein Wurfnetz unter der hölzernen Eingangstreppe hervor und stopfte es in den blechernen Fischeimer. Dann spazierte er in Richtung des Sees. Er konnte es kaum erwarten, sich Flieges neue Errungenschaft anzusehen. Danach würde er Joseph besuchen, denn der hatte angeblich wieder einmal eine neue Theorie zum Verbleib seines knallroten Flugzeugs ersonnen. Joseph wohnte in einem Holzschuppen am Rande des Ortes, wo er zwischen Werkzeugen, Motorenteilen, Skizzen und Plänen aß und schlief. So wie es sich für einen richtigen Piloten gehört.

Als Leon den Marktplatz erreichte, verlangsamte er seine Schritte. Inzwischen wehte eine leichte Brise. Das Wasser des Springbrunnens im Zentrum des Platzes glitzerte im Sonnenlicht, und immer wenn der Luftstrom die kleine Fontäne traf, fegte ein zarter Sprühregen über den aufgeheizten Steinboden. Doch das war es nicht, was Leons Aufmerksamkeit erregte. An

der Brunneneinfassung fehlten tatsächlich zwei Abschlusssteine. Auch zwei der großen Bodenplatten waren entfernt
worden.

Leon runzelte die Stirn. Merkwürdig ist es schon, dachte er.
Aber er konnte sich beim besten Willen nicht vorstellen, was
jemand mit den Steinen anfangen sollte. Bestimmt gab es eine
ganz normale Erklärung für das Verschwinden dieser Dinge,
und alles würde sich bald aufklären.

Mit seinem verbeulten Blecheimer in der Hand überquerte
er den Platz. Er schlenderte durch die schmalen Gassen, bis er
das letzte Haus Valmots hinter sich gelassen hatte. Über den
Feldweg und die alte Forststraße erreichte er schließlich den
See, der wie ein polierter Spiegel inmitten des dichten Waldes
lag. Mächtige Felsbrocken und hohe Föhren säumten das Ufer,
und es roch herrlich nach dem Harz der Bäume, nach frischem
Moos und Pilzen.

Fliege stand mit seiner neuen Angel in der Hand am Ende
des schmalen Holzstegs und trug wie immer von Kopf bis Fuß
Schwarz. Die Hitze musste für ihn in dieser Kleidung fast unerträglich sein.

Leon stellte den Eimer neben seinem Freund auf dem Steg
ab, tippte sich mit dem Finger gegen die Stirn und zupfte dann
am Ärmel von Flieges Hemd. »Hast du Angst, dass du dich er-
kältest?«

»Pst!«, zischte Fliege. »Du verscheuchst die Fische!«

Leon wusste genau, warum Fliege nicht auf seine Bemer-
kung einging. Er war es leid, sich zu erklären. Jeder in Valmot
kannte den Grund für seinen merkwürdigen Kleidungsstil. Es

war Flieges Vater, der für die unpassende Sommerkleidung seines Sohnes und damit letztlich auch für dessen Spitznamen verantwortlich war.

Adrian Cavar war der Inhaber des örtlichen Bestattungsinstituts. Ein hagerer, bleicher Mann, der schon immer darauf bestanden hatte, dass alle Mitglieder der Familie aus Pietät stets schwarz gekleidet sein sollten. Da die Geschäfte naturgemäß schlecht gingen – die Bewohner Valmots wollten ja partout nicht sterben –, musste sich der arme Mann allerdings im Moment mit allerlei Gelegenheitsarbeiten durchschlagen.

»Gerade in schlechten Zeiten ...«, pflegte er häufig zu sagen, »gerade in schlechten Zeiten müssen wir auch nach außen zeigen, wer wir sind.« Davon war er nicht abzubringen.

»Dein Vater ist doch gar nicht hier«, sagte Leon kopfschüttelnd. »Du könntest genauso gut eine knallgrüne Badehose tragen.«

»Damit ihr mich *Frosch* nennen könnt, oder was?« Fliege zwinkerte Leon durch seine große Brille an. »Nein danke!«

Leon grinste und warf einen Blick in Flieges Eimer. Ein winzig kleiner, silbrig glänzender Fisch schwamm knapp unter der Wasseroberfläche im Kreis. »Ist das alles, was du bis jetzt gefangen hast?«, fragte Leon.

»Was erwartest du?« Flieges Stimme klang empört. »Die Angel ist neu – ich muss mich eben erst an sie gewöhnen.«

Leon setzte sich auf die warmen Holzbretter des Stegs und ließ die Beine hinabbaumeln, ohne mit seinen Schuhspitzen das Wasser zu berühren. Sein Blick wanderte über die glatte Oberfläche. Wie eine zweite, spiegelverkehrte Welt lagen ihm die Bäume, die Felsen und ein kleines Stück des wolkenlosen Himmels zu Füßen.

Dieser Ort war magisch. Solange er sich erinnern konnte, war er mit Fliege hierhergekommen. Hier sprachen sie über ihre Erlebnisse, ihre Ängste, ihre Freuden und Hoffnungen. In warmen Sommernächten lagen sie oft nachts nebeneinander auf dem Holzsteg und betrachteten den unendlichen Sternenhimmel. Und manchmal, ganz selten, fühlten sie sich am Ufer des Sees wie ganz normale Kinder.

»Stell dir mal vor …«, sagte Leon nachdenklich. »Stell dir vor, Joseph würde sein Flugzeug tatsächlich finden.« Er hob den Blick und sah Fliege mit großen Augen an.

»Oh Mann!« Fliege winkte ab. »Du wirst es wohl nie kapieren.« Er bückte sich, legte seine Angelrute flach auf den Boden und setzte sich mit angewinkelten Beinen neben Leon auf den Steg. »Wo sollte er sein Flugzeug deiner Meinung nach denn finden? In Valmot wohl kaum, oder? Versteh mich nicht falsch, ich mag Joseph, aber er ist ein Spinner. Seine Geschichten sind die reinsten Lügenmärchen. Nichts davon ist wahr.«

Leon verschränkte die Arme. Trotz seiner manchmal schrulligen Art und seiner gelegentlichen Tollpatschigkeit war Joseph sein großes Vorbild, und er mochte es gar nicht, wenn Fliege ihn als Spinner bezeichnete.

»Ich glaube ihm«, sagte Leon. »Auch wenn er vielleicht manchmal ein klein wenig übertreibt.«

Josephs Geschichten von Stammesfürsten und Maharadschas, von tollkühnen Flugmanövern unter Flussbrücken, von Bruchlandungen und Luftkämpfen mit berühmten Fliegerassen klangen in der Tat unglaublich. Trotzdem war Leon davon überzeugt, dass Joseph ein richtiger Pilot war. Ein Pilot, der ganz bestimmt irgendwo ein Flugzeug besaß und der ihn eines Tages mitnehmen, ihm all die besonderen Orte und Plätze zeigen würde, wenn es erst einmal wieder aufgetaucht wäre.

»Ich glaube eher, dass Joseph komplett übergeschnappt ist«, entgegnete Fliege. Er schob seine Brille auf die Nasenspitze und sah Leon über den dicken Rand hinweg an.

»Und wieso glaubst du das, bitte schön?« Leon spürte, wie in ihm langsam der Ärger aufstieg. Flieges mitleidiger Gesichtsausdruck machte es kein bisschen besser.

»Heute Morgen habe ich Hendrik in seiner schönen neuen Uniform getroffen«, sagte der jetzt. »Hast du die eigentlich schon gesehen?«

»Ja, hab ich. Aber was hat das mit Joseph zu tun?«, fragte Leon.

»Hendrik hat überall im Ort Zettel aufgehängt, an sämtlichen Mauern und Haustüren.«

»Und weiter?« Leon wurde langsam richtig ungeduldig.

»Warte«, sagte Fliege. »Jetzt kommt's! Plötzlich sehe ich, dass Joseph heimlich hinter Hendrik herhuscht. Auf Zehenspitzen hat er sich von einem Hauseingang zum nächsten gedrückt. Und weißt du, was er dann getan hat?«

»Nein«, erwiderte Leon. »Aber du wirst es mir hoffentlich erzählen, bevor der Herbst kommt.«

Fliege klopfte sich mit dem Zeigefinger gegen die Schläfe.

»Er hat alle Zettel wieder von den Wänden und Türen gerissen.«

»Hä? Warum sollte er das tun?«, fragte Leon. Er verstand nicht, was ihm Fliege gerade weismachen wollte.

»Das habe ich mir eben auch gedacht. Ich bin hinunter auf die Straße und habe Joseph gefragt – aber er wollte mir nichts sagen. Außer …« Jetzt sah Fliege Leon forschend an. »Außer, dass du möglichst schnell zu ihm kommen sollst. Er hat angeblich eine Überraschung für dich.«

»Das Flugzeug!« Leon sprang auf. »Er hat bestimmt sein Flugzeug gefunden!« Aufgeregt griff er nach seinem Eimer. »Ich muss sofort los!«

Fliege seufzte genervt.

»Es ist mir egal, was du von Joseph denkst!«, sagte Leon. »Ich gehe jetzt sofort zu ihm. Du kannst ja später nachkommen.«

»Das mach ich auch«, stellte Fliege fest. »Irgendjemand muss dich ja trösten, wenn du endlich einsiehst, dass Joseph spinnt …«

»Idiot!« Leon grinste und verpasste Fliege einen Schubs gegen die Schulter. Sein Ärger war angesichts der großartigen Nachricht verflogen. Auch wenn er und sein bester Freund oft nicht derselben Meinung waren – Fliege war eben Fliege, und er konnte ihm niemals wirklich böse sein.

Um möglichst schnell zu Josephs Haus zu gelangen, nahm Leon diesmal die Abkürzung durch das kleine Waldstück. Die nadelbesetzten Äste der Föhren ließen nur wenig Licht bis ins Unterholz. Der ganze Wald war in diesig grünen Dunst getaucht, und hie und da raschelte es zwischen den Farnen und Sträuchern. Leon stolperte über Wurzeln und verhedderte sich in herabhängenden Schlingpflanzen, bis er endlich die Lichtung auf der kleinen Anhöhe erreichte. Von hier aus konnte er Josephs Hütte inmitten der Felder ausmachen.

Leon suchte die Gegend mit Blicken ab, doch von einem Flugzeug war weit und breit nichts zu sehen. Der Anblick, der sich ihm bot, war allerdings fast genauso spektakulär: Aus irgendeinem Grund stand Joseph in voller Pilotenmontur auf dem Dach. Er trug eine Lederjacke, eine Pilotenhaube und eine Fliegerbrille. Sein weißer Schal flatterte im Sommerwind, während er mit langen Seilen und großen Platten herumhantierte. Leon stellte seinen Eimer ab und formte aus beiden Händen einen Trichter.

»Joooseph!«, rief er, so laut er konnte. Dabei winkte er mit beiden Händen über seinem Kopf wie ein Fluglotse auf einem Rollfeld.

Jetzt hatte ihn Joseph offenbar bemerkt. Er sah zu ihm herüber, trat dann aber auf irgendein Werkzeug, rutschte aus und ratterte auf seinem Hintern über die Dachziegel nach unten. Mit einem Aufschrei polterte er über die Dachrinne und landete letztendlich mit einem dumpfen Knall vor seiner eigenen Eingangstür, das Gesicht im Sand.

»Mist!«, rief Leon, schnappte den Eimer und rannte sofort los.

Joseph hatte sich bereits aufgerappelt, als Leon bei ihm eintraf. Fluchend klopfte er sich den Staub aus den Kleidern.

Der verhinderte Pilot war ein schlaksiger, langer Kerl mit Dreitagebart. Wie alt er war, wusste er offenbar selbst nicht so genau. Fragte man ihn danach, antwortete er stets: »So alt wie immer!« Damit lag er, als Bürger Valmots, wohl in jedem Fall richtig.

»Himmelherrgott«, schnaufte er jetzt ärgerlich. »Welcher Idiot lässt einen Gabelschlüssel einfach so auf dem Dach liegen?« Kopfschüttelnd sah er Leon an.

Leon wusste nicht, was er sagen sollte, denn außer Joseph war niemand zu sehen.

»Vielleicht …«, begann er vorsichtig.

»Egal!«, unterbrach ihn Joseph. Er zupfte sich seine Pluderhose zurecht und wischte mit den Handflächen den Schmutz von den Schaftstiefeln. »Gut, dass du hier bist. Komm rein, ich muss dir etwas zeigen.«

Leons Herz drohte vor Aufregung fast zu zerspringen. Er folgte Joseph in die kleine Hütte. Dort war es brütend heiß. Der Geruch von Lacken und Ölen, von Dosensardinen und Holzspänen drohte Leon einen Moment zu überwältigen. Durch die kleinen Fenster fiel ein wenig Sonnenlicht auf das große Regal neben dem Eingang, das von unten bis oben mit Büchern über Motoren und andere technische Gerätschaften vollgeräumt war. Wahrscheinlich war Fliege der Einzige, der sie alle gelesen hatte, so oft, wie er hierherkam, um in ihnen zu schmökern.

Wie immer lagen auch Werkzeuge und mechanische Teile verstreut, die vermutlich zum Cockpit eines Flugzeugs gehörten. An den Wänden hingen Konstruktionspläne und alte Fotografien von Flugzeugen, wagemutigen Piloten und fernen Ländern.

»Und?«, fragte Leon aufgeregt. »Hast du dein Flugzeug endlich gefunden?«

»Was?« Joseph war offenbar mit den Gedanken ganz woanders. »Nein … egal … wo sind denn nur …«, murmelte er geistesabwesend, während er einige Schachteln und Dosen von seiner Werkbank hob. Schließlich zog er einen Stapel Papiere unter einer der Schachteln hervor und drückte ihn Leon in die Hand. »Sieh mal«, sagte er mit leuchtenden Augen.

»Was ist das?« Enttäuscht starrte Leon auf das oberste Blatt Papier und blätterte dann einmal durch den ganzen Packen. Offenbar stand auf allen Seiten derselbe Text.

»An die Einwohner Valmots!«, war dort zu lesen. *»Die Vorgänge der letzten Zeit zwingen mich zu ungewöhnlichen Schritten. Da Herr Morelli das abhandengekommene Material ohne Hilfe nicht schnell genug beschaffen kann, muss ich einer weiteren Person gestatten, die Stadt aufzusuchen und ihn beim Transport zu unterstützen. Ich möchte daher Freiwillige bitten, sich schnellstmöglich bei Herrn Morelli zu melden. Ich weise allerdings darauf hin, dass ein Besuch der Stadt mit großen Gefahren verbunden ist und dass jeder Freiwillige selbstverständlich der strengsten Verschwiegenheitspflicht unterliegt.*

Hochachtungsvoll,
der Bürgermeister«

Unter dem Text waren der Stempel und die Unterschrift des Bürgermeisters zu sehen.

Leon fühlte, wie es in seinem Hirn zu rattern begann. Er

konnte kaum glauben, was er hier las. Der Bürgermeister stand dem Phänomen der verschwundenen Ziegel und Steine offenbar so hilflos gegenüber, dass ihm in seiner Ratlosigkeit nichts Besseres einfiel, als Enrico Morelli in die Stadt zu schicken, um die fehlenden Materialien einfach zu ersetzen.

»A… aber …«, stammelte Leon.

Joseph lächelte. »Ich habe die Blätter im ganzen Ort eingesammelt, bevor sie womöglich noch ein anderer liest. Ich weiß doch, wie viel es dir bedeutet.« Er legte seine Hände auf Leons Schultern. »Geh zu Morelli! Vielleicht nimmt er dich ja mit in die Stadt.«

Jetzt erst begriff Leon. Das war es also, was Fliege beobachtet hatte: Joseph hatte all diese Flugblätter entfernt, nur für ihn. Er war nicht verrückt. Ganz im Gegenteil! Er war ein wunderbarer Freund!

»Du bist der Beste!«, rief Leon. Er umarmte Joseph und drückte ihn ganz fest.

»Moment!« Der Pilot löste sich vorsichtig aus der Umklammerung und sah Leon eindringlich an. »Ganz wohl ist mir nicht dabei, dich gehen zu lassen, das weißt du hoffentlich.« Er lehnte sich gegen seinen Arbeitstisch und verschränkte die Arme. »Ich mache mir nur deshalb nicht allzu viele Sorgen, weil Morelli so erfahren ist. Er kennt die Stadt und ihre Gefahren, im Gegensatz zu uns.« Er zögerte kurz. »Aber du musst auf jeden Fall mit deiner Mutter sprechen.«

»Ja, natürlich, das mache ich!«, versprach Leon, obwohl er genau wusste, dass das gelogen war. Noch nie in seinem Leben war er seinem großen Traum näher gewesen, und auch wenn ihm bei dem Gedanke merkwürdig zumute war – seine Mutter durfte unter gar keinen Umständen davon erfahren.

»Grüß Fliege, falls er hier auftaucht«, rief er hastig. »Ich melde mich bei ihm, wenn ich zurück bin!«

Ohne sich noch einmal umzusehen, rannte Leon zur Tür hinaus. Er lief, so schnell er nur konnte, quer durch den ganzen Ort und über den Marktplatz, bis er völlig außer Atem vor Enrico Morellis Haus stand. Das schmale Gebäude lag nur einen Steinwurf vom Springbrunnen entfernt in einer kleinen Nebenstraße.

Das ist meine Chance, dachte Leon, während er nach Luft rang. Vermutlich die einzige Gelegenheit in meinem ganzen Leben.

Ein großer Löwenkopf aus Messing war in der Mitte der grün gestrichenen Tür befestigt. Durch sein Maul führte ein schwerer Metallring. Leon zögerte einen Moment, bevor er mit dem Ring dreimal gegen die Tür klopfte.

Kurz war es still, dann hörte er Schritte, die Eingangstür öffnete sich, und Morelli stand in einem quer gestreiften, eng anliegenden Zirkuskostüm vor ihm.

»Oh! Leon!« Morelli zupfte an seinem dunklen Oberlippenbart und lächelte Leon breit an. »Was machste du denn hier, hä?« Leon hielt den Zettel hoch.

»Äh … Ich habe die Nachricht des Bürgermeisters gelesen, und … ja … da wäre ich jetzt. Bereit für die Stadt«, stammelte er.

»O nein!« Morelli ließ seinen erhobenen Zeigefinger hin- und herwackeln. »Du biste zu jung. Es iste doch sehr gefährlich in die Stadt.« Er betrachtete Leon von oben bis unten. »Kannste du überhaupt schwere Dinge heben?«

»Natürlich!« Leon winkelte den rechten Arm an und deutete auf seine Muskeln.

»Hm.« Morelli drückte Leons Oberarm mit Zeigefinger und Daumen leicht zusammen. »Na gut. Biste eine kräftige junge Mann. Und was sagte deine Mutter zu deine Vorhaben, hä?«

»Die ist einverstanden«, log Leon. »Sie meint, wenn Sie dabei sind, kann gar nichts passieren. Ehrlich!« Er bedachte Morelli mit einem Dackelblick und kreuzte die Finger hinter seinem Rücken. »Bitte! Es ist mein allergrößter Wunsch!«

Morelli sah auf ihn herab und rieb sich nachdenklich das Kinn.

»Also gute«, sagte er schließlich. »Komm herein.«

Leon betrat Morellis Haus und versuchte, das flaue Gefühl in seinem Magen zu unterdrücken, während Morelli auf ihn einredete: »Wir werden nicht lange brauchen. Vielleicht zwei oder zweieinhalb Stunden. Aber du musste dich verkleiden. Zumindest eine bisschen.«

Der gesamte Flur war mit Zirkusrequisiten vollgestellt. Pferdeköpfe aus Holz, kleine bunte Hütchen und große Federbüsche gab es hier ebenso wie Dompteurringe und Jonglierkeulen. An der Wand stand eine große Holzkiste. Morelli kramte ein wenig in ihr herum und winkte Leon dann zu sich.

»Suche dir etwas aus. Nichte zu viel und nichte zu wenig.« Damit verschwand er in einem der angrenzenden Räume.

In der Kiste lagen Perücken und Kleider, falsche Bärte und

Matrosenanzüge und etwas, das Leon sofort ins Auge stach: eine große Brille mit kreisrunden Gläsern. Leon zog sie aus der Kiste und setzte sie auf. Dann machte er einen Schritt zur Seite und betrachtete sich in dem großen Garderobenspiegel an der Wand.

»Unglaublich«, sagte er kaum hörbar zu sich selbst. »Ich sehe tatsächlich völlig verändert aus.« Nie zuvor hatte Leon eine Brille auf der Nase gehabt.

Schon bald trat Morelli zurück in den Flur. Er trug nun einen feinen, braunen Anzug und einen flachen Strohhut. In seine rechte Augenhöhle hatte er ein Monokel geklemmt, und aus seiner Sakkotasche ragte eine goldene Kette, die anscheinend zu einer Taschenuhr gehörte. Hinter seinem frisch angeklebten, schwarzen Vollbart war er kaum wiederzuerkennen.

»Und? Wie sehe ich aus, hä?«, fragte er stolz, wobei er sich in alle Richtungen drehte. Leon nickte voll Bewunderung.

»Oh, deine Augenlichte hat sich stark verschlechtert in die letzten Minuten«, sagte Morelli jetzt beim Anblick von Leons falscher Brille und lachte. »Na, dann wolle wir mal!«

Er bedeutete Leon, ihm zu folgen. Sie durchquerten den Flur und traten an der Rückseite des Hauses ins Freie. In dem kleinen, gepflasterten Hof stand Enrico Morellis ungewöhnliches Fahrzeug: ein großes Dreirad mit zwei Sitzen und einer Ladefläche, die mit einer Plane abgedeckt war. Seitlich an der Ladefläche war ein Schild montiert. *Spedition Morelli – Verlässlichkeit seit Generationen*, stand darauf geschrieben.

»Wenn man nicht älter wird«, lächelte Morelli, »musse man eben so tun, als wäre man eine jungere Verwandte. Du verstehst?« Morelli kletterte auf einen der Sitze und verwies Leon auf den Platz neben sich.

»Du musste die Pedale feste treten«, erklärte er und deutete auf die Konstruktion zu ihren Füßen.

Gemeinschaftlich setzten sie das Fahrzeug in Bewegung. Langsam rollte das Dreirad durch einen kleinen Torbogen auf den schmalen Weg, der hinter der Häuserzeile bis zum Ortsrand führte, und schon bald hatten sie die schnurgerade Verbindungsstraße nach Quentin erreicht.

»Ich werde die Stadt sehen«, sagte Leon mit leuchtenden Augen. »Ich werde tatsächlich die Stadt sehen!« Obwohl ihm nicht ganz wohl bei dem Gedanken war, unehrlich gegenüber Morelli, Joseph und vor allem seiner Mutter gewesen zu sein, schlug ihm das Herz vor Aufregung bis zum Hals.

Die Stadt

Enrico Morelli und Leon hatten Valmot schon weit hinter sich gelassen. Sie waren durch die bewaldeten Hügel und durch Meere von Weizen gefahren. Leon fiel auf, dass Morelli kein Wort mehr über die Lippen gekommen war, seit sie ihren Heimatort verlassen hatten. Er setzte seine falsche Brille ab und sah seinen Sitznachbarn mit großen Augen an.

»Sie waren doch schon so oft in der Stadt«, sagte er aufgeregt. »Ist es wirklich so schön, wie Sie immer behaupten?«

»Oh!«, seufzte Morelli. Er ließ den Lenker los und unterstrich seine Ausführungen mit großen Gesten. »Das iste schwer zu sagen, weißte du? Die Stadt iste riesengroß, und sie hat viele Gesichter. Manches iste schon schon, anderes iste nicht so schon.«

»Ja«, sagte Leon nachdenklich. »Das ist ja bei uns in Valmot auch so. Denken Sie nur an die Diebstähle oder die vielen toten Fremden.«

»Oh ja! Das iste sehr schlimm. Sehr schlimm iste das.«

Er reckte die Arme in die Luft, der kleine Karren geriet ins Trudeln und wäre beinahe von der Straße abgekommen. Morelli schnappte gerade noch rechtzeitig nach dem Lenker.

»Weißte du«, sagte er ernst. »In die Stadt iste alles sehr anders. So wie du es nichte kennst, hä?« Er sah Leon mit einem eindringlichen Blick an. »Du darfste keinem erzählen, dass wir aus Valmot kommen. Wir durfen die Menschen unsere Ort nichte in Erinnerung rufen. Sonste kann es sehr gefährlich werden.« Er lächelte und klopfte Leon beruhigend auf die Schulter. »Aber du haste ja gelesen die Nachricht von unsere Burgermeister, und solange du seinen Rat befolgst, kann nichte allzu viel passieren. Also, pst!« Er hielt sich den ausgestreckten Zeigefinger vor die Lippen.

Leon spürte, wie er fast noch ein bisschen aufgeregter wurde als zuvor. Was passierte wohl, wenn jemand erfahren würde, woher sie stammten? Eben wollte er Morelli darauf ansprechen, doch der hatte den Blick bereits wieder auf die Fahrbahn gerichtet und wirkte in Gedanken versunken.

So schwiegen beide und traten weiter fest in die Pedale, bis sie endlich die alte Nadelfabrik erreichten. Leon kannte sie natürlich nur aus Erzählungen, gesehen hatte er sie noch nie. Wie eine Ritterburg lag das verlassene Gebäude auf einer kleinen Anhöhe. Grau, verfallen und geheimnisvoll. Leon verfolgte das baufällige Gemäuer im Vorüberfahren gebannt mit seinem Blick, bis es aus seinem Sichtfeld verschwand. Dann schob er sich die falsche Brille wieder auf die Nase.

»Wir sinde faste am Ziel!«, sagte Morelli da, und tatsächlich konnte Leon schon nach einer kurzen Weile die Silhouette der Stadt Quentin am Horizont erkennen. Kleine, große, schmale und hohe Gebäude, so weit das Auge reichte, und dazwischen spitze Türme, die über den ziegelroten Dächern bis in den

Himmel wuchsen. Ihm stockte bei dem Anblick der Atem. Dies ist der Tag, auf den ich so lange gewartet habe, dachte er. Endlich! Seine Aufregung verwandelte sich in unbändige Vorfreude.

»Alse Erste mussen wir die gesamten Produkte aus Valmot an meine Zwischenhandeler liefern«, erklärte Morelli. »Dann, wenn die Ladefläche iste leer, wir konnen kaufen all die Sachen auf unsere Liste hier.« Er zog etwas ungelenk ein Blatt Papier aus seiner Sakkotasche und versuchte, es mit einer Hand zu entfalten. Die andere ließ er nun doch sicherheitshalber auf dem Lenker liegen.

»Kann ich helfen?«, fragte Leon.

»Oh, sehr aufmerksam.«

Leon faltete den Zettel auseinander.

Es handelte sich um die Einkaufsliste des Bürgermeisters. All die verschwundenen Baustoffe waren fein säuberlich aufgelistet.

22 *Dachziegel aus Ton*
16 *mittelgroße Pflastersteine*
2 *Abschlusssteine für den Springbrunnen*
2 *Bodenplatten aus grauem Granit*

Direkt darunter gab es in einer anderen Handschrift zwei weitere Einträge.

1 Kiste Zigarren für den Bürgermeister
und fünf Dosen Sardinen für Joseph

stand da kaum leserlich.

Leon wusste, dass sich der Bürgermeister jedes Mal Zigarren mitbringen ließ, wenn Morelli in die Stadt fuhr, und auch die Dosen mit Josephs heiß geliebten Sardinen fanden so regelmäßig ihren Weg nach Valmot. Morelli nahm die Liste wieder an sich.

Es dauerte nicht lange, da erreichten sie die ersten Häuser Quentins. Sie waren viel größer als die Gebäude Valmots, reichlich verziert und in hellen Farbtönen gestrichen. Ihr Anblick war so wunderschön, dass Leon sich gar nicht sattsehen konnte. Aber anstatt in Richtung Zentrum zu fahren, bog Enrico Morelli plötzlich ab. Über eine holprige, kleine Straße fuhren sie jetzt an der Stadtgrenze entlang, und je länger sie unterwegs waren, desto verwahrloster wirkten die Gebäude, die an die Straße angrenzten. Einige der Häuser standen offenbar leer, denn die Vorgärten waren verwildert und die Scheiben der Fenster stark verschmutzt.

»Wieso fahren wir nicht geradeaus?« Leon konnte seine Enttäuschung kaum verbergen.

»Keine Sorge, junge Freund. Der Zwischenhandeler iste nichte in die Zentrum. Dort fahren wir anschließend hin«, beruhigte Morelli ihn. Kurz darauf lenkte er das Gefährt durch ein großes, offen stehendes Metalltor in einen weitläufigen Hof. Flankiert von niedrigen hölzernen Werkstattbaracken, standen hier jede Menge Kisten und Fässer, Tonnen und Säcke.

Es roch nach Kaffee und allerlei Gewürzen, und Leon war sich sicher, dass dies der Duft der großen, weiten Welt war.

Morelli hielt sein Dreirad vor einem kleinen Schuppen mit der Aufschrift: *Waren aller Art. An- und Verkauf.*

»So«, sagte er, während er an einem Hebel zwischen den Sitzen zog. Ein lautes Knarzen war zu hören. »Bremse festegezogen. Jetzt kann nichte mehr viel passieren!«

Er lächelte und hopste von seinem Sitz.

»Du wartest, hä? Diesmal musse ich mich meine Zwischenhandeler als meine eigene Sohn vorstellen gehen«, sagte er mit einem genervten Gesichtsausdruck. »Aber so iste nun einmal, wenn man aus Val…« Er zuckte zusammen und hielt sich den Zeigefinger an die Lippen. »Du weißte, was ich meine«, flüsterte er.

Leon nickte. Morelli zückte die Liste aus seiner Tasche, zwinkerte Leon zu und verschwand in dem kleinen Holzhaus.

Auch wenn sie hier nur in irgendeinem verwahrlosten Randbezirk auf einem Hinterhof gelandet waren – es war doch die Stadt. Die Stadt, von der er immer geträumt hatte. Leon fühlte sich großartig. Schon sehr bald würde er mit Morelli über die breiten Prachtstraßen flanieren, ein Eis essen und die Schaufenster bestaunen.

Er erhob sich und versuchte, über die Dächer hinweg einen Blick auf die angrenzenden Häuser zu erhaschen, als ihn plötzlich ein Geräusch aus seinen Gedanken riss.

»Pst!«, machte es deutlich hörbar hinter ihm.

Leon wandte sich erschrocken um. Er ließ seinen Blick über den gesamten Hof wandern, konnte aber niemanden erkennen. Vermutlich war alles nur Einbildung gewesen. Er wollte sich gerade wieder abwenden, da hörte er das Geräusch von Neuem. Diesmal länger und lauter.

»Pssst!«

Jetzt sah Leon, wie sich zwei Finger unter der Abdeckplane über der Ladefläche hervorschoben. Kurz darauf kamen ein schwarzer Haarschopf und eine dickrandige Brille zum Vorschein.

»Fliege?!« Leon starrte seinen Freund an. »Was machst du denn hier?« Er kniete sich verkehrt herum auf den Sitz. »Bist du noch zu retten?«

»Jetzt reg dich nicht so auf«, sagte Fliege und streckte den Kopf unter der Plane hervor. »Denkst du, du bist der Einzige, der mal die Stadt sehen möchte?«

»Ja, aber ... Ich meine, nein, natürlich nicht, aber ...« Leon war sprachlos. Wie konnte Fliege nur so leichtsinnig sein? Er hätte Morelli doch zumindest fragen müssen, ob er mitkommen durfte, und verkleidet war er auch kein bisschen.

»Wieso siehst du eigentlich aus wie ich?« Fliege klopfte mit dem Zeigefinger gegen seine Brille.

»Ach so, das ...« Leon nahm die falsche Brille ab. »Eigentlich hast du recht«, sagte er dann. »Mich kennt hier ohnehin keiner. Da brauch ich ja wohl auch keine Verkleidung.« Er klappte die Bügel ein und steckte die Brille in die Hosentasche.

Mit einem Mal drang ein lautes Scheppern aus dem kleinen Schuppen. Leon und Fliege wandten sich ruckartig der Eingangstür zu. Es klang, als würden Gläser und Teller zerbersten.

»Was war das denn?« Ohne den Blick von dem Schuppen abzuwenden, kletterte Leon vorsichtig von seinem Sitz. Fliege rutschte unter der Plane hervor und kauerte sich direkt hinter seinen Freund. So versteckt, lugten sie an der Ladefläche des Dreirads vorbei zum Eingang der Baracke.

»Lasste mich in Ruhe!«, hörten sie plötzlich Morelli rufen. Seine Stimme klang angsterfüllt.

Leon war wie gelähmt. Er verstand nicht, was in dem kleinen Holzhaus vor sich ging. Jetzt tauchte Morelli im Eingang auf. Er schien sich nur schwer auf den Beinen halten zu können und klammerte sich mit beiden Händen am Türrahmen fest. Seinen aufgeklebten Bart hatte er genauso verloren wie seinen Strohhut.

»Leon!«, rief er panisch. »Verschwinde! Verstecke diche so schnelle, wie …« Er konnte nicht weitersprechen, denn jemand legte ihm den Arm um den Hals und zerrte ihn zurück in den Schuppen. Kaum eine Sekunde später wurde die Holztür mit einem lauten Knall zugeschlagen.

Leon sah entsetzt zu Fliege. Was war hier gerade geschehen? Schlagartig wurde ihm bewusst, dass Morelli, Joseph und alle anderen die Wahrheit gesagt hatten: Die Stadt war wirklich ein gefährlicher Ort. Anscheinend gab es einen guten Grund für die Menschen Valmots, sie zu meiden.

»Lass uns abhauen!«, flüsterte Leon. Fliege und er sprangen auf, überquerten den Hof und liefen durch das Einfahrtstor. So schnell ihre Füße sie trugen, rannten sie durch die engen und verwinkelten Straßen und Gassen. Da sie weder nach links noch nach rechts und auch kein einziges Mal zurücksa-

hen, hatten sie sich schon nach wenigen Minuten hoffnungs-
los verirrt.

»Ich glaube ...«, keuchte Fliege, »ich glaube, uns folgt gar
niemand!«

Beide verlangsamten ihre Schritte und wandten sich um.
Tatsächlich standen sie völlig alleine in einer schmalen Straße,
die sich kaum von den schmalen Straßen Valmots unterschied.
Allerdings wirkten die niedrigen Häuser zur Linken und zur
Rechten der Fahrbahn heruntergekommen. Der Putz bröckelte
von den Fassaden, Unrat lag auf den Gehwegen verstreut, und
ein altes, verrostetes Hängeschild mit der Aufschrift *Feinster
Bohnenkaffee* klapperte über einem leer stehenden Geschäftsportal im Wind. Offensichtlich befanden sie sich in einem der
düsteren Viertel der Stadt.

Leon hatte weiche Knie. Sein Herz klopfte ihm bis zum Hals,
und er bekam kaum noch Luft. So etwas Schreckliches hatte er
noch nie erlebt. Erst langsam begriff er, was gerade geschehen
war. Er stützte seine Hände auf die Oberschenkel und starrte
Fliege atemlos an.

»Meinen ersten Stadtbummel habe ich mir anders vorgestellt«, sagte er mit zittriger Stimme.

»Ich auch, glaub mir«, schnaufte Fliege.

Die beiden erhoben sich.

»Wir hätten Morelli nicht einfach im Stich lassen dürfen.
Denkst du, sie haben ihn umgebracht?«, fragte Leon. Er machte
sich jetzt große Sorgen um den armen Mann.

»Ich weiß es nicht«, antwortete Fliege leise. »Auf jeden Fall
dürfte seine Tarnung aufgeflogen sein.« Er strich sich mit den

Fingern übers Kinn, als würde er an einem unsichtbaren Bart zupfen. »Und?«, sagte er nach einer Weile. »Was sollen wir jetzt machen?«

»Ich weiß es ni...« Leon zögerte. »Sieh mal«, sagte er erstaunt und deutete die leicht abfallende Straße hinunter.

Ein Mädchen, ungefähr in ihrem Alter, kam gerade über das Pflaster auf sie zugestapft. Alles an ihr war hell: Sie trug ein strahlend weißes Sommerkleid, beigefarbene Schuhe und hatte welliges, blondes Haar. Zwischen all dem Müll und dem Grau der Fassaden wirkte sie wie eine Engelserscheinung.

Unter ihrem Arm hatte sie einen großen Zeichenblock geklemmt. In der Hand hielt sie eine kleine Staffelei. Während sie an Leon und Fliege vorbeiging, sagte sie fast beiläufig: »Ihr solltet von hier verschwinden. Sie haben schon nach euch gefragt.« Dann setzte sie ihren Weg zielstrebig fort.

Leon sah zu Fliege, der die Schultern hob und genauso ratlos schien wie er selbst.

»Äh ... was hast du gesagt?« Leon hüpfte der Fremden hinterher, gefolgt von Fliege. »*Wer* hat nach uns gefragt?«

»Die Krähenmänner«, antwortete sie völlig ungerührt. Sie blieb stehen und musterte Fliege von oben bis unten. »Du siehst irgendwie aus wie ein Insekt.«

»Ja, ja«, murmelte Leons Freund mit rotem Kopf. »Wie eine Fliege, ich weiß.« Er verdrehte die Augen.

»Und wer, bitte schön, sind die Krähenmänner?«, wechselte Leon schnell das Thema. Er wusste, wie schüchtern Fliege gegenüber Fremden war. Und dass Fliege sich gerade alles andere als wohl in seiner Haut fühlte, sah er direkt.

»Du kennst die Krähenmänner nicht?« Sie drückte Leon ihre Staffelei in die Hand, zog den Block unter ihrem Arm hervor und klappte das Deckblatt hoch. Dann nahm sie mehrere Blätter mit Daumen und Zeigefinger und klappte sie ebenfalls nach hinten.

»*Das* sind die Krähenmänner.« Sie hielt Leon und Fliege den Block unter die Nase.

Leon erschrak. Auf dem Papier war eine Bleistiftzeichnung mehrerer Männer zu sehen, die mit schwarzen Mänteln, schwarzen Handschuhen und schwarzen Stiefeln bekleidet waren. Einige trugen vogelartige Halbmasken vor dem Gesicht, andere hatten die Masken lose um den Hals hängen, und manche hielten sie in der Hand. Die Gesichter der Männer waren zerfurcht, die Haut faltig und bleich. Sie hatten dunkle Ringe unter den Augen. Leon lief beim Anblick dieser Gestalten ein Schauer über den Rücken.

Die Zeichnung war mit solch einer Genauigkeit angefertigt worden, dass selbst das Material der Masken zu erkennen war. Allem Anschein nach waren sie aus Leder gefertigt und hatten runde, verglaste Gucklöcher. *Marietta LaViolette*, stand in geschwungenen Buchstaben in der unteren rechten Ecke zu lesen. Das musste die Signatur der Malerin sein.

»Sie nennen sich selbst Venatoren, aber seht sie euch an«, sagte das Mädchen, während Leon und Fliege noch verunsichert auf das Bild starrten. Sie fuhr mit dem Finger über die gezeichneten Gesichter. »Sie sehen doch aus wie ... nun ja ... wie Krähenmänner eben. Alle hier in Quentin nennen sie so.«

»Und was wollen diese *Krähenmänner* von uns? Wer sind sie?«, fragte Leon.

»Kommt mit. Hier sollten wir nicht länger herumstehen.«

Das Mädchen setzte sich in Bewegung und ging die Straße hinauf. Leon, der nach wie vor die Staffelei hielt, zwinkerte Fliege ermunternd zu, und die zwei folgten ihr wortlos.

Schon wenige Meter weiter hielten sie vor einem Geschäftsportal mit großen, blank geputzten Scheiben. Der Laden machte einen sehr gepflegten Eindruck. Er passte irgendwie gar nicht in diese verkommene Gegend. *Mal- und Zeichenbedarf Ernesto LaViolette*, stand über dem Schaufenster geschrieben.

Das Mädchen zückte einen Schlüssel, steckte ihn ins Schloss der gläsernen Eingangstür und entriegelte sie.

Der Verkaufsraum war nicht nur sehr groß und hell, er war auch außergewöhnlich hoch. Rundum reichten hellbraune Holzregale bis zur Decke, und über ihren Köpfen drehte sich ein Ventilator mit einem gleichförmigen Surren langsam im Kreis. Die Luft war stickig und warm. Hier fühlte sich Leon bedeutend sicherer als draußen auf der Straße. Er sah sich staunend um. In den Regalen lagen Pinsel und Stifte, Paletten und Blöcke, Staffeleien und bespannte Keilrahmen. Kleine Türme aus Kisten, Schachteln und Farbtöpfchen standen im Raum verteilt. Leon war fasziniert von all den feinen Malutensilien. Zu Hause in Valmot musste er sich mit ein paar alten Bleistiftstummeln begnügen, wenn er sich zum Zeichnen auf die kleine Anhöhe über Josephs Haus zurückzog.

»LaViolette?«, fragte Leon an das Mädchen gewandt. »Dann hat deine Mutter die Zeichnung angefertigt?«

»Nein«, antwortete sie. »Das war ich, Marietta.« Sie sah zu einem Gemälde auf, das hinter dem Verkaufstisch an der Wand hing. Leon und Fliege folgten ihrem Blick. Das Ölbild zeigte einen älteren Herrn mit grauem Schnurrbart und buschigen Augenbrauen. »Ich lebe bei meinem Großvater. Ihm gehört das alles hier.« Marietta deutete um sich. »Dieses Gemälde stammt übrigens auch von mir.« Sie hüpfte rücklings auf den Laden-tisch und ließ die Beine hinabbaumeln.

Das Bild sah aus, als hätte es ein richtiger Künstler gemalt. Leon starrte Marietta fasziniert an. Sie war das außergewöhn-lichste Mädchen, dem er je begegnet war.

»Und wie hast du diese Krähenmänner einfach so zeichnen können?«, fragte Fliege nun. Seine Neugier war jetzt größer als seine Schüchternheit. »Haben sie dir nichts getan?«

»Nein«, antwortete Marietta. »Ich habe sie heimlich ge-zeichnet. Außerdem sind sie nur hinter ganz bestimmten Per-sonen her.« Sie hopste wieder vom Ladentisch. »Hinter Perso-nen wie euch beiden. Warum auch immer.«

Marietta ging zu einem Schalter an der Wand und drehte ein wenig an ihm herum. Augenblicklich begann sich der Ven-tilator schneller zu drehen. Der kühle Luftstrom ließ einige Papiere auf dem Tisch und in den Regalen dahinter flattern.

Jetzt nahm sie wieder ihren ursprünglichen Platz ein und betrachtete Leon und Fliege nachdenklich.

»Mein Großvater hat mir nie viel über die Krähenmänner erzählt«, sagte sie. »Er behauptet, das sei besser so. Habt ihr wirklich keine Ahnung, warum die hinter euch her sind? Ich meine, vielleicht habt ihr ja irgendetwas ausgefress…«

»Mist!«, unterbrach Fliege sie und duckte sich. Er deutete hektisch nach draußen auf die Straße. Einer der unheimlichen Männer stand unmittelbar vor dem Geschäft. Jetzt kam noch ein zweiter und gleich darauf ein dritter hinzu. Sie blickten in Richtung der Straße, diskutierten und zeigten in unterschiedliche Richtungen. Alle drei trugen ihre bizarren Masken.

»Los, versteckt euch!«, rief Marietta, als sich einer von ihnen plötzlich dem Laden zuwandte. Sie hob die Beine, drehte sich auf dem Hintern Richtung Wand, sprang hinter den Tresen und stand nun wieder mit dem Gesicht zur Tür. Leon und Fliege huschten währenddessen in geduckter Haltung hinter einen großen Ladenschrank, der mitten im Raum stand.

Was, wenn der Mann sie gesehen hatte? Für einen Augenblick hatte Leon Angst, umzukippen. Wie gelähmt kauerte er an der hölzernen Rückwand des Schranks, die Finger in die Oberschenkel gekrallt. Von seinem Versteck aus hörte er, wie sich die Tür öffnete. Gleich darauf waren das Geräusch schwerer Stiefel und eine heisere Männerstimme zu vernehmen.

»Wir suchen zwei Kinder«, zischte der Mann. »Zehn bis zwölf Jahre alt. Männlich. Beide dunkelhaarig und schlank.«

Leon lugte vorsichtig um die Ecke. Der Krähenmann stand genau vor dem Verkaufstisch, die Hände auf die Holzplatte gestützt. Der Schnabel seiner Maske war auf das Mädchen gerichtet.

Marietta hob die Schultern. Sie sah nach oben und tat, als würde sie nachdenken. Dann schüttelte sie den Kopf.

»Tut mir leid«, sagte sie. »Ich habe niemanden gesehen,

auf den Ihre Beschreibung passen könnte.« Dabei lächelte sie freundlich.

Ohne Marietta zu antworten, machte der Krähenmann kehrt und wollte offenbar gerade wieder gehen, als er abrupt stehen blieb. Leon stockte der Atem. Hatte der Mann sie etwa doch bemerkt? Jetzt drehte er sich langsam zur Theke, griff nach Mariettas Zeichenblock und riss das oberste Blatt mit einem Ruck ab. Er bedachte das Mädchen mit einem bohrenden Blick und faltete das Papier zusammen, ehe er es in seiner Manteltasche verschwinden ließ.

Marietta wurde sichtlich nervös, als der Mann den Schnabel seiner Maske ganz nahe an ihr Gesicht heranschob.

»Venatoren mögen es nicht, wenn sie abgebildet werden«, hauchte er. »Verstanden?«

Marietta nickte kaum merklich.

Der Krähenmann zog seinen Kopf ruckartig zurück. »Wir behalten dich im Auge.« Ein boshaftes Grinsen huschte über sein fahles Gesicht. Dann wandte er sich um und verschwand ohne ein weiteres Wort nach draußen. Die Glastür fiel mit einem lauten Scheppern hinter ihm ins Schloss.

Leon beobachtete von seinem Versteck aus, wie der Mann seinen zwei Gefährten vor dem Schaufenster Bericht zu erstatten schien. Er wagte erst aufzuatmen, als die drei finsteren Gestalten die Straße entlang weiterzogen.

Der Besucher

Ufff!« Kaum waren die drei Venatoren um die nächste Straßenecke verschwunden, erhob sich Fliege ganz langsam mit einem lauten Schnaufen. Auch Leon stand vorsichtig auf. Er sah zuerst nach draußen und dann zu Marietta, die nach wie vor reglos auf die geschlossene Eingangstür starrte. Sie wirkte bei Weitem nicht mehr so selbstbewusst wie noch kurz zuvor. Anscheinend hatte ihr der Mann gehörig Angst eingejagt.

»Marietta?« Leon ging zu ihr, den Blick stets auf den Eingang gerichtet. Ganz vorsichtig berührte er mit der Hand ihre Schulter.

Marietta war kreidebleich.

»Er … er hat mir echt Angst gemacht«, stammelte sie endlich. »Warum sind diese furchtbaren Männer bloß hinter euch her?«

»Ich weiß es nicht«, sagte Leon unsicher. Erst jetzt bemerkte er, dass seine Hände zitterten. Vermutlich unterschied sich auch seine Gesichtsfarbe nicht wesentlich von der Mariettas. »Danke, dass du nichts gesagt hast, das war …«

Leon wollte eben weitersprechen, als er plötzlich einen dunklen Schatten im Windfang vor dem gläsernen Eingang zu erkennen glaubte. Blitzschnell duckte er sich.

Auch Marietta wandte, durch Leons Verhalten aufgeschreckt, den Blick zur Tür. »Gott sei Dank!«, rief sie dann jedoch erleichtert. »Warte, ich helfe dir!«

Verwirrt sah Leon noch einmal nach draußen. Dann wanderte sein Blick zu dem Ölbild an der Wand. Die Gestalt vor dem Eingang glich exakt dem Mann auf dem Gemälde. Das musste Ernesto LaViolette sein, Mariettas Großvater. Der arme Kerl war mit unzähligen Paketen und Taschen bepackt, und er hatte augenscheinlich größte Mühe, die Türklinke zu drücken.

Marietta sprang ihm mit einem Satz zu Hilfe.

»Danke, mein Kind!«, stöhnte der hagere Mann, als er mit seiner sperrigen Last in den Raum stolperte. Er hatte silbergraues, streng zurückgekämmtes Haar und trug einen gepflegten Oberlippenbart sowie einen cremefarbenen Arbeitskittel, in dessen Brusttasche mehrere bunte Stifte steckten. Anscheinend war er so darauf konzentriert, keines seiner Gepäckstücke zu verlieren, dass er Leon und Fliege gar nicht bemerkte. Erst nachdem er seine Last abgestellt, die Hände in den Rücken gestemmt und seinen Körper einmal gestreckt hatte, blieb sein Blick an den beiden hängen.

»Oh!« Einen Moment lang schien er fast erstaunt, Fremde in seinem Geschäft anzutreffen. Doch dann strahlte er über das ganze Gesicht. »Ich freue mich immer, wenn die Jugend Interesse an der Malerei zeigt …«

»Also, eigentlich …«, unterbrach ihn Marietta. Sie sah zwischen Leon, Fliege und ihrem Großvater hin und her. »Eigentlich sind die beiden aus einem anderen Grund hier.«

Das Lächeln des Mannes wich erneut einem verblüfften Gesichtsausdruck. »Ach so?«, murmelte er. »Und darf man fragen, was das für ein Grund ist?«

Marietta sah betreten zu Boden.

»Krähenmänner«, sagte sie kaum hörbar.

»Wie?« Der Alte beugte sich zu Marietta und hielt sich die Hand ans Ohr. »Was sagst du, mein Kind?«

»Die Krähenmänner waren eben hier.« Mariettas Stimme klang nun etwas kräftiger. »Sie haben nach den beiden gesucht.«

Der Ausdruck des Alten war mit einem Mal wie versteinert. Lange starrte er Leon und Fliege nur an, so als müsste er Mariettas Nachricht erst einmal verdauen. Dann schüttelte er den Kopf, bückte sich und nahm seine Taschen und Päckchen wieder auf.

»Das ist gar nicht gut«, brummte er. »Das ist überhaupt nicht gut.« Er schritt an Leon und Fliege vorbei und verschwand durch eine schmale Türöffnung hinter dem Ladentisch.

Leon blickte dem Alten hinterher. Seine Reaktion ließ nichts Gutes erahnen. Trotzdem versuchte sich Leon seine Nervosität nicht anmerken zu lassen.

»Na los!« Marietta bedeutete den beiden, ihrem Großvater zu folgen.

Der alte Mann schaltete das Licht in dem kleinen, fensterlosen Raum ein und zeigte auf eine Sitzecke mit einem großen roten Sofa und drei in der gleichen Farbe gepolsterten Sesseln, die um einen Couchtisch platziert waren. Neben einem gefüllten Wasserkrug und mehreren Gläsern stand ein Teller mit Keksen in der Mitte des Tischs.

»Bitte, nehmt Platz und bedient euch!«

Während Leon, Fliege und Marietta sich setzten, hungrig nach den Keksen griffen und sich Wasser einschenkten, schritt der Alte bedächtig auf ein Wandregal zu.

»Hm …«, murmelte er. Dabei blätterte er mit den Fingern zwischen einigen Zeichenmappen hin und her. »Nein …« Er trat einen Schritt zurück und ließ den Blick konzentriert über die Regalfächer wandern, bis er plötzlich innehielt. Leicht nach vorne gebeugt, schob er mehrere Bücher und Zeitschriften zur Seite und zog eine beigefarbene Zeichenmappe aus Karton hervor, die mit einem blauen Band verschnürt war. Herr LaViolette betrachtete die Mappe kurz, holte tief Luft und blies den Staub vom Deckblatt.

»Na bitte!«, raunte er kaum hörbar. »Da ist sie ja.«

Er setzte sich neben seine Enkeltochter auf das große Sofa, klemmte die Mappe zwischen beide Knie und zupfte an dem Band, das sie verschlossen hielt. Dann sah er Leon und Fliege an, während er tief durch die Nase einatmete.

»Ihr seid wohl nicht von hier«, sagte er schließlich.

Leon und Fliege nickten mit vollem Mund.

»Das dachte ich mir schon.« Der Alte räusperte sich kurz. »Ich werde nicht fragen, woher ihr kommt oder wie ihr heißt. Je weniger wir über euch wissen, desto besser.« Er machte eine kurze Pause und schien nach den richtigen Worten zu suchen. »Wenn es sich so verhält, wie ich befürchte, ist die ganze Sache nämlich sehr gefährlich. Und zwar für uns alle. Versteht ihr?«

Wieder nickten beide, und Leon lief ein Schauer über den Rücken, vom Steißbein bis zum Nacken.

»Wenn ich euch eine Frage stelle, nickt ihr, oder ihr schüttelt den Kopf. Sprecht keine Namen aus, die mit euch oder eurer Herkunft zu tun haben. Erwähnt keine Orte und Plätze, sonst werden sie hellhörig.« Der Alte lehnte sich über den Tisch und flüsterte: »Und einmal aufmerksam geworden, hören sie uns. Überall. Selbst durch die Wände dieses Hauses.«

Die beiden nickten ein weiteres Mal.

»Gut.« Ernesto LaViolette klappte die Zeichenmappe auf und schob sie quer über den Couchtisch. Erstaunt betrachtete Leon den Inhalt. Vor ihm lag ein loses Blatt Papier. Eine farbige Zeichnung, die alt und schon ein wenig vergilbt aussah. Aber es war nicht irgendeine Zeichnung. Das Bild zeigte in sämtlichen Details die alte Dorfstraße von Valmot, die beiden Häuser am Ortsrand sowie einen Teil der Weizenfelder, die den Ort umgaben. Inmitten dieser Szenerie war ein junger Mann in einer braunen Arbeitshose, einem weißen Hemd und schweren Schuhen dargestellt. Unter dem breitkrempigen Hut war sein Gesicht gut zu erkennen – die Entschlossenheit in seinem Ausdruck kaum zu übersehen. Leon fiel es schwer, den Blick von ihm abzuwenden. Aus irgendeinem Grund zog ihn die Darstellung magisch in ihren Bann.

»Das ist Val…«, murmelte er gedankenverloren.

Mariettas Großvater riss entsetzt die Augen auf. »Still!«, rief er und packte Leon dabei so fest am Unterarm, dass es wehtat. »Sprich nicht weiter! Ich sagte doch, ihr sollt keine Namen nennen.«

Leon wich erschrocken zurück. Die Angst des Alten übertrug sich auf ihn, und sein Magen zog sich schmerzhaft zusammen.

Ernesto LaViolette warf einen flehentlichen Blick zur Decke und atmete tief durch.

»Und«, fragte er dann, »ist das der Ort, aus dem ihr kommt?«

Wieder nickten Fliege und Leon beinahe gleichzeitig.

Der Mann zog den Arm zurück. Er wirkte mit einem Mal gar nicht mehr so energisch wie noch wenige Augenblicke zuvor. Eher machte er einen ratlosen, ja einen geradezu hilflosen Eindruck.

»Ihr hättet nicht hierherkommen dürfen«, flüsterte er betroffen. »Unter gar keinen Umständen hättet ihr hierherkommen dürfen.« Er lehnte sich zurück und bedachte Marietta mit einem liebevollen Blick. »Es war mutig von dir, den beiden zu helfen. Aber du hast die Krähenmänner dadurch zu uns geführt.« Besorgt strich er sich mit der Hand über die Augen. »Du hast sie uns ins Haus gebracht.«

Leons und Mariettas Blicke trafen sich, und obwohl er in ihren Augen keinen Vorwurf erkennen konnte, fühlte er sich schuldig. Schuldig, sie in die ganze Sache hineingezogen und die finsteren Krähenmänner auf sie aufmerksam gemacht zu haben.

»Wir glauben, dass diese Männer einen Freund überfallen haben«, sagte er leise. »Denken Sie, dass er noch lebt?« Erwartungsvoll sah er den Alten an, doch dieser wich seinem Blick aus.

»Wenn ihn die Krähenmänner geholt haben?«, sagte er und

sah zu Boden. »Es tut mir leid. Das kann ich dir beim besten Willen nicht sagen.«

Leon versuchte, sich seine Betroffenheit nicht anmerken zu lassen, während Fliege unruhig auf seinem Sessel hin und her rutschte. Herr LaViolette drehte sich genervt zu ihm um. »Also, entweder du musst dringend zur Toilette«, murrte er, »oder du sagst uns jetzt, was dir auf dem Herzen liegt.« Er sah Fliege auffordernd an.

Fliege saß mit einem Mal ganz still, die Hände artig auf die Knie gelegt. Er wirkte beinahe wie ein Kind am ersten Schultag.

»Wir haben das alles nicht gewollt«, sagte er. »Wir kennen die Stadt doch gar nicht. Und noch weniger wissen wir über die Krähenmänner. Was sind das für schreckliche Leute, und was ist ihre Aufgabe?«

Kurz überlegte der Alte, als wüsste er nicht, wie er Flieges Frage beantworten sollte. Dann bedeutete er allen dreien, näher zu rücken. Als sie ihre Köpfe über dem Tisch zusammengesteckt hatten, begann er so leise zu flüstern, dass Leon Mühe hatte, ihn zu verstehen: »Keiner weiß wirklich, wer diese Männer sind oder für wen sie arbeiten.« Nervös strich er mehrmals mit Daumen und Zeigefinger von der Mitte seines Schnurrbarts bis zu den Enden. »Es heißt, ihre Sinne seien schärfer als die unseren. Schon ein einziges unbedachtes Wort kann sie auf den Plan rufen. Sie nehmen wie Bluthunde Witterung auf und lassen dann nicht mehr locker, bis sie ihre Beute gefunden haben.«

Leon musste schlucken. So laut, dass es alle anderen mit Sicherheit hören konnten. In diesem Moment wünschte er sich, niemals mit Morelli hierhergekommen zu sein. Wieder dachte er mit Grauen an den heimtückischen Überfall auf dem verwahrlosten Innenhof. Er hoffte inständig, dass Morelli noch lebte.

Fliege ging wohl etwas Ähnliches durch den Kopf, denn er sagte kein Wort und knetete nur nervös seine Finger.

»Und warum sind sie jetzt ausgerechnet hinter *uns* her?«, fragte Leon.

»Es hat mit dem ungewöhnlichen Ort zu tun, aus dem ihr kommt.« Mariettas Großvater seufzte. »Nicht nur die Bewohner eures Dorfes, sondern auch alle, die sich mit ihnen einlassen, werden erbarmungslos gejagt.« Der Alte wirkte mit einem Mal sehr traurig. »Warum das so ist, kann ich euch allerdings nicht sagen. Die Krähenmänner arbeiten für einen Auftraggeber, aber niemand weiß, wer das ist. Genauso wie keiner weiß, woher sie kommen und wo sie leben.« Nun senkte er den Blick und betrachtete nachdenklich die Zeichnung von Valmot.

»Dieser Mann«, sagte er nach einer Weile überzeugt. »Dieser Mann ist vermutlich der Einzige, der euch helfen kann. Sein Name ist Philippe, Philippe Noël, und er stammt aus demselben Ort, aus dem auch ihr kommt.«

Leon starrte Mariettas Großvater fassungslos an. Er traute seinen Ohren nicht. Wie konnte das sein? Ein Bürger Valmots, hier in der Stadt? Davon hatte er noch nie gehört. Er tauschte einen entgeisterten Blick mit Fliege.

»Viele Jahre hat er ein Haus ganz in der Nähe bewohnt«, fuhr Mariettas Großvater fort. »Ein rostrotes, unscheinbares Gebäude. Ob er noch lebt, kann ich euch allerdings nicht sagen«, ergänzte er schulterzuckend. »Ich habe ihn eine Ewigkeit nicht mehr gesehen.«

»Ob er noch lebt?«, krächzte Leon aufgewühlt. »Wieso sollte er denn nicht mehr leben?« Die Worte des Alten wurden immer merkwürdiger. Wenn der mysteriöse Mann wirklich aus Valmot stammte, musste er doch noch am Leben sein.

»Nun …« Herr LaViolette hob den Blick und lächelte wissend. »Je älter man wird, desto eher begreift man, dass es für jeden irgendwann Zeit ist, zu gehen.« Er deutete mit dem Finger gen Himmel. »Als ich Philippe zuletzt getroffen habe, wirkte er deutlich gealtert. Ich kann mir daher kaum vorstellen, dass …«

»Waaas? Das kann nicht sein!«, platzte es aus Leon hervor. Er sprang von seinem Sessel auf. Was der Alte hier erzählte, war ganz und gar unmöglich. Absolut verrückt! Ein Bewohner Valmots alterte nicht. Niemals! Leon war verwirrt. Hilfe suchend sah er zu Fliege, doch dieser starrte ihn nur fassungslos durch seine großen Brillengläser an.

Leon bemerkte, dass ihn auch Marietta und ihr Großvater völlig entgeistert musterten. Plötzlich bekam er es mit der Angst zu tun. Hatte er soeben das Geheimnis Valmots preisgegeben? Das Geheimnis, das niemand jemals erfahren durfte? Er räusperte sich verlegen und ließ sich wieder zurück in den Sessel sinken.

»Habe ich etwas Falsches gesagt?«, fragte Mariettas Großvater verblüfft. Verständnislos sah er zu seiner Enkeltochter, die jedoch nur die Schultern zuckte. Offenbar hatten beide nicht die leiseste Ahnung, was es mit Leons Ausbruch auf sich hatte.

»Na ja ...« Leon sah kleinlaut zu Boden. »... ehrlich gesagt ... ich hoffe einfach, dass Sie sich geirrt haben. Ich meine ... ich hoffe natürlich sehr, dass der Mann noch am Leben ist.«

»Natürlich, das verstehe ich gut.« Mariettas Großvater klang besänftigt. »Aber Philippe Noël war ein Freund meines Vaters. Sollte er tatsächlich noch am Leben sein, müsste er wirklich sehr alt sein – außergewöhnlich alt. Deutlich älter als ich, und ich bin ja schon nicht mehr der Jüngste.« Seine Mundwinkel hoben sich zu einem zaghaften Lächeln.

Noch einmal betrachtete Leon jetzt das Bildnis des Mannes. Irgendetwas an diesem Fremden kam ihm bekannt vor. Ob es das Gesicht war, der entschlossene Blick oder die Kleidung? Er konnte es nicht sagen, und er wäre der Lösung vermutlich auch niemals nähergekommen, hätte Fliege sich nicht plötzlich ganz nahe zu ihm gebeugt und ihm »*Der Besucher*« ins Ohr geflüstert. Der Besucher? Leon verstand im ersten Moment gar nichts.

»Ich glaube, er ist *der Besucher*!«, wisperte Fliege, ohne den Blick von dem Bild abzuwenden.

Plötzlich erinnerte sich Leon.

»Natürlich!«, sagte er völlig erstaunt. »Du hast recht!« Er klopfte mit dem Zeigefinger auf das Bild. »Der Besucher trug immer genau so ein weißes Hemd, und den Hut erkenne ich auch wieder!«

Als *Besucher* hatten die Bürger Valmots einen Mann bezeichnet, der immer wieder in der Nähe des Ortes gesehen worden war. Mit einem Fernrohr in der Hand hatte er auf der kleinen Anhöhe am Waldrand gesessen, oder er hatte regungslos inmitten der Felder gestanden. Keiner hatte je herausgefunden, wer er war und warum er ein so großes Interesse an dem kleinen Örtchen gezeigt hatte.

Über viele Jahre war er regelmäßig aufgetaucht, bis seine seltsamen Auftritte von einem Tag auf den anderen aufgehört hatten. Von da an war er nie wieder gesehen worden. Das alles lag jedoch schon so lange zurück, dass Leon die vielen Geschichten und Gerüchte über den geheimnisvollen Unbekannten längst vergessen hatte. Bis gerade eben.

Ja, Fliege hatte recht. Sein Freund hatte nicht nur das beste Gedächtnis von allen Bewohnern Valmots, er war auch sonst der klügste Junge, den man sich vorstellen konnte. Der Mann auf dem Bild war ganz bestimmt der Besucher von einst, da war Leon sich jetzt absolut sicher.

»Wovon redet ihr?«, fragte Herr LaViolette irritiert. »Welcher Besucher?«

Leon und Fliege sahen einander an. »Er sieht einem Mann ähnlich, der vor einigen Jahren bei uns zu Besuch war«, erklärte Leon. »Wir waren selbst noch … kleine Kinder.« Er schubste Fliege unter dem Tisch mit dem Fuß.

»Ja«, bekräftigte Fliege daraufhin. »Ganz kleine Kinder. Ich kann mich auch kaum noch erinnern.«

Herr LaViolette musterte die beiden mit einem bohrenden Blick, der keinen Zweifel daran ließ, dass er ihnen nicht ein Wort glaubte.

»Also«, sagte er schließlich in einem Tonfall, der das Gespräch eindeutig für beendet erklärte. »Wir können leider nichts weiter für euch tun, außer ...« Er erhob sich mit einem Stöhnen und pflückte einen kleinen Zettel aus einer der Ablagen im Regal. Dann griff er nach einem Stift, beugte sich über das Papier und begann, darauf herumzukritzeln. Kurz darauf reichte er es Leon, der es erstaunt betrachtete. Der Alte hatte in Windeseile einen Stadtplan angefertigt, mit wenigen Strichen die umliegenden Gassen und Straßen zu Papier gebracht.

»Danke!« Leon steckte den Zettel in seine Hosentasche.

»Was steht da drauf?«, fragte Fliege.

Leon nickte ihm zu. »Das erkläre ich dir später.«

»Wir müssen jetzt ganz nach oben, auf den Dachboden«, sagte Mariettas Großvater. Er schien es plötzlich überaus eilig zu haben.

»Auf den Dachboden?«, fragte Fliege. »Was sollen wir denn dort?«

»Die Krähenmänner durchstreifen mit Sicherheit die Straßen auf der Suche nach euch.« Mariettas Großvater klappte die Zeichenmappe zu. »Ich empfehle daher den Weg über die Dächer.« Er verschnürte das blaue Bändchen und versteckte die Mappe hinter ein paar Büchern in dem Regal, aus dem er sie zuvor gepflückt hatte. Dann wandte er sich um und ging zurück in den Verkaufsbereich. »Mir nach!«

Leon, Fliege und Marietta folgten ihm ohne Widerrede.

Durch das große Schaufenster konnte man sehen, dass sich bereits die Dunkelheit über die Stadt gebreitet hatte. Herr La-Violette ging ans andere Ende des Ladenlokals, wo sie über eine enge, weiß lackierte Holztreppe bis in den zweiten Stock des

Gebäudes gelangten. Vor einer schmalen Tapetentür blieben sie stehen.

»So, da wären wir.« Mariettas Großvater entriegelte die Tür. Die steile Hühnerleiter dahinter führte offenbar geradewegs zum Dachboden. »Ihr könnt über die Dachluke nach draußen gelangen. Bitte schließt sie wieder, sobald ihr das Haus verlassen habt. Sonst spült uns der nächste Regen davon.« Der alte Mann streckte Leon und Fliege die Hand entgegen. »Viel Glück!« Er senkte den Blick. »Es tut mir leid, dass ich nicht mehr für euch tun kann. Aber ihr müsst verstehen ... wenn wir mit euch gesehen werden ... nicht auszudenken!« Er zuckte verlegen mit den Schultern und stieg ohne ein weiteres Wort die Treppe nach unten.

»Also ...«, sagte Marietta zögerlich. Sie rieb sich die Hände, und Leon hatte das Gefühl, dass ihr der Abschied nicht ganz leichtfiel. »Ich muss dann auch ...«

Leon reichte Marietta die Hand. »Danke noch mal. Und übrigens: Ich habe noch nie jemanden getroffen, der so gut zeichnen kann wie du. Schade, dass wir uns wohl nicht mehr wiedersehen werden ...«

»Danke«, murmelte auch Fliege und streckte Marietta die Hand entgegen.

Obwohl sie kein Sterbenswörtchen über ihre Schuldgefühle verloren, wusste Marietta offenbar trotzdem Bescheid, denn sie winkte ab und sagte: »Schon gut! Die Krähenmänner haben euch ja nicht entdeckt. Wir sind daher auch nicht in Gefahr, denke ich.« Sie lächelte. »Wisst ihr, ich lebe schon immer bei meinem Großvater. Da bin ich, ehrlich gesagt, über jede Abwechslung froh.« Jetzt grinste sie sogar über das ganze Gesicht.

Leon konnte nicht recht sagen, ob ihr der Ernst der Lage nicht ganz bewusst war oder ob Marietta einfach ein sehr furchtloses Mädchen war. »Mach's gut!«, sagte er.

Fliege hob noch wortlos die Hand zum Gruß, dann machten beide kehrt und kletterten hintereinander die schmale Leiter nach oben in die Dunkelheit.

Ein Riese namens Anatol

Der Dachboden war nicht beleuchtet. Zum Glück stand der Mond aber bereits am Himmel, sodass sie nur seinem Licht folgen mussten, vorbei an einer Reihe von Kästen und Schränken. Bei der Dachluke angekommen, stellten sie allerdings schnell fest, dass sie verschlossen war.

»Verflucht! Wie geht denn dieses blöde Ding auf?« Fliege fingerte am Fensterrahmen herum. Auch Leon fuhr mit der Hand an der hölzernen Einfassung entlang. Endlich hatten sie die Verriegelung entdeckt. Sie klappten die Dachluke auf, schoben ein altes Schränkchen direkt unter die Öffnung und kletterten ins Freie.

Die warme Nachtluft war herrlich. Leon schloss die Augen und atmete tief durch. Er hatte noch nie Angst vor Höhen gehabt. Gerade in diesem Augenblick fiel ihm jedoch ein, dass es Fliege da ganz anders ging. Erschrocken drehte er sich zu ihm um. Der Ärmste lag tatsächlich bäuchlings auf den Dachziegeln und hatte die Finger in den Rahmen der Luke gekrallt.

»Alles klar?«, fragte er besorgt.

»W... wie sieht's denn aus?«, stammelte Fliege.

Leon nahm seinen Freund bei den Schultern. »Du darfst einfach nicht nach unten sehen.«

Ganz vorsichtig rollte sich Fliege auf den Rücken und stützte sich mit den Armen ab. Im nächsten Moment riss er die Augen weit auf und starrte völlig entgeistert auf die nächtliche Silhouette Quentins. Die unzähligen Lichter der hell erleuchteten Stadt spiegelten sich als glitzernde Punkte in seiner Brille.

»Unglaublich!« Fliege sah kurz zu Leon, um den Blick sofort wieder auf das Lichtermeer zu richten.

Leon setzte sich neben ihn auf die warmen Dachziegel. »Hab ich etwa zu viel versprochen?« Er strahlte über das ganze Gesicht. Ein nie gekanntes Glücksgefühl überschwemmte ihn und ließ ihn für einen Augenblick alle Ängste vergessen. Von hier aus konnte man über das gesamte Stadtgebiet sehen. Hell angestrahlte Kirchtürme, prächtige Gebäude und Lichtkegel, die bis in den Himmel ragten – so weit das Auge reichte. »Ist das nicht wunderschön?« Wenn er nur so gut zeichnen könnte wie Marietta! Zu gerne hätte er den Anblick, der sich ihm bot, auf Papier gebannt, um ihn, zurück in Valmot, seiner Mutter, Valerie und seinem Freund Joseph zu zeigen.

Eine Weile saßen sie in den großartigen Anblick versunken nebeneinander. Endlich sagte Leon nachdenklich: »Sicher sind zu Hause alle sehr aufgeregt.« Der Gedanke daran, was für Sorgen seine Mutter sich jetzt wohl um ihn machte, zerriss ihm fast das Herz.

»Ehrlich gesagt hoffe ich, dass sie nach uns suchen«, murmelte Fliege.

Leon überlegte. »Kann ich mir nicht vorstellen, zumindest suchen sie uns bestimmt nicht *hier*. Die meisten hatten ja schon immer Angst vor der Stadt. Es ist halt nicht jeder so verrückt wie wir.« Er lächelte. Leon war unheimlich froh, dass Fliege sich unter der Plane versteckt hatte. Wäre er jetzt alleine, würde er vor Angst umkommen, da war er sich sicher.

»Was stand eigentlich auf dem Zettel?«, fragte Fliege leise.

»Ein Plan. Der Alte hat einen Plan für uns gezeichnet.« Leon zog den kleinen Zettel hervor, den ihm Mariettas Großvater gegeben hatte, und hielt ihn so ins Mondlicht, dass man zumindest ein bisschen erkennen konnte.

»Siehst du?« Er deutete auf ein kleines Quadrat. *Verkaufshof*, stand dort geschrieben.

»Das muss der Hof sein, in dem Morelli überfallen wurde. Und hier ...« Er tippte mit dem Finger auf ein kleines Rechteck, in das der Alte ein *X* und den Hinweis *P. N.* geschrieben hatte. Die Initialen von Philippe Noël. »... hier müssen wir hin.«

»Der Mann wohnt ja nur ... Moment ... eins, zwei, drei ... drei Häuser weiter?«, stellte Fliege erstaunt fest.

»Richtig!« Leon erhob sich. Er nahm Fliege bei der Hand und zog ihn auf die Beine. Gemeinsam schlossen sie die Luke, dann tasteten sie sich vorsichtig über die Dachsteine vorwärts. Glücklicherweise standen die Häuser hier sehr nahe beisammen. So schaffte es selbst Fliege – wenn auch an Leons Hand –, von einem Dach zum nächsten zu springen.

»Ich glaube, da wohnt er!« Leon deutete auf die Dachfläche vor ihnen. Die rostrote Farbe der Fassade war im Schein der Straßenlaternen deutlich zu erkennen. Durch ein großes, quadratisches Fenster im Dach drang Licht ins Freie.

»Mal sehen, was sich da drinnen abspielt!« Gerade als Leon den Spalt zwischen den beiden Dächern mit einem beherzten

Schritt überwinden wollte, glaubte er hinter sich ein Geräusch zu hören.

Er verharrte in seiner Bewegung. Auch Fliege musste etwas bemerkt haben, denn er starrte Leon angsterfüllt an. Mit pochendem Herzen drehte Leon sich um – und schlug sich im nächsten Moment die Hand vor die Stirn. Das konnte ja wohl nicht wahr sein! Wenige Meter hinter ihnen kauerte Marietta auf dem Dach. Sie grinste verlegen.

»Bist du verrückt?!«, fragte Leon entgeistert. »Ich dachte, die Krähenmänner schnappen uns gleich. Fast wäre ich vor Schreck vom Dach gefallen!«

»Ich bin nur gekommen, weil ich euch helfen will.« Zerknirscht sah Marietta zu ihm auf.

»Das ist wirklich nett von dir – aber es geht nicht. Dein Großvater bringt uns um, wenn er davon erfährt«, sagte Leon und fügte leise hinzu: »Wenn ihm die Krähenmänner nicht zuvorkommen.«

Marietta blickte ihn entschlossen an. »Ich weiß ja, dass es gefährlich ist. Aber ich kenne mich in der Stadt gut aus. Ihr nicht. Und wenn ihr bei diesem, diesem Mann …«

»Philippe Noël«, half Fliege ihr.

»Genau! Wenn ihr bei dem angekommen seid, lasse ich euch allein und klettere zurück. Mein Großvater wird gar nichts bemerken. Er hat sich längst in sein Zimmer zurückgezogen, denn er muss morgen sehr früh raus und kommt erst spätabends wieder.«

»Versprochen?«, fragte Leon und hielt ihr die Hand entgegen.

»Versprochen«, sagte Marietta. Sie ging auf Leon zu und schlug erfreut ein.

»Gut, dann kannst du gleich wieder nach Hause gehen.« Leon grinste und deutete auf das hell erleuchtete Fenster im Dach vor ihnen. »Das hier ist nämlich das Haus von Philippe Noël.« Zwar hätte er nichts dagegen gehabt, Marietta noch etwas länger um sich zu haben – aber er wollte sie nicht unnötig in Gefahr bringen. Es reichte ja schon, dass Fliege und er in einer unbequemen Lage waren.

Marietta sah Leon enttäuscht an, machte aber keine Anstalten, umzukehren. »Komm schon.« Sie verschränkte die Arme. »Einen schnellen Blick durchs Fenster werde ich wohl noch werfen dürfen. Danach bin ich auch gleich weg. Ganz ehrlich.«

Leon konnte es nicht fassen. Dieses Mädchen war hartnäckiger, als er gedacht hatte. Ohne Marietta zu antworten, wandte er sich um. Er sprang über den schmalen Spalt auf das angrenzende Hausdach und reichte Fliege von der gegenüberliegenden Seite die Hand. Marietta hatte keine Hilfe nötig. Wie eine Gazelle hopste sie über den Abgrund. Es wirkte beinahe so, als wäre sie schon viele Male hier oben unterwegs gewesen.

Die drei legten sich flach auf das Dachfenster und blickten ins Innere des Gebäudes – in eine kleine, spärlich eingerichtete Kammer. Bis auf einen Ofen, eine verrostete Stehlampe und ein riesengroßes, schäbig wirkendes Bett, das genau unter dem Fenster stand, war das Zimmer leer.

»Hier ist niemand. Aber seht euch mal dieses Bett an! Da

passen ja gleich fünf Menschen rein.« Leon deutete unter sich in den Raum.

»Ja, das ist wirklich gewaltig«, staunte Fliege. »Bist du sicher, dass wir hier richtig sind? Mariettas Großvater hat kein Wort davon gesagt, dass dieser Philippe Noël besonders groß oder dick sein soll.«

»Moment ...« Leon fuhr mit der Hand in seine Hosentasche, um den kleinen Plan noch einmal hervorzuholen, als plötzlich ein lautes, metallisches Knacken zu hören war.

»Was war das denn?«, flüsterte Marietta.

»Klang irgendwie nach einem Fensterriegel«, gab Fliege zurück.

Die drei sahen einander entsetzt an, doch es war bereits zu spät. Bevor sie noch irgendetwas tun konnten, gab das Fenster mit einem Ruck nach, um gleich darauf nach unten wegzukippen. Vor Schreck laut schreiend stürzten die drei Kinder in die Tiefe. Gleich darauf krachte und polterte es, und Leon spürte, wie er von etwas Weichem eingehüllt wurde.

Ohne sich zu bewegen, lag er mit geschlossenen Augen auf dem Rücken. Um ihn herum war es nun ganz still. Er atmete tief ein und wieder aus, um sich zu beruhigen. Erst nach einer Weile traute er sich, die Augen zu öffnen und vorsichtig nach Fliege und Marietta zu tasten.

»Das gibt's doch gar nicht«, murmelte er benommen. Die dicken Kissen und Decken des Riesenbetts hatten ihren Sturz aufgefangen. Leon schubste ein paar Kissen zur Seite, setzte sich auf und blies sich eine Daunenfeder von der Nase.

»Alles in Ordnung bei euch?«

»Ja, fast! So ein Mist!« Fliege wühlte wie besessen in der Bettwäsche herum. Er hatte in dem ganzen Durcheinander seine Brille verloren.

»Und bei dir?« Leon drehte sich zu Marietta, die leicht benommen auf dem Fußende des Betts saß.

»Nun ja …«, sagte sie. »Bis auf die Tatsache, dass wir gerade eben in ein fremdes Haus eingedrungen sind, nicht wissen, ob es überhaupt das richtige ist, ein Dachfenster zerstört haben, auf der Flucht vor düsteren Krähenmännern sind und keine Ahnung haben, wie es jetzt mit uns weitergehen soll …« Ihr Blick wanderte zur Decke, wo der Fensterflügel mit einem Quietschen hin und her pendelte. »Ja«, sagte sie dann grinsend. »Abgesehen davon ist alles in bester Ordnung. Ich würde sogar sagen: Das hier wird langsam zu einem richtigen Abenteuer!«

»Auf diese Art von Abenteuer könnte ich gut und gerne verzichten«, brummte Leon. »Los, lasst uns mal herausfinden, wo wir hier gelandet sind.«

Fliege hatte inzwischen seine Brille gefunden und schob sie sich wieder auf die Nase. Zum Glück war sie unbeschädigt. Leon kletterte aus dem gewaltigen Bett, zupfte sich ein paar Federn aus der Kleidung und ließ den Blick durch die kleine Kammer wandern. Von Nahem sah sie fast noch abgewohnter aus. Die Wände waren kahl, der Ofen ziemlich alt und rostig, und selbst das Türblatt war offenbar irgendwann aus den Angeln gefallen. Es lehnte neben einer dunklen Maueröffnung an der Wand.

»Seht mal!« Fliege winkte Leon und Marietta zu sich. Alle

versammelten sich um den Ofen und betrachteten einige alte Fotografien und Bilder, die mit kleinen Nägelchen an der Wand festgemacht waren und ausgesprochen seltsame Motive zeigten. Ganz zuoberst hing das Bild eines kleinwüchsigen Mannes in einem Frack. *Chlodwig – der größte Magier der Welt* stand im Hintergrund zu lesen. Gleich daneben hing das Foto einer jungen Frau. Sie stand vor einem bunt bemalten Wohnwagen, trug ein glitzerndes Kostüm und streichelte gerade ein Zebra.

»Zebras gibt es also wirklich«, sagte Leon fasziniert. Er kannte die Tiere nur aus einem alten Buch, das Morelli einmal von einem seiner Stadtbesuche mitgebracht hatte.

Direkt unter dieser Aufnahme hing eine bedruckte Postkarte, auf der ein Mann abgebildet war, von dem man nicht besonders viel erkennen konnte. Sein Körper war über und über mit Haaren bedeckt. *Der schreckliche Comosus*, stand in knallgelben, blau umrandeten Lettern quer über die Karte geschrieben.

»Was hat das zu bedeuten?«, fragte Marietta.

»Keine Ahnung.« Leon kratzte sich am Kopf.

»Na toll«, sagte Fliege entmutigt. »Wahrscheinlich ist das wirklich das falsche Haus.« Er verschränkte trotzig die Arme. »Und jetzt kommt als Nächstes noch der Riese, der hier wohnt, und …«

Marietta hob blitzschnell die Hand. »Pst, da ist was!«

Leon hielt den Atem an und lauschte. Tatsächlich: Im Treppenhaus waren plötzlich Schritte zu hören. Es waren schwere Schritte, die sich rasch näherten. Erschrocken wandten die drei den Blick zu der dunklen, rechteckigen Öffnung in der Wand.

»D… das hab ich doch nicht ernst gemeint«, stammelte

Fliege noch, aber da tauchte auch schon eine Gestalt aus dem Dunkel hervor. Sie war so gewaltig groß, dass sie sich bücken musste, um durch die Maueröffnung zu gelangen.

»Mein Gott«, flüsterte Leon. Nur wenige Meter vor ihm stand jetzt der größte Mann, den er je gesehen hatte. Unter seinen Augen saßen dicke Tränensäcke, er hatte ein vorstehendes Kinn, und obwohl er den Mund geschlossen hielt, ragten mehrere gelbe Zähne zwischen seinen Lippen hervor. Den monströsen Kopf zierte ein schwarz glänzender Pagenschnitt, auf dem ein viel zu kleiner, violetter Hut saß.

Leon wollte laut schreien, doch die Angst schnürte ihm die Kehle so fest zu, dass er keinen Pieps hervorbrachte. Auch der Riese stand einfach nur da und starrte die drei Eindringlinge an. Vermutlich war er genauso überrascht wie sie. Er runzelte die Stirn und schien nachzudenken, während sein Blick zu dem herabhängenden Fensterflügel und wieder zurück wanderte.

»Sucht ihr Meister Noël?«, grunzte er endlich mit tiefer Stimme. Sofort füllte ein intensiver Geruch von Bier und rohen Zwiebeln den Raum.

Leon wandte den Kopf zur Seite und nickte, wenngleich er sich nicht erklären konnte, woher dieser Koloss das wusste. Zumindest machte es den Anschein, als wären sie doch ins richtige Haus gefallen.

Der Riese trat unter das offen stehende Fenster, streckte sich ein wenig und drückte den Fensterflügel in seine ursprüngliche Position zurück. Dann wandte er sich wieder um – und tat etwas, womit Leon unter gar keinen Umständen gerechnet hätte: Er hielt den dreien seine topfdeckelgroße Hand entgegen. Dabei grinste er von einem Ohr zum anderen, wodurch all seine dicken, gelben Zähne in voller Größe zum Vorschein kamen. »Anatol!«, brummte er freundlich.

Leon hatte es die Rede verschlagen. Auch Marietta und Fliege starrten reglos auf die üppig behaarte Hand.

Anatol wirkte fast ein wenig enttäuscht, sagte aber liebenswürdig: »Wir müssen hinunter! Meister Noël ist im Erdgeschoss.« Mit beiden Händen deutete er auf die Tür, durch die er zuvor getreten war.

Da erwachte Leon aus seiner Erstarrung. Hinter Marietta und Fliege huschte er durch die Maueröffnung ins dunkle Treppenhaus.

»Aber Vorsicht!«, säuselte der Riese. »Es ist dunkel im Haus. Meister Noël verträgt nämlich kein Licht. Nein, Licht verträgt er überhaupt nicht.«

Wortlos stiegen die Kinder eine enge Treppe hinunter, gefolgt von dem hünenhaften Mann, dessen schwere Stiefel die hölzerne Stiegenkonstruktion bei jedem Schritt erzittern ließen. Es war stockfinster, und Leons Augen gewöhnten sich nur langsam an die Dunkelheit. Wie im Inneren eines Turms schlängelte sich die Treppe zwei Stockwerke in die Tiefe, Stufe für Stufe, bis in die unterste Etage des Hauses. Der Flur war in bläuliches Licht getaucht, das durch das Glas der Eingangstür drang und dem Raum eine merkwürdig unwirkliche Atmosphäre verlieh.

»Meister Noël?«, flüsterte Anatol in die Dunkelheit, als sie am anderen Ende des Hausflurs vor einer offen stehenden Tür hielten. »Besuch für Sie.«

Leon lauschte angespannt, doch es war nichts zu hören. Das alles war so unheimlich, dass er es vorzog, sich hinter dem mächtigen Körper des Riesen zu verstecken.

»Leon?«

Leon erstarrte vor Schreck. Hatte soeben wirklich eine fremde Männerstimme seinen Namen aus dem Dunkel geflüstert? Wie war das möglich? Panisch wandte er sich um und wollte in den Flur flüchten, aber Anatols riesenhafte Hand packte ihn am Kragen und schob ihn in das unbeleuchtete Zimmer. Fliege und Marietta kamen zögernd hinterher.

»Leon, bist du das?« Die Stimme war schwach und fistelig. So schwach, dass Leon Mühe hatte, sie zu verstehen. »Komm ein wenig näher.«

Leon kniff die Augen zusammen. Erst jetzt erkannte er auf einem schmalen Bett, unweit des Eingangs, die Konturen einer Gestalt. Das musste Philippe Noël sein. Der *Besucher* von früher. Der Bürger Valmots, der ihnen angeblich als einziger Mensch auf der Welt helfen konnte.

Anatol gab Leon einen leichten Schubs, und Leon trat unsicher einen Schritt vorwärts. Er konnte kaum fassen, was er sah. Vor ihm auf dem Bett unter einem mit dicken Vorhängen verschlossenen Fenster lag ein abgemagerter, zerbrechlicher Greis. Totenbleich und mit eingefallenen Wangen. Entsetzt starrte Leon auf den dürren Körper. Er schien nur aus Haut und Knochen zu bestehen. Dieser Mann stellte keine Gefahr dar, davon war Leon überzeugt. Allerdings war von dem bemitleidenswerten Alten auch nicht viel Hilfe zu erwarten.

Ratlos wandte Leon sich zu Fliege und Marietta um. Die beiden traten zögerlich hinzu, wobei Fliege gut einen Meter von dem Bett entfernt stehen blieb. Beim Anblick des ausgezehrten Körpers hielt er sich erschrocken die Hand vor den Mund. Philippe Noël hob indessen unter Mühen den Kopf. »Leon«, röchelte er noch einmal erschöpft, um gleich darauf so heftig zu husten, dass sein ganzer Körper durchgeschüttelt wurde. »Ich wusste, dass du kommst. Es war nur eine Frage der Zeit.« Er sah an Leon vorbei. »Oh, Fliege ist auch hier«, sagte er erstaunt.

Fliege zuckte zusammen. Er machte einige kleine Schritte zur Seite und versteckte sich hinter Leon und Marietta.

»Und ein Mädchen, das ich nicht kenne.« Der Alte atmete laut ein.

»Ja ... äh ... aber ich verstehe nicht ...«, stotterte Leon.

»Das wirst du«, unterbrach ihn Philippe Noël.

Leon spürte, wie sich die langen, dünnen Finger des Mannes um seinen Unterarm legten. Sie waren kalt und knöchrig. Erst wollte er seinen Arm zurückziehen, doch dann geschah etwas sehr Merkwürdiges. Von einer Sekunde auf die andere wurde er ganz ruhig. Sein Herzschlag verlangsamte sich, sein Atem wurde gleichmäßig, und die gesamte Anspannung fiel von ihm ab. Es war unheimlich, aber er fühlte sich in der Gegenwart dieses Fremden plötzlich sicher.

»W... was passiert hier? Wer sind Sie?«, stammelte Leon. Philippe Noël sah ihn eine Weile wortlos an. »Ich werde bald sterben«, sagte er dann, ohne auf Leons Frage einzugehen. »Das ist nicht schlimm. Das ist der Lauf der Dinge.« Seine Mundwinkel hoben sich zu einem zaghaften Lächeln. »Ich habe lange gelebt. Sehr lange. Länger, als es einem Menschen für gewöhnlich erlaubt ist. Aber ...« Er ließ den Kopf zurück aufs Kissen sinken. »Aber was wird bloß aus euch? Ich mache mir Sorgen. Ja, große Sorgen.« Er atmete schwer, und immer wenn Luft durch seinen Rachen strömte, war ein leises Pfeifen zu hören.

»Aber Sie brauchen sich doch gar keine Sorgen um uns zu machen«, sagte Leon höflich. »Sie müssen uns einfach nur erklären, wie wir zurück nach Hause kommen. Dann kann uns ja nichts mehr passieren.«

Der Alte schien nachzudenken. »Setz dich und hör mir zu.« Er klopfte mit der Hand auf die Bettkante.

Leon warf Fliege einen ratlosen Blick zu, doch der schaute auf den Boden und trat nervös von einem Bein aufs andere. Also hob Leon hilflos die Schultern und ließ sich auf dem Bett nieder.

»Was ich dir jetzt sage, ist bestimmt nicht leicht für dich«, sagte Philippe Noël mit einem unerwartet festen Ton in der Stimme. »Ihr werdet nicht nach Hause zurückkehren können. Nicht jetzt und vielleicht nicht einmal später. Es tut mir sehr leid.«

Erschrocken starrte Leon den Mann an. Er fühlte, wie die Angst erneut in ihm hochstieg.

»Aber wieso denn nicht?! Man hat uns gesagt, dass Sie ...«

»So begreif doch!«, unterbrach ihn der Alte. »Euer Heimatort steht unmittelbar vor dem Untergang. Erst sind es die Ziegel und Steine, die Bäume, die Felder und die Tiere. Und dann ...« Er zögerte. »Ja, dann wird euch dasselbe Schicksal ereilen. Ich habe alles versucht, um euer Dorf zu retten – *unser*

Dorf«, verbesserte er sich selbst. »Doch all meine Bemühungen waren umsonst.«

Leon merkte, wie ihm Tränen in die Augen stiegen. »Aber wie kann das sein? Es fehlen doch nur ein paar Steine …?« Mitten im Satz versagte ihm die Stimme. Philippe Noël antwortete nicht. Er drehte sich ein wenig zur Seite und deutete mit dem ausgestreckten Zeigefinger unter sein Bett. Leon verstand erst nicht, was der Mann von ihm wollte. Doch dann beugte er sich vor und tastete mit der Hand unter das Bettgestell. Hier lag tatsächlich etwas. Ein großer, schwerer Gegenstand. Mit beiden Händen zog Leon ihn hervor und hob ihn auf seine Knie. Erst jetzt erkannte er, dass es sich um ein Buch handelte. Ein dickes Buch mit einem ledernen Einband. Mehr konnte er in dem spärlichen Licht nicht erkennen.

»Darin habe ich alles niedergeschrieben«, flüsterte Philippe Noël und sah Leon tief in die Augen. »Dieses Buch ist eure letzte Hoffnung. Es ist eure Zukunft. Die Zukunft eurer Heimat und all ihrer Bewohner.«

Leon verstand nicht, was ihm der Alte hier erzählte. Mit den Fingern strich er über das speckige Leder des Einbands. Warum war dieses Buch so besonders? Am liebsten hätte er es sofort aufgeschlagen und darin geblättert.

»Dafür ist später noch Zeit«, sagte der Alte, als hätte er seine Gedanken gelesen. Er lächelte. »Vertraut Anatol, er wird euch und das Buch in Sicherheit bringen. Nur eines darf unter gar keinen Umständen passieren: *Sie* dürfen es niemals in die Hände bekommen.«

»Sie?«, fragte Leon.

»Die Krähenmänner.« Philippe Noël schob mit der Hand den Vorhang ein wenig zur Seite, sodass Leon hinaus auf die Straße sehen konnte. Erschrocken wich er zurück. Draußen vor dem Haus standen mindestens zehn der unheimlichen Jäger. Aus irgendeinem Grund schienen sie allerdings nicht näher kommen zu können. Es wirkte fast so, als wäre das Haus durch eine unsichtbare Mauer gesichert. Den Blick auf die Fenster gerichtet, lauerten sie auf der gegenüberliegenden Straßenseite unter den Straßenlaternen.

»O Gott, das sind ja unglaublich viele!« Leon sah den Alten entsetzt an.

»Mist!«, flüsterte Fliege und fuhr sich nervös mit der Hand übers Gesicht, während Marietta an ihren Fingernägeln herumkaute.

Hilfe suchend sah der Alte nun an Leon vorbei zur Tür. »Anatol?«

»Ja, Meister.« Der Riese bewegte seinen behäbigen Körper ans Bett.

»Anatol, es ist nun so weit. Ihr müsst aufbrechen. Und macht schnell!« Philippe Noëls Stimme zitterte. »Bring das Buch zu Chlodwig, und bitte ihn, die Kinder aufzunehmen!« Er hob den Blick und sah Leon mit großen Augen an. »Bald seid ihr selbst in meinem Haus nicht mehr sicher«, sagte er dann leise. »Es bietet nur Schutz, solange ich lebe.«

Der alte Mann richtete sich ein wenig auf. Er öffnete eine kleine Schublade in seinem Nachttisch und zog ein Briefkuvert hervor, das er Anatol reichte. Der Riese nickte und verstaute den Brief in seiner Manteltasche.

»Keine Sorge, Meister«, sagte Anatol und lächelte sanft. Der monströse Kerl wirkte plötzlich so fürsorglich wie eine Mutter, die ihr Kind tröstet. »Auf Chlodwig ist Verlass.« Er wandte sich Leon, Marietta und Fliege zu. »Chlodwig ist ein alter Freund von mir. Er lebt in einem Wohnwagen am Fluss. Ein Stück stromaufwärts. Dort werden sie euch mit Sicherheit nicht suchen. Sobald ich euch abgesetzt habe, werde ich noch einmal hierher zurückkehren, um Meister Noël beizustehen.«

»Das ist gut, Anatol. Das ist sehr gut.« Der Alte schloss sichtlich erleichtert die Augen. Leon fühlte, wie der Druck seiner Finger schwächer wurde und sich die Hand von seinem Unterarm löste.

»Was ist mit ihm?«, fragte er.

Anatol beugte sich über Philippe Noël und hielt sein Ohr knapp vor dessen Gesicht. »Die Erschöpfung«, flüsterte er betroffen. »Er ist eingeschlafen. Dem Meister bleibt nicht mehr viel Zeit.«

Mit einem strengen Blick musterte er die drei. »Ich muss einige Vorbereitungen treffen. Ihr bleibt so lange hier. Und macht keine Dummheiten, verstanden?«

»Verstanden«, sagte Leon. Marietta und Fliege nickten nur.

Behutsam nahm der Riese Leon das Buch aus der Hand. Er zog den Briefumschlag, den Philippe ihm soeben gegeben hatte, aus seiner Manteltasche, öffnete den Buchdeckel und schob das Kuvert zwischen die Seiten, bevor er es unter seinen Arm klemmte.

Gleich darauf entzündete er mit einem Streichholz die Kerzen in einem dreiarmigen Leuchter auf einem kleinen Tischchen neben dem Bett.

»Sollte mein Meister erwachen, müsst ihr die Kerzen löschen. Licht bekommt ihm nämlich nicht. Aber das sagte ich ja bereits.« Damit machte er kehrt und trat durch die Tür in den Flur. Dann entfernten sich seine Schritte.

Nachdenklich sah Leon ihm nach. »Was meint ihr, was in dem Buch steht?«, fragte er leise, ohne seine Freunde anzusehen.

»Ich habe nicht die geringste Ahnung«, erwiderte Fliege. Marietta hob die Augenbrauen und sah zwischen den beiden hin und her.

»Was auch immer das für ein Buch ist – ihr solltet gut darauf aufpassen«, flüsterte sie.

Erst jetzt erkannte Leon im schwachen Lichtschein, dass die Wände rundum mit Regalen verkleidet waren. Kaum tiefer als Streichholzschachteln, ragten sie vom Boden bis zur Decke und von Mauerecke zu Mauerecke. Unzählige schmale Glasröhrchen füllten, fein säuberlich aufgereiht, die einzelnen Fächer. Sie waren mit Etiketten versehen und mit kleinen Korken verschlossen. Im Licht der Kerzen glitzerten die gläsernen Gefäße wie tausend funkelnde Sterne. Langsam ließ Leon den Blick durchs Zimmer wandern. Das Funkeln der Gläser war überwältigend, und für einen Moment dachte er wehmütig an den Nachthimmel am Ufer ihres kleinen Sees. Er wünschte sich nichts sehnlicher, als dass alles wieder so wäre wie früher. So, wie er es kannte.

Tausend Erinnerungen

Lange betrachtete Leon das Glitzern und Glänzen der unzähligen Glasröhrchen. Er hoffte inständig, dass seine Mutter und seine Schwester in Sicherheit waren. Vermutlich waren die Worte des Alten nichts weiter als Hirngespinste und alle Bewohner Valmots ohnehin wohlauf. Je länger Leon darüber nachdachte, desto unvorstellbarer schien ihm, dass die Dinge sich geändert haben sollten. Joseph stand bestimmt wie immer in seiner Werkstatt und schraubte an irgendetwas herum, und Hendrik schlenderte wahrscheinlich gerade laut singend über den Marktplatz.

Leon lächelte gedankenverloren. Erst nach einer Weile erinnerte er sich daran, dass Fliege und Marietta neben ihm standen. Sein Freund ließ die Schultern hängen und starrte bedrückt zu Boden. Die Worte des Alten setzten ihm offenbar noch mehr zu. Leon legte ihm mitfühlend die Hand auf die Schulter.

»Mach dir keine Sorgen«, versuchte er ihn zu beruhigen. »Du siehst doch selbst, wie alt dieser Philippe Noël ist. Wahrscheinlich weiß er gar nicht mehr genau, wovon er redet. Und was die Krähenmänner angeht ...« Leon sah über Flieges Schulter hinweg zum Fenster. »... die erledigt Anatol doch mit links.«

»Wahrscheinlich hast du recht.« Fliege hob den Blick. Die Skepsis in seinen Augen war allerdings kaum zu übersehen.

»Sagt mal, Noël hat doch nicht etwa von dem Chlodwig da oben gesprochen?«, flüsterte Marietta. Sie zeigte mit dem Finger zur Decke. »Ihr wisst schon ... dieser Zwergenmagier auf dem Foto.«

»Also, es würde mich schon sehr wundern, wenn es gleich zwei Chlodwigs gäbe«, entgegnete Leon und hob den Leuchter vom Tisch.

Marietta rieb sich das Kinn. »Du hast recht. Besonders häufig ist der Name ja nicht gerade.«

Leon vergewisserte sich kurz, dass Philippe Noël auch tatsächlich schlief, dann schritt er auf eines der Regale zu, um sich die Röhrchen genauer anzusehen.

5745 H. K., stand in geschwungener Handschrift auf einem Etikett. *5782 M. K.* auf dem nächsten. »Seht mal, was *hier* steht!« Leon musste schmunzeln. »*1467 Küchenschrank.*« Er schüttelte den Kopf. »Was soll das denn bedeuten?«

»Was sind das überhaupt für merkwürdige Gläser?«, fragte Fliege und schob seine Nase knapp vor eines der Gefäße.

»Hm ...« Leon hielt den Leuchter ganz nahe an das Regal. »Die Frage ist wohl eher, was das für merkwürdige Dinge *in* den Gläsern sind«, überlegte er laut.

Die zerbrechlichen Röhrchen waren mit den unterschiedlichsten Gegenständen befüllt. Leon konnte kleine Stoffreste und Lederstückchen ausmachen. Auch Knöpfe, getrocknete Blätter, Bonbons, kleine Papierschnipsel und Holzstückchen waren zu sehen. In jedem der Gläser befand sich etwas anderes.

»Sieh mal!« Fliege deutete plötzlich aufgeregt auf eines der Röhrchen. »Leuchte mal hierhin!«

Leon wandte sich um und hielt den Leuchter vor Flieges Nase. Erst konnte er gar nichts erkennen, denn das Glas spiegelte den Schein der Kerzen. Doch dann glaubte er, seinen Augen nicht zu trauen. Mehrmals musste er blinzeln, um sicherzugehen, dass er keiner Täuschung unterlag. In dem Röhrchen steckte ein winzig kleines, rot bemaltes Flugzeug. Die Miniatur sah exakt so aus wie ein Anhänger, den Leon von Joseph zu einem seiner zwölften Geburtstage bekommen hatte.

Leon starrte Fliege fassungslos an. Er wusste, dass seinem Freund dasselbe durch den Kopf ging wie ihm. Joseph hatte den kleinen Flieger eigenhändig für ihn gefertigt – das hatte er zumindest stets behauptet. Wie kam dann eine Kopie in das Haus von Philippe Noël?

»Ist das etwa *dein* Anhänger?«, fragte Fliege leise.

»Natürlich nicht!«, zischte Leon. »Mein Anhänger liegt zu Hause auf meinem Nachttisch. Zumindest heute Morgen war er noch da.« Dennoch war die ganze Sache mehr als eigenartig, und Leon war selbst völlig ratlos. Vorsichtig hob er das Glas aus seiner Verankerung. Auf das Etikett hatte jemand 5742 und ein großes L geschrieben. *L* wie *Leon*.

Marietta beugte sich neugierig über Leons Schulter. »Das ist ja merkwürdig«, sagte sie.

»Du hast keine Ahnung, *wie* merkwürdig«, gab Fliege düster zurück.

Leon ignorierte Mariettas fragenden Blick und setzte sich an den Tisch, um den Inhalt des Gläschens genauer in Augenschein zu nehmen. Neben dem Flugzeug und einigen kleinen Stoff- und Lederstückchen befand sich noch eine dunkelbraune Haarlocke in dem Glas. Sie hatte dieselbe Farbe wie Leons Haare und war mit einem hellen Zwirn zusammengebunden.

Leon umfasste ganz behutsam den winzigen Korken, um ihn aus dem Glas zu ziehen, als es plötzlich im Flur rumorte. Gleich darauf bog Anatol um die Ecke und polterte lautstark zur Tür herein.

Ausgerechnet jetzt, dachte Leon. Mit einer geschickten Bewegung ließ er das Röhrchen im Ärmel seines Hemds verschwinden.

Anatol musterte ihn mit einem bohrenden Blick. Irgendwie schien er Verdacht zu schöpfen. »Ihr habt doch nichts angefasst, oder?«, sagte er mit einem argwöhnischen Ton in der Stimme.

»Nein, natürlich nicht«, log Leon, während das kalte Glasröhrchen an seinem Unterarm entlang Richtung Ellenbogen rutschte.

Der Hüne betrachtete ihn kurz, dann holte er tief Luft und blies mit einem lauten Schnaufen die Kerzen aus. »Los, folgt mir!«

»Aber was ist mit den Krähenmännern?« Leon deutete unsicher zum Fenster. »Die warten doch nur darauf, dass wir das Haus verlassen.«

»Keine Sorge.« Anatol winkte mit der Hand ab. »Sie sind zwar mehr als wir, aber wir sind schlauer. Ja, schlauer sind wir auf jeden Fall.« Dabei grinste er selbstbewusst.

Zum ersten Mal hatte Leon das Gefühl, dass dieser monströse Kerl genau wusste, wovon er sprach.

»Wir haben uns gefragt, was die vielen Gläser zu bedeuten haben«, sagte er zaghaft, denn er wollte unbedingt herausfinden, was es mit dem Röhrchen in seinem Ärmel auf sich hatte.

»Ja, richtig!« Mit einem unschuldigen Lächeln sprang Marietta ihm bei. »Warum hat Herr Noël diese ganzen Dinge gesammelt?« Sie deutete rundum auf die Regale.

»Meister Noël ist ein sehr tapferer Mann, müsst ihr wissen«, antwortete Anatol. »Er hat im Großen Krieg gekämpft und alles verloren – seine Familie, seine Freunde und sein Zuhause. Dieser Mann hat ein gütiges Herz. Er …« Anatols Stimme klang mit einem Mal brüchig. Er stockte, sein Kinn zitterte, und er wischte sich mit dem Handrücken über beide Augen. »Er hat mich aufgenommen wie einen Sohn.« Der Riese zog ein Taschentuch aus seiner Manteltasche, tupfte sich damit die Augen und schnäuzte sich lautstark. Dann räusperte er sich verlegen. Offenbar war es ihm unangenehm, seine Gefühle vor anderen zu zeigen.

Leon sah zu Fliege und Marietta. Er konnte kaum glauben, dass dieser Koloss tatsächlich vor Rührung weinte. Allerdings hätte er lieber etwas über die merkwürdigen Röhrchen erfahren, und die Zeit drängte.

»Meister Noël hat vor nichts Angst«, erklärte Anatol gefasster weiter. »Nicht einmal vor dem Tod. Und doch gibt es eine Sache, die ihm vor lauter Sorge den Schlaf raubt.« Nachdenklich betrachtete er die zahllosen Gläser in den Regalen. »Es ist die Furcht vor dem Vergessen«, sagte er dann leise. »Sein ganzes Leben steckt in diesen kleinen Gläsern. Tausend Erinnerungen an die Vergangenheit. An seine Lieben, seine Heimat und den Krieg.«

Der Riese rückte sich seinen breiten Ledergürtel zurecht. »Aber genug geplaudert! Wir brechen auf!« Schwungvoll wandte er sich um und ging in den Flur.

Noch einmal sah Leon zurück zu dem schlafenden alten Mann. Bei dem Gedanken, ihn so hilflos und alleine zurückzulassen, fühlte er sich gar nicht wohl. Aber ihm blieb keine andere Wahl – das hatte Philippe Noël selbst sehr deutlich gemacht.

Im Flur nahm Leon Marietta beiseite. »Hör zu, vielleicht solltest du uns einfach vorgehen lassen und dich dann alleine rausschleichen. Nach dir suchen die Krähenmänner ja nicht«, flüsterte er.

Marietta verschränkte trotzig die Arme. »Ich bleibe bei euch!«, sagte sie bestimmt. »Zumindest so lange, bis ihr in Sicherheit seid.«

Leon hob erstaunt die Augenbrauen. Er ahnte, dass bei diesem Mädchen Widerspruch zwecklos war, also verbiss er sich jeden weiteren Kommentar.

Anatol hielt vor einer schweren Metalltür. Er kramte einen Schlüssel aus der Hosentasche, schob ihn ins Schloss und entriegelte es mit einer beherzten Drehung. »Wir müssen jetzt sehr leise sein. Wir wollen den Krähenmännern doch nicht die Überraschung verderben.« Grinsend hielt er den Zeigefinger vor die Lippen und öffnete die Tür.

Leon betrat staunend den Raum. Offenbar befanden sie sich in der Garage des Hauses. Inmitten zahlreicher Werkzeuge, Truhen und Kisten stand ein Pferdewagen mit einem dunkelgrün gestrichenen, hölzernen Aufbau. Es sah beinahe so aus, als hätte man hinter dem Kutschbock einen kleinen Geräteschuppen auf das Fahrgestell aufgesetzt. Die beiden Türflügel an seinem hinteren Ende ragten geöffnet in den Raum, und vor den Wagen waren zwei mächtige Rappen gespannt. Als Leon auf dem knarzenden Bretterboden einen Schritt vorwärts machte, drehten sie den Kopf zur Tür und schnaubten leise. Leon hatte den Eindruck, als bemühten auch sie sich, möglichst keinen Lärm zu machen.

Fliege legte den Kopf zur Seite, kniff die Augen zusammen und zupfte Leon am Ärmel. »Da steht doch irgendetwas mit *Morelli*, oder täusche ich mich?«

Erst jetzt entdeckte Leon die Lettern an der Seitenwand des Fuhrwerks. Sie waren kaum noch zu entziffern. Die Farbe war verblasst, an vielen Stellen bereits abgeblättert.

»*Morellis Monst...*«, las Leon. Mehr konnte man beim besten Willen nicht erkennen.

»Wer ist dieser ...«, setzte Marietta an.

»Pst, ihr drei!«, wisperte Anatol. »Nicht so laut!«

»Entschuldigung. Wir haben uns nur über die Aufschrift gewundert. Morelli ist der Name eines Freundes«, flüsterte Leon. »Die Krähenmänner haben ihn verschleppt.«

»Das ist auch gut so«, gab Anatol verbittert zurück, während er die beiden Türen des Laderaums noch ein Stück weiter öffnete.

Entsetzt sah Leon zu Fliege. Wie konnte Anatol nur so über ihren Freund sprechen? Er kannte ihn doch gar nicht. Plötzlich bekam er es mit der Angst zu tun. Womöglich steckten der Riese und Philippe Noël mit den schwarzen Jägern unter einer Decke?

»Giacomo Morelli ist ein elender Hund. Es geschieht ihm vollkommen recht, so wie er mich und meine Freunde behandelt hat. Wie Tiere wurden wir gehalten. Gut, dass sie ihn geholt haben«, bekräftigte Anatol seinen Standpunkt. Er bestieg den Laderaum und klappte an jeder der beiden Seitenwände eine Sitzbank herunter.

»Giacomo?« Leon fiel ein Stein vom Herzen. »Das muss jemand anders sein. Unser Freund heißt Enrico! Enrico Morelli!«

»Was?« Anatol wirkte mit einem Mal wie versteinert. »Enrico Morelli? Der Priester?«, fragte er betroffen.

»Äh ...« Leon tauschte einen wissenden Blick mit Fliege. »Ja, genau der«, sagte er dann. Er wusste, dass Morelli des Öfteren als Geistlicher in der Stadt unterwegs gewesen war. Trotzdem erstaunte es ihn, dass Morelli seinen richtigen Namen verwendet hatte.

»Dann muss ich ihm helfen«, sagte Anatol. »Das bin ich ihm schuldig. Ich verdanke diesem Mann nämlich meine Freiheit. Und er ist zwar irgendwie mit Giacomo verwandt, aber man kann sich seine Familie bekanntlich nicht aussuchen.« Der Riese lächelte, und seine großen Zähne leuchteten im Dunkeln.

Leon atmete erleichtert auf. Dass Anatol und Morelli einander kannten, war zwar merkwürdig, doch nun bestand zumindest ein klein wenig Hoffnung für seinen Freund. Sofern Morelli noch am Leben war, natürlich.

Leon kletterte in den Aufbau des Fuhrwerks und setzte sich neben Marietta und Fliege. Bis auf eine große Holztruhe, auf der einige alte Lumpen verstreut lagen, war der Laderaum leer. An jeder Seite der Truhe befand sich ein lederner Haltegriff. Boden, Wände und Decke waren aus groben Holzplanken gezimmert, und es roch ziemlich muffig. Rundum befanden sich mehrere winzig kleine Fenster, die mit engmaschigen Gittern gesichert waren.

»Das Buch ist da drin.« Anatol legte die flache Hand auf den Deckel der Holzkiste. »Das Buch und ein wenig Proviant. Sollte mir etwas zustoßen, müsst ihr es verstecken. Egal, wo! Hauptsache, die Krähenmänner bekommen es nicht in die Finger.« Er entzündete eine kleine Öllampe in einer Halterung an der Wand und reichte Leon die Streichholzschachtel. »Hier. Falls der Fahrtwind das Licht ausbläst.« Dann kletterte er aus dem Wagen, nickte den dreien noch einmal zu und schloss die beiden Türflügel.

»Na endlich!« Kaum war Anatol verschwunden, schnappte sich Leon einen Lappen von der Kiste. Er ließ das Glasröhrchen aus seinem Ärmel gleiten und umwickelte es mit dem Stoff. Vorsichtig schob er es zu der falschen Brille in seine Hosentasche und kniete sich auf die Truhe, um durch das Fenster hinter dem Sitzplatz des Kutschers sehen zu können.

Plötzlich neigte sich das Fuhrwerk stark zur Seite. Beinahe hätte Leon den Halt verloren, als Anatol mit seinem enormen

Gewicht den Kutschbock bestieg. Sein glänzend schwarzer Pagenkopf tauchte vor dem Fenster auf.

Leon sah nach draußen. Direkt neben dem Haupt des Riesen baumelte ein dickes Hanfseil von der Decke. Über mehrere Rollen lief es bis zu dem großen Garagentor. Anatol drehte den Kopf zur Seite.

»Haltet euch gut fest!«, rief er. »Jetzt wird's gleich ein wenig holprig.« Er nahm die Zügel in die linke Hand, mit der rechten griff er nach dem Tau.

Mit pochendem Herzen legte Leon die Finger fest um einen der ledernen Griffe. Aus dem Augenwinkel konnte er sehen, wie sich auch Marietta und Fliege an ihre Sitzbank klammerten.

Anatol zog mit einem Ruck an dem Seil. Das Klacken einer Verriegelung war zu hören, dann ratterte ein schweres Gewicht an der Wand entlang zu Boden. Die beiden Flügel des Tores sprangen knarzend auf und gaben den Blick auf die Straße frei.

Die Krähenmänner hatten sich keinen Meter von ihrem Wachposten entfernt. Von dem Getöse überrascht, fuhren sie herum. Wie gelähmt starrten sie auf das gewaltige Fuhrwerk. Damit hatten sie offenbar nicht gerechnet. Doch ihnen blieb nicht viel Zeit zum Überlegen.

»Hü!«, brüllte der Riese. »Hü, hü!« Er schnalzte mit den Zügeln, die Pferde wieherten laut, bäumten sich auf und galoppierten los. Es rumpelte und krachte, und beinahe wäre Leon rücklings von der Truhe gefallen. Mit laut schlagenden Hufen bogen die beiden Rösser in die Straße vor dem Haus ein.

»Hü!«, schrie Anatol noch einmal und steuerte die Tiere direkt auf die Wachposten zu.

Die Krähenmänner sprangen nach allen Seiten davon. Um ein Haar wären einige von ihnen von den mächtigen Tieren niedergetrampelt worden.

Leon hielt den Atem an. Er krallte sich an den Ledergriff und presste sein Gesicht gegen das Gitter. Im Licht der Straßenlaternen sah er, dass eine der dunklen Gestalten die Verfolgung aufgenommen hatte. Seine Maske hatte der Krähenmann nach oben auf die Stirn geschoben. Mit wütendem Blick rannte er neben dem Wagen her. Schon schnappte er nach der Reling des Kutschbocks, um sich hochzuziehen.

»Anatol! Vorsicht!«, schrie Leon, so laut er konnte. Der Riese riss den Kopf zur Seite. Er schreckte kurz zurück, holte aber schon im nächsten Moment weit mit dem Arm aus und schlug dem schwarzen Mann mit der Faust mitten auf den Kopf. Die Finger des Krähenmannes lösten sich vom metallenen Handlauf, und er stürzte mit einem Stöhnen zurück auf die Straße. Dann verschwand er aus Leons Sichtfeld.

»Danke!«, rief Anatol über seine Schulter. »Ein Pestvogel weniger!« Er lachte hämisch.

Leon hingegen war nicht zum Lachen zumute. Er hatte das Gefühl, sein Herz würde vor Aufregung gleich zerspringen, als der Wagen laut klappernd über das Kopfsteinpflaster der engen Gassen dahinraste. Das Fuhrwerk schlitterte um enge Kurven und krachte dabei immer wieder so heftig gegen die steinernen Bordsteinkanten, dass Fliege, Marietta und Leon im Laderaum wild durchgeschüttelt wurden. Endlich bog das Gespann auf die breite Straße ein, auf der Leon mit Morelli in die Stadt gekommen war. Der Himmel war sternenklar, und im Licht des Mondes war die schnurgerade Fahrbahn deutlich zu erkennen.

Leon stolperte zur Rückwand und starrte durch eines der Fenster, auf der Suche nach weiteren Verfolgern. Erleichtert stellte er fest, dass außer dem Schwarz der Nacht nichts zu sehen war. So fuhren sie immer weiter und weiter durch die Dunkelheit, bis die Lichter der Stadt nur noch als kleine, funkelnde Punkte in der Ferne zu sehen waren. Die Flucht war geglückt.

»Puhh! Die haben wir wohl abgehängt«, schnaufte Fliege, der ebenfalls nach draußen sah.

Leon setzte sich wieder neben Marietta, die ihren Platz die ganze Zeit nicht verlassen hatte. Für eine Weile schwiegen sie alle. Nur das Scheppern, Rasseln und Poltern des Fuhrwerks dröhnte im Inneren des Laderaums, und immer wenn der Wagen über eine Unebenheit fuhr, schlug der Deckel der großen Holzkiste auf und zu.

»Wer seid ihr beiden wirklich?«, brach Marietta schließlich das Schweigen. »Ich meine ... wenn ich euch schon zu diesem Zwerg begleite, könnt ihr mir doch wenigstens sagen, was hier los ist, oder? Ich finde, das seid ihr mir schuldig, nach allem, was passiert ist.«

»Was hier los ist?«, erwiderte Fliege entrüstet. »Wir haben doch selbst keine Ahnung, was hier los ist!«

Leon legte ihm beruhigend eine Hand auf den Arm. »Also gut«, sagte er. »Aber du darfst unser Geheimnis niemandem verraten. Wir ... wir kommen aus Valmot!« Er sah Marietta an und wartete darauf, dass sie jeden Moment kreischend hochfahren und bei voller Fahrt aus dem Fuhrwerk springen würde. Doch nichts dergleichen geschah.

»Und?«, sagte sie stattdessen. »Soll mir das vielleicht irgendetwas sagen?«

Leon sah verblüfft zu Fliege, der entgeistert in die Höhe schnellte und sich vor ihm aufbaute.

»Spinnst du jetzt völlig!«, schrie er. »Das kannst du doch nicht einfach ausplaudern! Du kennst doch die Vorschriften! Außerdem sollst du keine Namen nennen. Wegen der Krähenmänner.« Er fasste sich an die Stirn.

»Jetzt beruhige dich mal«, sagte Leon verärgert. »Marietta ist auf unserer Seite. Außerdem habe ich die ganze Geheimniskrämerei echt satt!« Er wandte sich wieder an Marietta. »Valmot ist ein besonderer Ort. In Valmot …«

»Nein!« Fliege stampfte wütend auf. »Sei still! Du bringst uns in Gefahr! Und sie ebenfalls!« Er deutete mit Nachdruck auf Marietta, die verwirrt zu ihm aufsah.

»Wie ist das denn jetzt mit Valmot?«, fragte sie. »Was ist so besonders an eurem Zuhause …?«

»Brrrr!« Anatols Stimme unterbrach die hitzige Diskussion im Wageninneren. Das Fuhrwerk bremste scharf ab, worauf Fliege das Gleichgewicht verlor und der Länge nach auf den Boden knallte. Leon und Marietta stürzten zu ihm und halfen ihm wieder auf die Beine.

»Danke!«, sagte Fliege und lächelte Marietta an. Leon hingegen bedachte er mit einem bösen Blick. »Idiot!« Er zupfte sein schwarzes Hemd zurecht. »Warum halten wir überhaupt?«

Alle drei liefen zu den Luken und sahen ins Freie. Anatol

hatte das Fuhrwerk am Straßenrand geparkt. Vor ihnen, auf der kleinen Anhöhe, thronte die alte Nadelfabrik. Ihre Silhouette zeichnete sich als dunkler Schattenriss gegen das glitzernde Band der Milchstraße ab. Leon fand, dass das Gebäude bei Nacht noch um einiges bedrohlicher wirkte als bei Tag. Wie die Hälse eines mehrköpfigen Ungetüms ragten seine Schornsteine in den Himmel. Am allerunheimlichsten war jedoch, dass in einigen der Fenster Licht brannte.

Leon hörte, wie Anatol vom Wagen sprang. Wieder wackelte die Kutsche heftig hin und her. Mit schweren Schritten ging er um das Fuhrwerk herum. Dann öffneten sich die Türen.

»Löscht das Licht!«, befahl der Riese und unterstrich die Dringlichkeit mit einer kurzen Handbewegung. Sofort blies Leon die kleine Flamme des Lämpchens aus.

»Warum halten wir hier?«, fragte er dann.

»Ich werde versuchen, den Priester zu befreien«, erklärte Anatol. »Das ist doch auch in eurem Sinne. Ihr bleibt so lange hier. Passt auf das Buch auf, macht kein Licht an und verhaltet euch still. Ich bin gleich zurück – mit oder ohne Morelli.«

»Morelli ist in der alten Nadelfabrik?«, fragte Fliege überrascht.

»Nadelfabrik?« Anatol kratzte sich am Kinn. »Oje …« Er schüttelte den Kopf. »Wie wenig ihr doch wisst!«

Er schloss die Türen, und Leon konnte durch die kleine Öffnung sehen, wie seine mächtige Gestalt in der Dunkelheit verschwand.

»*Wie wenig ihr doch wisst*«, äffte er Anatol nach. »Ist doch kein Wunder, oder? Uns sagt ja keiner was!«

»Anscheinend schließen die Krähenmänner ihre Ge-fangenen in der Fabrik ein«, mutmaßte Fliege mit zitternder Stimme. »Ehrlich gesagt wäre ich froh, wenn wir möglichst bald von hier verschwinden würden.« Nervös strich er sich durchs Haar.

»Und wohin?«, fragte Marietta.

»Na, nach Hause oder zu diesem Chlodwig ... oder wohin auch immer«, stammelte Fliege. »Alles ist besser, als hier im Dunkeln zu warten.«

Leon musterte ihn besorgt. Sein Ärger über den Streit war schon beinahe vollständig verflogen. So aufgelöst hatte er Fliege noch nie gesehen. Er hatte die Befürchtung, dass sein Freund kurz davor war, die Nerven zu verlieren.

Gerade als er sich zu ihm auf die Bank setzen wollte, um ihm etwas Mut zu machen, ging plötzlich ein Ruck durch den Wagen.

»Was war das?«, flüsterte Marietta erschrocken.

Die Pferde schnaubten, und der Wagen rollte mehrere Male vor und zurück. Irgendetwas schien die Tiere zu be-unruhigen.

Leon ging zu einem der Fenster. Angespannt suchte er mit seinen Blicken die Umgebung ab, doch sosehr er sich auch be-mühte, er konnte in der Dunkelheit nichts erkennen. Also hielt er sein Ohr an die Öffnung und lauschte angestrengt. Tatsäch-lich: Da war etwas. Ein ganz leises Wispern – ein unheimliches Flüstern, Zischen und Raunen. Einmal war es vor, dann hin-ter dem Wagen zu hören. »Da draußen ist irgendetwas«, mur-melte er.

»Das ist bestimmt nur ein Tier«, sagte Marietta beschwichtigend. »Hier gibt es jede Menge Feldhasen, und vor denen braucht man ja wohl wirklich keine Angst zu haben.«

Leon schüttelte den Kopf. »Das ist kein Tier. Irgendjemand ist da draußen und beobachtet uns.« In diesem Moment ging es ihm genau wie Fliege, denn er wünschte sich nur eines: dass Anatol so schnell wie möglich zurückkäme und sie von diesem unheimlichen Ort fortbrächte.

Der Krähenmann

Leon, Marietta und Fliege saßen im dunklen Laderaum des Fuhrwerks und lauschten ängstlich auf die merkwürdigen Geräusche, die inzwischen aus wechselnden Richtungen kamen, als schliche jemand um den Wagen herum. Es war bereits einige Zeit vergangen, seit Anatol sich auf die Suche nach Morelli gemacht hatte.

Leon schritt nervös von einem Fenster zum anderen, um das Geräusch zu orten. Als er gerade auf dem Weg zu der Öffnung hinter dem Kutschbock war, loderte vor dem Wagen ein heller Feuerschein auf.

Erschrocken drückte Leon sich neben dem kleinen Fenster mit dem Rücken an die Wand. Es dauerte ein wenig, bis er es wagte, nach draußen zu lugen.

»Krähenmänner!«, stöhnte er kaum hörbar. »Es sind Krähenmänner!«

Mitten auf der Straße, bei den Pferden, standen zwei der unheimlichen Gestalten. Eine der beiden hielt eine brennende Fackel in der Hand. Der Schein des Feuers spiegelte sich in den Sichtfenstern ihrer Schnabelmasken.

»Mein Gott! Ihre Augen!« Leon wandte sich seinen Freunden zu. »Es sieht aus, als würden sie glühen!«

Fliege sah panisch zwischen Leon und der Tür hin und her. »Lasst uns abhauen. Schnell, nichts wie weg!«, schnaufte er.

Leon riss den Deckel der Kiste auf, schnappte das Buch und kroch auf den Knien ans andere Ende des Wagens. Marietta und Fliege ließen sich ebenfalls von der Sitzbank auf den Boden gleiten. Vorsichtig schoben sie einen der beiden Türflügel auf. Dann sprangen sie, einer nach dem anderen, beinahe lautlos von der Ladefläche und stolperten in geduckter Haltung über die Böschung in das angrenzende Weizenfeld.

Leon rannte, als wäre der Teufel höchstpersönlich hinter ihm her. Mit beiden Armen umklammerte er das Buch vor seiner Brust. Immer wenn er sich in den Getreidehalmen verhedderte, hatte er das Gefühl, als hielte ihn jemand an den Beinen fest – als wollte man ihn am Weiterlaufen hindern.

»Halt!«, schnaufte Fliege plötzlich neben ihm.

Die drei blieben atemlos stehen.

»Seht nur!« Fliege keuchte laut und deutete vor sich in die Dunkelheit. Mehrere Fackeln loderten in einiger Entfernung im Feld vor ihnen auf. Erschrocken drehte Leon den Kopf in alle Richtungen. Rundum wurde eine Fackel nach der anderen entzündet.

Leon stöhnte. »Die sind ja überall!«

»Und jetzt?« Marietta starrte ihn entsetzt an.

»Los, hier lang, bevor sie uns entdecken!« Leon deutete auf das riesige, schwarze Gebäude.

»Ist das dein Ernst?«, japste Fliege. Er schnappte nach Leons Ärmel und hielt ihn fest.

»Uns bleibt nichts anderes übrig! Sieh dich doch um!« Leon

riss sich los und rannte in die einzige Richtung, aus der kein Feuerschein zu sehen war. Direkt auf die Fabrik zu.

Schon nach wenigen Minuten hatten sie das Fabrikgelände erreicht. Sie verlangsamten ihre Schritte, um nicht über das Gerümpel zu stolpern, das überall auf dem weitläufigen Hof verstreut lag. Metallplatten, Ziegelsteine und Holzbretter lagerten hier ebenso wie alte Maschinenteile und rostige Rohre. Dort, wo der Boden nicht bedeckt war, spiegelte sich das Licht der Sterne in den Pfützen zwischen den Pflastersteinen.

Atemlos sah Leon zurück. Die Krähenmänner hatten inzwischen eine Kette gebildet. Eine dichte Reihe brennender Fackeln, die sich langsam auf die Fabrik zubewegte und ihnen jegliche Rückzugsmöglichkeit abschnitt. Sie waren eingekesselt.

Hektisch ließ Leon den Blick über den Hof wandern. Das nächstgelegene Versteck waren einige verbeulte Metalltonnen. Sie standen direkt vor der Fabrikmauer zu einer Wand aufgestapelt.

»Hinter die Tonnen, schnell!« Leon, Fliege und Marietta durchquerten den Hof. Sie kletterten über einen Berg aus alten Matratzen und drückten sich in die schmale Nische zwischen der Hausmauer und den rostigen Trommeln. Völlig außer Atem kauerten sie auf dem schmutzigen Steinboden. Leon lugte an den Fässern vorbei zu den Feldern.

Es war ein gespenstisches Schauspiel. Ohne einen einzigen Laut näherten sich die schwarzen Männer – langsam und unaufhaltsam. Ihre bleichen Gesichter und die Vogelmasken sahen im flackernden Schein der Fackeln noch furchteinflößender aus als sonst.

»Sie werden uns kriegen!«, wimmerte Fliege. Er zitterte am ganzen Körper. »Diesmal kriegen sie uns bestimmt!«

»Psst!« Leon hielt Fliege mit einer Hand den Mund zu. Er wusste, dass sein Freund recht hatte. Es war nur eine Frage der Zeit, bis man sie in ihrem Versteck entdecken würde. Dennoch versuchte er mit aller Kraft, sich nicht von Flieges Panik anstecken zu lassen. Marietta verharrte lautlos an seiner Seite.

Die schwarzen Gestalten erreichten den Hof. Es waren so viele, dass Leon Mühe hatte, sie zu zählen. Einer der Jäger löste sich nun aus der Reihe. Er war größer als die anderen, trug eine helle Armbinde und eine Maske aus Metall, die im Licht der Fackeln gelblich schimmerte. Die Hände in die Hüften gestützt, stellte er sich vor seine Leute.

»Schwärmt aus und findet sie!« Seine dunkle Stimme hallte über den Hof.

Sofort liefen die Krähenmänner in alle Richtungen auseinander. Sie warfen Kisten, Holzbretter und Papier in der Mitte des Hofes auf einen großen Haufen und entzündeten ihn mit ihren Fackeln. Binnen Sekunden loderten meterhohe Flammen empor. Orangerote Funken schossen in den Nachthimmel, und das Licht des Feuers erhellte den Hof bis in den letzten Winkel.

»Das war's«, sagte Fliege mit erstickter Stimme. Er setzte sich auf den Boden, umfasste seine Knie mit den Armen und senkte den Kopf.

»Fliege!« Leon rüttelte seinen Freund. »Reiß dich zusammen!« Verzweifelt sah er zu dem lichterloh brennenden Haufen und zurück zu seinen Begleitern, als sein Blick plötzlich an

Marietta hängen blieb. Mit weit geöffneten Augen starrte sie an ihm und Fliege vorbei.

Leon riss den Kopf herum. Vor lauter Schreck fiel er rücklings auf die Pflastersteine. Unmittelbar vor ihm stand breitbeinig einer der Menschenjäger und hielt ihm seine brennende Fackel direkt vors Gesicht. Die enorme Hitze und der Gestank des brennenden Pechs raubten ihm beinahe den Atem.

Der Krähenmann hob die Fackel und beugte sich zu ihm herab. Erst jetzt konnte Leon sehen, wie hässlich entstellt der Mann war. Die wenigen Zähne in seinem Mund waren braun, das Gesicht mit Narben übersät, und seine Haut wirkte fast noch fahler als die der anderen schwarzen Jäger. Er legte den Kopf zur Seite und starrte Leon mit einem bösen Grinsen an. Dann wanderte sein Blick zu dem Buch, das Leon mit aller Kraft an seinen Körper presste. Er zwinkerte fassungslos.

»*Ihr* habt es also.« Die widerliche Kreatur schob ihr Gesicht ganz nahe vor Leons Nase, sodass er ihren beißenden Atem auf der Haut spürte. Er hielt die Luft an und erstarrte vor Angst. Jetzt ist es so weit, dachte er. Das ist das Ende.

Plötzlich erhob sich der Krähenmann. Verstohlen sah er über die Schulter zu seinen Kameraden, um sich dann wieder blitzschnell zu Leon nach unten zu beugen.

»Gib es mir!«, zischte er. »Gib mir das Buch, und ich lasse euch gehen.« Er griff mit seinen langen, dünnen Fingern nach dem Buch, doch Leon drehte sich zur Seite.

»Sick, du verdammte Ratte!«, bellte plötzlich der Krähenmann mit der metallenen Maske. »Hast du sie etwa entdeckt?«

Sick sprang auf und pflanzte sich so breit wie möglich zwischen der Mauer und den Tonnen auf.

»Hier ist nichts!«, krächzte er und hielt die Fackel so, dass ihr Licht nicht in die Nische fiel.

Der Anführer gab ihm einen groben Stoß gegen den Kopf. »Dann such gefälligst weiter, du Tölpel!«, knurrte er. »*Er* wird gleich zu uns sprechen, und du weißt ja, was euch blüht, wenn ihr die Kinder bis dahin nicht gefunden habt.« Seine Schritte entfernten sich wieder.

Sick rieb sich den Kopf und murmelte unverständliches Zeug, während er darauf wartete, dass der Anführer sich weit genug entfernt hatte. Dann drehte er sich um.

»Los jetzt!«, fauchte er gehetzt. »Das ist das beste Angebot, das ihr jemals bekommen werdet. Das Buch gegen euer Leben.« Erwartungsvoll hielt er Leon seine ausgestreckte Hand entgegen.

»Gib es ihm nicht!«, flüsterte Marietta hinter Leons Rücken.

Doch da griff der Krähenmann schon mit einer schnellen Bewegung nach dem Buch und riss es Leon aus den Armen, bevor der irgendetwas dagegen unternehmen konnte. Es war entsetzlich. Am liebsten wäre Leon aufgesprungen, um es dem widerlichen Kerl wieder zu entreißen. Doch seine Angst war zu groß. Hilflos musste er mit ansehen, wie Sick seine Beute mit einem verklärten Blick betrachtete, beinahe zärtlich mit der Hand über den Einband strich und sie gleich darauf unter seinem schwarzen Ledermantel verschwinden ließ.

»*Ich* werde es ihm bringen«, sagte der abstoßende Krähenmann glücklich. »Ich werde es ihm persönlich übergeben, und dann ...« Er richtete den Blick zum Himmel. »Dann wird er mich zum Praefectus befördern. Und dann werde endlich ich derjenige sein, der die Befehle erteilt!«

Wie benommen starrte er ins Leere. Speichel lief ihm aus dem Mundwinkel und übers Kinn, bis auf den Kragen seines Mantels. Endlich schüttelte er sich und ließ den Blick misstrauisch über den Platz schweifen. Mit einer schnellen Handbewegung bedeutete er den dreien, aus ihrem Versteck zu kommen.

»Na los! Was ist denn?«, herrschte er sie an, als keiner seiner Aufforderung folgte. »Wenn Sick etwas verspricht, dann hält er es auch. Ihr seid echte Glückspilze, wisst ihr das eigentlich? Die anderen hätten euch, ohne zu zögern, zu ihm gebracht.«

Langsam rappelten sich Leon, Marietta und Fliege auf und lugten hinter den Tonnen hervor. Kein einziger der anderen Krähenmänner war mehr zu sehen. Offenbar waren sie alle im Gebäude verschwunden, nachdem sie auf dem Hof nichts gefunden hatten.

»Worauf wartet ihr?« Sick fuchtelte mit seiner Fackel vor ihren Gesichtern herum. »Haut ab! Verschwindet, aber ein bisschen plötzlich!«

Zögerlich bewegten sich Leon, Marietta und Fliege ein paar Schritte auf die Felder zu. Den grässlichen Kerl ließen sie dabei nicht aus den Augen. Als sie sich einige Meter entfernt hatten, wandte Sick sich von ihnen ab. Er stolperte über das Gerümpel auf eine Tür am anderen Ende des Hofes zu, öffnete sie und verschwand gleich darauf im Fabrikgebäude.

Wie gelähmt starrten ihm die drei hinterher. Leon konnte

nicht fassen, was gerade geschehen war. Er betrachtete die Flammen in der Mitte des Hofes und merkte, dass ihm übel war. Sie hatten das Buch an die Krähenmänner verloren. Genau davor hatten Philippe Noël und Anatol sie gewarnt.

»Warum?!« Fliege sah Leon verzweifelt an. »Warum hast du ihm das Buch gegeben?«

»Ich habe es ihm nicht *gegeben*«, verteidigte sich Leon. »Er hat es mir aus der Hand gerissen! Was hätte ich denn tun sollen?« Bestürzt sah er zu der Tür, durch die Sick soeben verschwunden war. »Wenn wenigstens Anatol hier wäre!« Leon verstand nicht, warum der Riese nicht zu ihnen zurückgekehrt war. Er hatte ihm vertraut.

»Immerhin leben wir noch«, sagte Marietta leise. »Das ist ja wohl das Wichtigste.« Sie legte Leon beide Hände auf die Schultern und sah ihn aufmunternd an. »Und was Anatol angeht … wir finden auch ohne ihn zu Chlodwig. Anatol hat doch gesagt, dass er in einem Wohnwagen am Fluss wohnt. Wenn wir von hier aus am Ufer stromabwärts laufen, können wir ihn eigentlich nicht verfehlen.«

Leon nickte. Auch wenn er insgeheim Schuldgefühle hatte, dass Marietta nun ihretwegen in Gefahr war, war er doch froh, dass sie sich ihm und Fliege angeschlossen hatte. Sie war klug und mutig, und vor allem kannte sie im Gegensatz zu ihnen die Gegend.

»Wir müssen um die Fabrik herum und ein paar Hundert Meter durchs Feld«, erklärte Marietta. »Dann kommt eine kleine Böschung, und gleich dahinter liegt der Fluss.« Sie überlegte kurz. »Sollten wir aus irgendeinem Grund getrennt werden, treffen wir uns am Ufer wieder. Es gibt dort eine alte Weide. Die ist so groß, dass man sie selbst nachts nicht übersehen kann.«

»Und was ist mit dem Buch?« Fliege sah zwischen Marietta und Leon hin und her. »Wir können ihnen das Buch doch nicht einfach überlassen?«

Natürlich sah Leon das genauso. Trotzdem sagte er kein Wort. Schon bei dem bloßen Gedanken, das unheimliche Gebäude zu betreten, gefror ihm das Blut in den Adern.

»Und wie, denkst du, sollen wir es zurückbekommen?«, fragte Marietta. »Möchtest du die Krähenmänner höflich darum bitten, oder was?«

Fliege schüttelte zerknirscht den Kopf.

Das Feuer war in der Zwischenzeit heruntergebrannt. Nur noch vereinzelt züngelten kleine Flammen aus der Asche empor. Marietta, Leon und Fliege drückten sich im Schutz der Dunkelheit an der Ziegelmauer des Gebäudes entlang. Überall wucherte Unkraut zwischen den Pflastersteinen in die Höhe. Die Brennnesseln verbrannten Leons Haut, und seine Hose wurde von Dornen zerrissen. Doch er spürte keinen Schmerz. Er musste daran denken, wie oft seine Mutter seufzend am Küchentisch saß, um seine Kleidung zu flicken, wenn er mal wieder die Abkürzung durch den Wald genommen hatte. Vermutlich würde er seine Familie nie wiedersehen, jetzt, da sie das Buch an die Krähenmänner verloren hatten. Fliege hatte recht. Sie durften es nicht zurücklassen. Koste es, was es wolle.

Leon hielt Marietta am Ärmel fest. »Warte!«, flüsterte er ganz leise. »Ich glaube, wir müssen das Buch doch zurückho...«

Weiter kam er nicht, denn plötzlich drang Licht aus den riesigen Fenstern über ihnen in den Hof. Die gusseisernen Sprossenrahmen zeichneten sich als schwarze Raster auf dem Steinboden ab.

»Vermutlich hält *Er* nun seine Rede«, mutmaßte Fliege.

»Wer ist *Er* überhaupt?« Leon drehte sich zu Marietta.

Die zuckte nervös die Schultern. »Ich glaube, das weiß keiner. Aber er wird wohl so etwas wie ein Auftraggeber sein. Der Herr der Krähenmänner.«

Leon sah nach oben. Die Fenster lagen so hoch, dass er nicht ins Innere des Gebäudes sehen konnte. Und er entdeckte auch nirgends einen Vorsprung oder etwas anderes, woran er sich hätte hochziehen können.

»Ich möchte jetzt endlich wissen, was hier los ist«, sagte er. »Los, mach mir mal die Räuberleiter!«

Leon packte seinen Freund bei den Schultern. Er drehte ihn mit dem Rücken zur Wand, stellte seinen Fuß auf Flieges verschränkte Hände und stieß sich mit dem anderen vom Boden ab. An der Fensterbank fand er schließlich Halt. Vorsichtig blickte er durch die Glasscheibe nach drinnen.

»Das gibt's doch nicht!« Leon verlor beinahe das Gleichgewicht, so überwältigt war er von dem, was er erblickte. Es war einfach unglaublich. Diese Seite der Fabrik wurde von einer einzigen, riesigen Halle ausgefüllt, und darin stand ein rotes Flugzeug. Ein Doppeldecker, der haargenau so aussah wie der, von dem Joseph bei jeder Gelegenheit sprach: knallrot glänzend und spiegelblank poliert. Leon konnte den Blick kaum abwenden, so fasziniert war er. Josephs Flugzeug existierte also tatsächlich. Aber was hatte es hier in der alten Fabrik zu suchen? Wie war es hierhergekommen?

Langsam ließ er den Blick durch die Halle wandern. Sie war bis auf das Flugzeug leer. An ihrer Stirnseite befand sich eine riesige Schiebetür, durch die der Flieger vermutlich ins Innere des Gebäudes gebracht worden war. Jemand hatte sie einen Spaltbreit offen stehen gelassen.

»Was siehst du?«, flüsterte Fliege von unten.

»Das wirst du mir nicht glauben ...«, antwortete Leon.

»Jetzt sag schon«, schnaufte Fliege angestrengt und schwankte gefährlich.

»Das Flugzeug. Da drinnen steht Josephs Flugzeug!« Leon sah zu seinem Freund nach unten. »Ich wusste doch, dass er die Wahrheit sagt.«

»Josephs Flugzeug?! Hier?« Fliege wirkte regelrecht erschrocken. »Was soll das hei...«

»Pst!«, zischte Leon, denn gerade hatte sich etwas auf der anderen Seite des Doppeldeckers bewegt. Erst sah man nur eine Hand, die sich am Rahmen des Cockpits festhielt. Gleich darauf kam eine hässliche Fratze hinter dem Rumpf der Maschine zum Vorschein. Sick.

Leon duckte sich. Unter gar keinen Umständen durfte ihn der Krähenmann entdecken. Ein zweites Mal würde er sie sicher nicht ungeschoren davonkommen lassen.

»Sick macht sich gerade an dem Flugzeug zu schaffen«, zischte Leon seinen Freunden zu.

»Hat er das Buch?«, fragte Marietta.

Leon lugte vorsichtig über die Kante der Fensteröffnung.

Sick war nun auf die Tragfläche des Flugzeugs geklettert. Er sah kurz in alle Richtungen, griff in seinen Mantel und zog etwas darunter hervor.

»Ja!«, entfuhr es Leon. »Er hat es bei sich!«

Sick beugte sich vor. Mit dem gesamten Oberkörper verschwand er nun im Cockpit. Gleich darauf tauchte er wieder auf – diesmal jedoch ohne das Buch.

»Ich glaube, er hat es im Flugzeug versteckt.« Leon verstand nicht, was der widerliche Kerl vorhatte. Er wünschte sich nur, dass Sick so bald wie möglich verschwand. Vermutlich war das hier ihre einzige Chance, das Buch zurückzuerobern. »Na los«, murmelte er kaum hörbar. »Hau schon ab, du miese Kröte!«

Sick sprang von der Tragfläche. Hektisch vergewisserte er sich, dass ihn niemand bei seinem Treiben beobachtete, ehe er durch einen Durchgang vor dem Flugzeug in einem der angrenzenden Räume verschwand.

»Die Luft ist rein!« Leon hopste zurück auf den Steinboden, worauf Fliege erleichtert stöhnte und beide Hände ausschüttelte.

»Jetzt oder nie«, sagte Leon aufgeregt. »Einer von uns muss sich das Buch schnappen, solange diese merkwürdige Versammlung läuft. Um die Ecke ist eine große Schiebetür, da können wir rein. Wenn wir uns beeilen, dauert die ganze Aktion höchstens ein paar Sekunden, und dann verschwinden wir.« Abwechselnd betrachtete er Marietta und Fliege. »Wer von uns macht's?«

»Ich«, sagte Marietta mit ruhiger Stimme.

»Kommt gar nicht infrage! Dein Großvater zerreißt mich in

tausend Stücke, wenn er davon erfährt!« Leon seufzte. Marietta war wirklich ein ungewöhnliches Mädchen, und er hatte keinen Zweifel, dass sie der Aufgabe genauso gut oder schlecht gewachsen wäre wie er selbst. Aber er konnte es nicht zulassen, dass sie sich in noch größere Gefahr begab, als sie es ohnehin schon Flieges wegen und seinetwegen war. Und Fliege? Der war klug, hatte einen unschlagbaren Orientierungssinn und wusste viele Dinge – aber der Mutigste war er nicht. Er kam für die Aufgabe einfach nicht infrage.

»Ich werde gehen«, verkündete Leon schließlich und sah seine beiden Freunde nacheinander an. Marietta und Fliege nickten ernst. Und Leon war froh, dass Marietta sich diesmal ausnahmsweise nicht von ihrer störrischen Seite zeigte.

Alle drei bogen um die Gebäudeecke und liefen bis zu der gewaltig großen Schiebetür, die Leon vom Fenster aus gesehen hatte. Fliege spähte durch den Spalt zwischen Türblatt und Rahmen.

»Du hattest recht«, hauchte er ungläubig. »Das *muss* Josephs Flugzeug sein! Genau so habe ich es mir immer vorgestellt.«

Von der Tür bis zur Pilotenkanzel war es nicht besonders weit. Fünfzehn, vielleicht zwanzig Meter. Auf jeden Fall nicht weiter als vom Ende der Forststraße bis zum Steg, dachte Leon. Dennoch klopfte sein Herz jetzt wie verrückt, und seine Handflächen schwitzten. Er atmete tief ein und aus, um sich zu beruhigen.

»Gut«, flüsterte er, ohne die anderen anzusehen. »Dann geh ich mal.«

In der Falle

L eon bereute seine Entscheidung, in das Fabrikgebäude ein-
zudringen, noch bevor er überhaupt einen Fuß in die Halle
gesetzt hatte. Denn beim Versuch, durch den Spalt zu huschen,
blieb er in der viel zu schmalen Öffnung stecken.

»Verdammt!«, zischte er panisch. Das schwere Türblatt
drückte ihm gegen die Rippen, und sosehr er sich auch ver-
renkte – er konnte weder vor noch zurück. »Fliege, Marietta –
helft mir mal!« Die beiden zogen an der massiven Schiebetür.
Endlich gab sie nach und glitt mit einem tiefen Grollen einige
Zentimeter zur Seite. Leon verzog das Gesicht. Hoffentlich
hatte keiner der Krähenmänner das Geräusch gehört. Aber er
durfte sich jetzt nicht verrückt machen.

Langsam ließ er seinen Blick durch den Raum wandern.
Es war niemand zu sehen. Trotzdem hatte er das Gefühl, beobachtet zu werden, während er sich so leise wie möglich auf
das Flugzeug zubewegte. Die Leere der Halle war unheimlich.
Selbst das knirschende Geräusch seiner Schuhsohlen wurde
laut und verräterisch von den haushohen Wänden zurückge-
worfen.

Nur noch wenige Meter lagen zwischen ihm und dem Heck
der Maschine. Leon machte noch drei schnelle Schritte, dann

hatte er das Flugzeug endlich erreicht. Geschafft! Erleichtert wandte er sich seinen Freunden zu und reckte beide Daumen in die Höhe.

Aus der Nähe sah der Flieger noch beeindruckender aus als von Weitem. Makellos glänzend stand er vor ihm, als wäre er eben erst zusammengebaut worden. Leon strich mit seinen Fingern über die glatte, rote Außenhaut. Nie zuvor hatte er etwas derart Faszinierendes gesehen.

Er griff nach einer der Verstrebungen zwischen den Flügeln, kletterte auf die untere Tragfläche und hielt sich mit beiden Händen am Rand des Cockpits fest. Dann stemmte er sich hoch und ließ sich kopfüber in die Pilotenkanzel gleiten.

Aufgeregt sah er sich um, doch von dem Buch war weit und breit nichts zu sehen. Kurz dachte Leon daran, was Joseph wohl sagen würde, wenn er wüsste, dass er gerade in seinem Flugzeug saß. Vermutlich hätte es ihn gefreut, dass ausgerechnet er den Doppeldecker gefunden hatte.

Leon griff zwischen seinen Beinen hindurch und tastete den Bereich unter dem Sitz ab. Erst fassten seine Hände ins Leere, doch dann fühlte er einen ledernen Einband. »Also doch!«, schnaufte er erleichtert. Er hatte Sicks Versteck entdeckt. Das ging ja einfacher als erwartet. Jetzt aber nichts wie weg!

Er zog das schwere Buch hervor und wollte sich gerade wieder auf den Rückweg machen, als ihn ein durchdringender Schrei zusammenzucken ließ.

»Ich schwöre«, wimmerte jemand ängstlich. »Ich schwöre, dass ich das Buch nicht habe!« Es war Sick, doch seine Stimme klang jetzt ganz jämmerlich.

Leon hob den Kopf gerade so weit, dass er durch die gläserne Windschutzscheibe des Cockpits sehen konnte. Zwei groß gewachsene Venatoren schleiften Sick an den Armen in die Halle. Er schien verletzt zu sein.

Leon hielt den Atem an und presste das Buch gegen seinen Körper.

»Was ist denn hier los?« Einer der Männer sah zum anderen Ende der Halle, auf die Schiebetür. Es war der Krähenmann mit der metallenen Maske. »Welcher Idiot hat die schon wieder offen gelassen?«, schrie er zornig. »Warst das etwa auch du? Du elende Ratte!«, herrschte er Sick an.

»Nein, ich ...«, stöhnte Sick mit schwacher Stimme. Weiter kam er nicht, denn in diesem Moment verlor er das Bewusstsein. Die beiden Krähenmänner ließen ihn zu Boden fallen, wo er reglos liegen blieb.

»Los, abschließen!« Der Krähenmann mit der silbernen Maske gab seinem Begleiter einen Wink. Daraufhin machte der sofort kehrt und lief direkt an den Tragflächen des Flugzeugs vorbei zu der Schiebetür.

Leon wagte nicht, den Kopf zu bewegen. Nur mit den Augen folgte er dem Mann. Sieh bloß nicht nach oben, dachte er panisch, sieh bitte nicht nach oben! Seine Stoßgebete schienen zu wirken, denn der Mann hob nicht ein einziges Mal den Blick.

Doch von Glück konnte keine Rede sein, denn nun schloss sich die Tür mit einem metallischen Schlag. Leon fühlte, wie ihm die Angst die Kehle zuschnürte und sich sein Magen schmerzhaft zusammenzog. Wo auch immer Marietta und Fliege gerade steckten, er hoffte, dass sie in Sicherheit waren.

Der Krähenmann tauchte wieder in Leons Blickfeld auf und beugte sich gemeinsam mit seinem Anführer über den bewusstlosen Sick. Er zog einen Strick aus seiner Manteltasche, legte ihn um Sicks Hand- und Fußgelenke und verknotete ihn. Dann packten ihn die beiden bei den Oberarmen und drehten ihn unsanft auf den Rücken.

»Wir kommen wieder«, drohten sie. »Du wirst uns schon noch erzählen, wo du das Buch versteckt hast!« Sie grinsten hämisch. Gleich darauf entfernten sich ihre Schritte, und es wurde wieder still. Gespenstisch still.

Leon war wie benommen. Erst nach einer Weile wagte er, über seine Schulter hinweg zur Schiebetür zu sehen. Ein schweres Vorhängeschloss verband nun das Türblatt mit dem Rahmen. Man hatte ihn in der Fabrik eingeschlossen. In jener Fabrik, die den Krähenmännern allem Anschein nach als Hauptquartier und Gefängnis diente. Durch diesen Ausgang gab es kein Entkommen mehr – so viel stand fest.

Leon nahm das Buch unter den Arm und kletterte über die Tragfläche zurück auf den staubigen Betonboden. Irgendwie musste er aus der Fabrik ins Freie gelangen – zurück zu seinen Freunden. Die Schiebetür war verschlossen, und die Fenster der Halle lagen unerreichbar hoch. Es gab also nur einen Ausweg, und der führte durch das unheimliche Gebäude – es sei denn, Sick besaß einen Schlüssel für das Vorhängeschloss.

Leon trat zu dem reglosen Mann und beugte sich über ihn. Die beiden Venatoren hatten ihren Kameraden übel zugerichtet. Seine Nase war blutig, er hatte mehrere blaue Flecken im

Gesicht, ein geschwollenes Auge und eine Platzwunde auf der Stirn. Obwohl er sie bestohlen und bedroht hatte, empfand Leon fast ein wenig Mitleid mit dem hässlichen Kerl.

Vorsichtig durchwühlte er Sicks Manteltaschen, doch er konnte keinen Schlüssel finden. Stattdessen zog er ein Klappmesser und ein ungeöffnetes Briefkuvert hervor. Es war der Umschlag, den Anatol zwischen die Seiten des Buches gesteckt hatte. *Für Chlodwig*, stand auf der Vorderseite geschrieben.

Leon erhob sich und schob das Kuvert zurück in das Buch. Eben wollte er das Messer in seine Hosentasche stecken, als sein Blick erneut auf Sicks zusammengekrümmten Körper fiel. Er zögerte einen Moment. Dann kniete er sich kurzerhand auf den Boden, klappte das Messer auf und durchtrennte Sicks Fesseln. »Ich muss verrückt sein«, flüsterte er dabei leise. Aber Sick sah so mitgenommen aus, dass er bestimmt auch keine Gefahr mehr darstellte.

Leon sprang auf die Beine, steckte das Messer ein und spähte vorsichtig durch die Öffnung in der Wand. Vor ihm lag ein schmaler, fensterloser Gang, an dessen Längsseiten sich jeweils vier Türen befanden. Durch die dicke Schmutzschicht war das Muster der Bodenfliesen kaum noch zu erkennen, und der blassgrüne Anstrich an den Wänden blätterte bereits an vielen Stellen ab. Das einzige Licht kam von einer nackten Glühbirne, die in einiger Entfernung von der Decke baumelte.

Noch nie in seinem Leben hatte Leon solche Angst gehabt. Er kam sich vor wie eine Maus, die freiwillig in die Falle ging. Doch es gab keinen anderen Weg nach draußen.

Unsicher setzte er einen Fuß vor den anderen, den Blick stets auf die Türen gerichtet. An den Wänden hingen kleine, rostige Blechschilder, die noch aus der Zeit stammen mussten, als in der Fabrik Nadeln hergestellt wurden. *Buchhaltung* las Leon im Vorbeigehen und *Lagerraum*. Er wandte den Kopf in alle Richtungen. In diesem Gang gab es nichts, hinter dem man sich hätte verstecken können, falls plötzlich jemand auftauchte. Im Ernstfall blieb ihm wohl nichts anderes übrig, als hinter einer der Türen zu verschwinden.

Als er die Hälfte des Gangs durchquert hatte, drang mit einem Mal ein merkwürdiges Geräusch durch den schmalen Korridor. Leon blieb wie angewurzelt stehen und lauschte. Was er hörte, klang wie ein wildes Durcheinander von Worten. Sosehr er sich auch konzentrierte, er konnte nichts verstehen.

Ängstlich trat er ein paar Schritte näher an die Öffnung am Ende des Gangs heran, hinter der sich offenbar eine weitere große Fabrikationshalle befand. Da verstummte mit einem Mal das Gemurmel. Leon hielt die Luft an, um sich nicht zu verraten. Er ballte vor Aufregung seine Hände zu Fäusten und lauschte gespannt, als plötzlich leise Musik und der herrliche Gesang einer Frau aus dem großen Raum zu hören waren. Verwirrt trat Leon noch einen weiteren Schritt vorwärts. So sonderbar es auch war: Was er hörte, klang genau wie eine jener Opern, die Hendrik gelegentlich auf dem alten Grammofon seiner Mutter abspielte, wenn sie gerade nicht zu Hause war.

»Venatoren!« Eine unheimliche, tiefe Stimme drang nun aus der Halle in den Gang. Leon war, als krieche sie bis in seine

Knochen. Nie zuvor hatte er jemanden so sprechen hören. »Venatoren, ihr habt mich schwer enttäuscht.«

Leon lief ein eisiger Schauer über den Rücken. Zu gerne hätte er das Gesicht zu dieser Stimme gesehen. Doch er wagte sich nicht weiter vor.

»Nicht nur, dass ihr die Kinder habt entkommen lassen. Nein«, höhnte der Mann, »ihr habt auch nicht verhindert, dass mich einer von euch zu erpressen versucht. Zum Praefectus möchte er befördert werden, im Tausch gegen das Buch. Lachhaft!«, donnerte er. »Das wird dieser Verräter mit seinem Leben bezahlen!«

Jetzt bestand kein Zweifel mehr: Das war *Er*, der Herr der Krähenmänner, der die angekündigte Rede hielt.

»Aber wenn es nur *das* wäre«, fuhr der Mann fort. »Viel schwerer wiegt der Umstand, dass diese lächerliche Kreatur nach wie vor im Besitz des Buches ist. Und ihr? Was tut ihr? Nichts! Ihr habt es nicht einmal fertiggebracht, ihm den Ort seines Verstecks zu entlocken!«

Obwohl der Mann sehr zornig zu sein schien, änderte sich plötzlich die Melodie seiner Stimme. Sie klang nun weicher und fast ein wenig bitter. »Dieses Buch ist für mich von allergrößter Bedeutung. Es wurde geschrieben, um mich zu hintergehen – mir das zu nehmen, was mir zusteht. Nicht auszudenken, was passieren würde, fiele es anderen in die Hände. Je mehr Menschen seinen Inhalt kennen, umso schlimmer!«, rief er plötzlich.

Begleitet vom leisen Klang der Musik, hörte Leon nun für geraume Zeit nichts als schwere Schritte. »Was für eine herrliche Arie. Einzigartig schön!«, sprach die Stimme jetzt zutiefst ergriffen. Anscheinend marschierte der Herr der Krähenmänner gerade vor seinen Getreuen auf und ab und lauschte dem Gesang.

»Noël hat unseren Vertrag gebrochen«, wetterte der Mann gleich darauf weiter. »Niemals hätte er seine Erinnerungen niederschreiben dürfen. Es war ihm nicht gestattet, das Geschehene für die Nachwelt zu bewahren – das Vergängliche am Leben zu erhalten. Er hat mich aufs Übelste getäuscht.« Ein Raunen ging durch die Menge, das gleich darauf, wie auf ein Zeichen, wieder verstummte.

»Also gut«, sagte der Mann gönnerhaft, »ihr sollt noch eine Chance bekommen – eine letzte Möglichkeit, eure Versäumnisse wiedergutzumachen. Bringt mir die Kinder und Noëls Aufzeichnungen binnen zwei Tagen. Dann werde ich von einer Bestrafung absehen. Andernfalls ... Nun, das muss ich wohl nicht weiter ausführen.«

Ein betretenes Schweigen folgte. Den Krähenmännern hatte es offenbar die Sprache verschlagen.

»Worauf wartet ihr?«, brüllte der Auftraggeber plötzlich. »Löst die Zunge dieses abtrünnigen Venators und bringt mir das Buch, damit ich es endlich vernichten kann!«

Leon packte die blanke Angst. Wenn die Venatoren sich Sick noch einmal vornehmen wollten, würden sie direkt in ihn hineinlaufen. Mit einem Satz sprang er auf die nächstgelegene Tür zu, drückte die Klinke und zog das schwere Türblatt einen Spalt weit auf. Ein kühler Luftstrom drang aus dem Dunkel. Leons Herz raste wie verrückt, und ihm trat der kalte Schweiß auf die Stirn, aber er hatte keine Wahl: Die Angst vor den Krähenmännern war stärker. Ohne einen weiteren Gedanken zu verlieren, huschte er durch den Spalt in die Dunkelheit und zog so behutsam wie möglich die Tür hinter sich zu. Mit einem leisen *Klack* fiel sie ins Schloss.

Leon blinzelte. Um ihn herum war es stockfinster. Sein Atem war schnell und hastig, und seine Beine fühlten sich an, als wären sie aus Butter. Er befürchtete, jeden Moment zusammenzusacken, als er im Gang die Schritte der Krähenmänner hörte. Nur eine Sekunde später, und sie hätten ihn erwischt.

Leon blieb reglos stehen, bis die letzten Schritte verhallt waren. Dann klemmte er das Buch zwischen die Beine. Nervös suchte er aus seinen Hosentaschen die Streichholzschachtel, die Anatol ihm im Laderaum des Fuhrwerks gegeben hatte. Seine Finger zitterten so stark, dass ihm gleich mehrere Streichhölzer zu Boden fielen, ehe er sie an der Reibfläche entzünden konnte. Erst beim dritten Versuch loderte eine kleine Flamme auf.

Sehr viel mehr konnte er allerdings auch jetzt nicht erkennen, dafür war das Licht zu schwach. Leon leuchtete mit ausgestrecktem Arm in alle Richtungen, während er sich langsam durch die Dunkelheit tastete. Links und rechts zeichneten sich schemenhaft leere Metallregale vor den tapezierten Wänden ab. Über seinem Kopf hing eine Lampenfassung ohne Glühbirne von der Decke. Die Holzdielen unter seinen Füßen knarzten bei jedem Schritt, und die staubige Luft kitzelte ihn in der Nase.

Plötzlich glaubte er etwas zu sehen. Er hielt die Flamme hoch und machte zögerlich einen weiteren Schritt vorwärts.

Da erkannte er, womit er es zu tun hatte: Genau vor ihm lag jemand auf dem Fußboden. Leon fuhr der Schreck mit solch einer Wucht in die Glieder, dass ihm das Streichholz aus der Hand glitt und verlosch.

»Das ... das kann doch gar nicht sein!« Verängstigt fingerte er erneut an der Streichholzschachtel herum. Er hatte die Gestalt nur für einen kurzen Augenblick gesehen, doch ihre gewaltige Größe legte einen schrecklichen Verdacht nahe.

Leon entzündete ein weiteres Streichholz. Im Schein der Flamme betrachtete er den vor ihm liegenden Körper. Kein Zweifel – es war Anatol. Zusammengekauert lag er auf dem Boden.

»Anatol?« Leon kniete sich auf den Boden und hielt die kleine Flamme direkt vor das Gesicht des Riesen. Er rüttelte ihn an der Schulter. Der Koloss regte sich nicht, doch anscheinend war er zumindest noch am Leben, denn seine Haut war warm und hatte einen rosigen Farbton. Fliege hatte Leon oft beschrieben, wie anders die Haut der Toten aussah. Sein Vater erzählte ihm gerne von diesen Dingen. Während die übrigen Eltern ihren Kindern vor dem Schlafengehen aus Märchenbüchern vorlasen, zitierte Herr Cavar allabendlich aus dem *Kompendium des Bestattungswesens*. Der abgegriffene Bildband war die Lieblingslektüre, das Konservieren, Schminken und Ankleiden Verstorbener mit Abstand der liebste Gesprächsstoff in Flieges Familie.

»Anatol?« Leon hielt sein Ohr vor den Mund des Riesen. Ganz leise konnte er seinen Atem hören.

Anatol so hilflos auf dem Boden liegen zu sehen, entsetzte

Leon dennoch so sehr, dass er am liebsten laut geschrien hätte. Wie war es den Krähenmännern bloß gelungen, den Hünen zu überwältigen?

Leon hielt das Buch vor Anatols Gesicht. »Sieh nur! Das Buch ist in Sicherheit«, flüsterte er mit erstickter Stimme. »Ich werde es zu Chlodwig bringen. Dann kommen wir zurück und holen dich. Versprochen!« Kurz hatte Leon den Eindruck, als zuckten Anatols Augenlider. Womöglich war es aber auch nur das Flackern der Flamme, bevor sie verlosch. Während Leon versuchte, ein neues Streichholz zu entzünden, fiel ihm ein, dass Anatol eigentlich nur zu einem Zweck vor der Fabrik gehalten hatte: um Morelli zu befreien!

Er wandte sich um. Womöglich war sein Freund ja auch hier in diesem dunklen Raum. Aufgeregt schritt er eine Wand nach der anderen ab. Doch das Zimmer war bis auf ihn und Anatol leer. Enttäuscht und müde kehrte Leon zu dem Riesen zurück.

Er dachte an Fliege und Marietta. Die beiden warteten vermutlich längst bei der großen Weide auf ihn, und bestimmt kam Fliege vor Sorge fast um. Aber wie hätten sie ihm helfen können? *Konnte* ihm überhaupt jemand helfen? Wie sollte er sich nur aus seiner Situation befreien? Der Raum war eine Sackgasse, Anatol ohne Bewusstsein, und in den Gang traute er sich nicht zurückzukehren.

Leon setzte sich auf den schmutzigen Boden, streckte die Beine aus und legte das Buch auf seinen Oberschenkeln ab. Er wollte um jeden Preis wach bleiben, doch er war nun so unendlich müde, dass er erschöpft den Kopf sinken ließ und augenblicklich einnickte.

Das Buch

Tack, tack-tack, tack! Leon schreckte aus dem Schlaf hoch. Ein Klappern, blechern und abgehackt, drang aus einer Ecke des Raums.

Er rappelte sich auf, entzündete ein Streichholz und warf einen Blick zu Anatol, der nach wie vor reglos dalag. Dann schlich er langsam zu der Mauer, von der das Geräusch kam. Sie war, wie all die anderen Wände auch, mit einer verschmutzten und zerrissenen Tapete beklebt. Ansonsten war an ihr nichts Ungewöhnliches zu entdecken.

Leon legte sein Ohr an die Wand und lauschte. Nichts. Doch als er mit der flachen Hand über die ebene Fläche strich, fühlte er eine kleine Vertiefung. Mit zwei Fingern folgte er dem Verlauf der schmalen Rille. Sie beschrieb einen Kreis.

Tack, tack-tack, tack!

Das Geräusch war nun deutlich lauter zu hören als zuvor. Es kam offenbar von direkt hinter der Tapete.

Leon zog Sicks Messer hervor. Er klappte es auseinander und schnitt die Tapete entlang der Rille auf. Dann fingerte er an der Kante herum und riss das runde Papierstück mit einem Ruck von der Wand. Eine hölzerne Platte, die passgenau in eine Maueröffnung eingesetzt und mit mehreren herausragenden

Schrauben festgemacht war, kam dahinter zum Vorschein. Als Leon das Streichholz an der Fuge zwischen Brett und Mauer vorbeiführte, flackerte die kleine Flamme merklich.

Er klappte das Messer zu, setzte die Rückseite der Klinge in den Kopf einer der Schrauben und begann mit aller Kraft zu drehen. Langsam wanderte sie Stück für Stück aus dem Holz. Auch die anderen Schrauben ließen sich auf diese Weise lösen. Kaum hatte er sie alle entfernt, fiel die Platte von ganz alleine aus der Vertiefung. Geistesgegenwärtig schnappte Leon mit seiner linken Hand nach dem Rand des runden Deckels. Er lehnte ihn gegen die Wand und leuchtete mit dem Streichholz in seiner Rechten in das runde Loch. Am anderen Ende der Mauer hing eine runde Blechklappe, die im Luftstrom auf- und zuschlug. *Tack, tack-tack, tack!* »Ein alter Lüftungsschacht!«, schnaufte Leon aufgeregt.

Er streckte den Arm in die Öffnung und hob die Klappe an. Sofort blies ihm der Wind den Geruch der Felder entgegen. Das Streichholz verlosch. Es war eindeutig, dass dieser Weg nach draußen führte. Zurück in die Freiheit.

Erleichtert schloss Leon die Augen und atmete tief ein und aus. Der Duft der Gräser war wie eine Erlösung. Doch bei dem Gedanken, den gutmütigen Riesen hilflos und völlig alleine zurückzulassen, fühlte er mit einem Mal einen Kloß in seinem Hals. Aber es half nichts. Selbst wenn der Riese durch das Loch in der Wand gepasst hätte – Leon hätte ihn keinen Zentimeter tragen können. Im Augenblick konnte er nichts für ihn tun.

»Ich habe einen Weg nach draußen gefunden«, flüsterte er

daher über seine Schulter hinweg in Anatols Richtung. »Mach dir keine Sorgen, ich hole Hilfe!«

Er tastete nach dem Buch und schob es in das Loch. Dann kletterte er hinterher, zwängte sich unter der Klappe hindurch und streckte den Kopf nach draußen in die tiefschwarze Nacht. Der schmale Schacht mündete an der Rückseite des Fabrikgebäudes ins Freie – zum Glück nur knapp einen Meter über dem Boden. So konnte Leon das Buch mit ausgestrecktem Arm auf dem Pflaster des Hofs ablegen, ohne es zu beschädigen. Dann stützte er sich mit den Händen auf den Steinen ab und ließ sich kopfüber hinterhergleiten.

Er hatte es tatsächlich geschafft. Das Buch war in Sicherheit und die Flucht aus der Festung der Krähenmänner geglückt. Erleichtert klopfte er sich den Schmutz aus der Kleidung. Wenn Marietta sich nicht geirrt hatte, musste er jetzt einfach nur geradeaus laufen, um zum Flussufer zu gelangen. Er vergewisserte sich kurz, dass die Luft rein war, dann machte er sich auf den Weg.

Über ein Weizenfeld erreichte er schon bald eine ausgedehnte Wiese. Das hohe, feuchte Gras klatschte gegen seine Hosenbeine, bis der Stoff völlig durchnässt war und an seiner Haut festklebte. Erst als die Fabrik weit hinter ihm lag, verlangsamte er seine Schritte. Leon blieb vor einer kleinen Böschung stehen, rieb sich die Augen und lauschte in die Dunkelheit.

Die Nacht war erfüllt vom Geruch frischer Erde und vom Zirpen Abertausender Grillen. Aber da war noch etwas. Ein gleichmäßiges, tiefes Rauschen. Der Fluss musste ganz in der Nähe sein. Leon kletterte die Böschung empor und bahnte sich seinen Weg durch das üppige Dickicht, als er endlich den breiten Strom erblickte.

Was für ein Anblick! Vor ihm schoben sich die gewaltigen Wassermassen im Flussbett stromabwärts. Dort, wo sich kleine Strudel und Wellen bildeten, glitzerte die Oberfläche im Schein des Mondes. Immer wieder plätscherte und gluckste es leise zwischen den Steinen der Uferböschung. Es war ein friedliches Bild. Ein Bild, das so gar nicht zu dem schrecklichen Ort passte, den er gerade hinter sich gelassen hatte.

Während Leons Blick über die idyllische Landschaft wanderte, dachte er an Anatol. Seltsam, wie nahe Gut und Böse manchmal beieinanderlagen. Die Geräusche des Wassers, der Geruch der nassen, moosbesetzten Steine – all das erinnerte ihn an zu Hause, an die unbeschwerten Stunden mit Fliege und Hendrik am See. Mehr denn je wünschte er sich das sorglose Leben zurück, das er bis vor Kurzem in Valmot geführt hatte. Die Sehnsucht nach seiner Mutter, seiner Schwester, Joseph und den anderen schmerzte entsetzlich.

»Leon!« Eine Stimme riss Leon aus seinen Gedanken. »Wir dachten schon, wir sehen dich nie wieder.« Über die feinen Kiesel des angrenzenden Strandes stolperte eine Gestalt auf ihn zu. Es war Fliege.

»Damit hättet ihr auch fast richtiggelegen«, erwiderte Leon und fiel seinem Freund erschöpft und erleichtert in die Arme. Dann durchzuckte ihn ein Gedanke: »Wo ist denn Marietta? Ihr habt euch doch nicht getrennt?« Leon versuchte, einen Blick an Fliege vorbei zu erhaschen.

»Sie ist gerade dabei, unter der alten Weide ein kleines Feuer zu machen«, erklärte Fliege. »Bisher hat sie allerdings noch keinen besonderen Erfolg.« Er lächelte schief. Da blieb sein Blick an dem Buch hängen. »Du hast es geschafft!«, hauchte er ehrfurchtsvoll. »Du hast es tatsächlich zurückgebracht! Ich wusste es! Los, komm! Das müssen wir Marietta erzählen! Wir hatten beide richtig Angst um dich!« Fliege schnappte Leon am Arm und zog ihn hinter sich her.

Es dauerte nicht lange, da erreichten sie die alte Weide. Marietta hatte nicht übertrieben: Der Baum war wirklich riesig. Es war mit Sicherheit der größte, den Leon in seinem ganzen Leben gesehen hatte. Marietta kniete am Boden und schlug zwei Steine gegeneinander. Immer wieder blitzten kleine Funken auf.

»Du bist ihnen entkommen!« Sie erhob sich. »Gott sei Dank!«

»Und er hat das Buch!«, erzählte Fliege aufgeregt.

Marietta sah Leon bewundernd an. »Wir haben lange überlegt, wie wir dich da rausholen können«, erzählte sie. »Wir wollten an einem Ende der Fabrik ein Feuer machen, um die Krähenmänner abzulenken, und dann am anderen durch eines der Fenster klettern. Doch dann strömten sie plötzlich alle wieder aus der Fabrik, und wir konnten nicht mehr ans Gebäude ran. Wir sind fast verrückt geworden vor Sorge um dich. Unsere einzige Hoffnung war, dass du entkommen würdest und wir uns am Fluss wiedertreffen, so, wie wir es vereinbart hatten.« Marietta griff nach einem kleinen Stoffbeutel zu ihren Füßen. »Wir haben dafür in der Zwischenzeit den Proviant aus Anatols Wagen geholt. Für jeden ein Brot mit Wurst und Käse – immerhin.«

»Gut gemacht!«, sagte Leon erschöpft. »Dann ist ja alles gerade noch mal gut gegangen.« Er zog die Streichholzschachtel aus der Hosentasche und hockte sich vor die aufgeschichteten Hölzchen auf den Boden, um Marietta zu helfen. »Wird das Feuer die Krähenmänner denn nicht auf uns aufmerksam machen?«, fragte er.

»Nein«, sagte Marietta. »Die Krähenmänner meiden das Ufer. Keine Ahnung, warum. Außerdem kann man den Platz hier von der Fabrik aus nicht einsehen, weil hinter uns die Böschung liegt.«

Mit dem letzten Streichholz entfachte Leon also das kleine Lagerfeuer. Schon kurz darauf loderten die ersten Flammen auf. Das Holz knisterte und knackte, und das Feuer zauberte einen warmen Schimmer auf die tief hängenden Zweige des alten Baumes.

Die drei setzten sich nebeneinander auf die Uferkiesel, fischten die belegten Brote aus dem Beutel und begannen zu essen. Zum ersten Mal seit dem Überfall auf Morelli fühlte Leon sich sicher. Und er war unendlich froh, nicht mehr allein zu sein.

»Sie haben Anatol geschnappt«, sagte er mit vollem Mund.

»Verdammt! Und ich dachte, er hätte uns im Stich gelassen.« Fliege schüttelte den Kopf.

»Ja, das dachte ich auch. Wir müssen ihn so schnell wie möglich befreien. Das habe ich ihm versprochen«, murmelte Leon.

Marietta nahm einen kleinen Stecken und hielt ihn ins

Feuer, bis seine Spitze zu brennen begann. »Hast du den Herrn der Krähenmänner gesehen?«, fragte sie.

»Nein«, sagte Leon. »Aber ich habe ihn gehört. Als er vor den Venatoren eine Rede gehalten hat. Und glaubt mir: Seine Stimme klang grauenhaft. Richtig Furcht einflößend.«

Marietta und Fliege sahen Leon erschrocken an, ehe Fliege nachhakte: »Was hat er denn gesagt? Worum ging es in seiner Rede?«

»Er hat den Krähenmännern zwei Tage Zeit gegeben, um uns zu finden. Außerdem hat er geschworen, das Buch zu vernichten, bevor es irgendjemand lesen kann.« Leon musste grinsen. »Ein Grund mehr, dass wir hineinschauen. Was meint ihr?« Er hob das Buch auf die Knie und legte die Spitze seines Zeigefingers an die Kante des Buchdeckels.

»Ich weiß nicht«, sagte Fliege unsicher.

Marietta hingegen nickte zustimmend.

Für einen Moment zögerte Leon, dann hob er den Deckel vorsichtig an und schlug das Buch auf. Im gelblichen Flackerlicht der Flammen war auf der ersten Seite eine handgeschriebene Widmung zu lesen:

Den Bewohnern Valmots – zum ewigen Gedenken.

Gleich darunter befanden sich drei weitere Zeilen:

An dem Tag, an dem sich keiner mehr an uns erinnert,
wird es so sein, als hätte es uns nie gegeben.
P. N.

Leon sah auf. »Was hat das zu bedeuten?«

»Los, lies weiter!« Plötzlich ungeduldig geworden, stupste Fliege seinen Freund. »Mach schon!«

Leon blätterte eine Seite weiter. »Das ist ja merkwürdig«, staunte er. Auf beiden Seiten waren Bilder zu sehen. Und zwar nicht etwa stimmungsvolle Landschaften oder gar Porträts. Nein, es handelte sich um detaillierte Zeichnungen von Fassaden und Fassadenteilen.

»D... das sind doch ...«, stammelte Leon entgeistert.

»Ja, die Verzierungen am Haus der alten Kornell«, pflichtete Fliege ihm bei.

Marietta sah die beiden ratlos an.

Die Darstellungen waren mit äußerster Präzision ausgeführt. Maßstab und Größenangaben waren ebenso sorgfältig eingetragen wie die exakte Beschreibung der Materialien. Doch es waren nicht nur die Namen der Baustoffe angeführt. Hier stand auch, wie sich ihre Oberflächen anfühlten, wie sie rochen, wenn sie vom Regen nass geworden waren, und ob sie das Sonnenlicht zurückwarfen wie ein Spiegel oder es verschluckten wie ein Schwamm. Dort, wo sich keine Bilder befanden, waren die Bögen von oben bis unten vollgeschrieben. So etwas hatte Leon noch nie gesehen.

Fasziniert blätterte er durch die Seiten. Manche Bilder zeigten den Ort als Ganzes, andere bildeten Plätze, Gärten oder einzelne Räume im Inneren der Gebäude ab. Es sah so aus, als hätte Philippe Noël jedes Detail Valmots aufs Genaueste vermessen und katalogisiert. Als hätte er versucht, jeden Winkel, jede Ecke und jeden Straßenzug des Ortes in diesem Buch festzuhalten. Aber wozu? Warum hatte er sich all die Mühe gemacht? Es musste ihn Jahre gekostet haben, diese Aufzeichnungen zu Papier zu bringen.

»Sieh mal nach, ob weiter hinten noch was anderes außer den Zeichnungen ist.« Fliege wackelte ungeduldig mit der Hand über den Seiten hin und her.

Noch einmal ließ Leon die Blätter durch seine Finger gleiten – von der ersten bis zur letzten Seite und wieder zurück. Doch abgesehen von unzähligen weiteren Darstellungen Valmots konnte er nichts Besonderes entdecken.

»Nein«, sagte er. »Nur Zeichnungen. Unglaublich viele Zeichnungen.«

»Hm.« Marietta legte sich flach auf die feinen Kiesel. »Die Bilder sind wirklich schön«, sagte sie nachdenklich und unterdrückte ein Gähnen. »Jetzt kann ich mir richtig vorstellen, wie es bei euch aussieht. Aber ehrlich gesagt verstehe ich trotzdem nicht, warum dieses Buch so wichtig sein soll.«

»Ich auch nicht.« Fliege wirkte entmutigt. Er streckte sich ebenfalls der Länge nach auf dem Boden aus und gähnte. »Eigentlich müsste es bald hell werden. Spätestens dann sollten wir aufbrechen, um Chlodwig zu suchen. Wenn er wirklich Anatols Freund ist, wird er uns bestimmt helfen, den Riesen zu befreien.«

Leon hörte nur mit halbem Ohr zu. Er war sicher, dass sie irgendetwas übersehen haben mussten. Immerhin war das Buch doch sowohl für Philippe Noël als auch für den Herrn der Krähenmänner von größter Bedeutung – und für Valmot und seine Bewohner angeblich sogar überlebenswichtig.

Versunken besah er das Buch noch einmal von allen Seiten. Er strich mit der Hand über die Kanten und hielt den Einband noch näher vor die Flammen, um ihn besser betrachten zu können. Doch sosehr er sich auch bemühte, er konnte nichts Ungewöhnliches entdecken. Erst als Leon erneut die Seiten durchblätterte, fiel ihm plötzlich etwas auf, was ihm bisher entgangen war. Neben, unter und über den Zeichnungen befanden sich keineswegs nur Beschreibungstexte zu den dargestellten Bildern. Nein, Philippe Noël hatte offenbar auch persönliche Notizen zwischen all den Zahlen und Angaben gemacht. Einige dieser Anmerkungen sahen ein wenig vergilbt aus. So, als hätte er sie woanders ausgeschnitten und später in das Buch eingeklebt. Wie elektrisiert blätterte Leon zum Anfang zurück. Er strich den Bund glatt und ließ die Spitze seines Zeigefingers konzentriert von einer Zeile zur nächsten wandern. Tatsächlich: Schon auf der ersten Seite gab es einen Eintrag, der sich nicht auf die Abbildungen bezog. Kaum sichtbar hatte ihn der alte Mann zwischen Maßangaben und Zeichenerklärungen versteckt.

Dies ist meine Geschichte, las Leon aufgeregt, *und so merkwürdig und unglaublich sie auch klingen mag – die Dinge haben sich genau so zugetragen, wie ich sie in diesem Buch niederschrieb. Alles, was ich tat, tat ich aus Liebe – zu meiner Familie, meinen Freunden und meinen Gefährten. P. N.*

»Seht mal!« Entgeistert starrte Leon auf die verblassten Buchstaben. »Ich glaube, ich habe gefunden, wonach wir gesucht haben!« Doch er bekam keine Antwort. »Fliege?« Er wandte sich um. Sein Freund lag eingerollt neben ihm und schlief tief und fest.

»Das gibt's doch nicht.« Hektisch drehte Leon sich zu Marietta um. Auch sie lag mit geschlossenen Augen rücklings auf den Steinen, hatte die Hände vor dem Bauch verschränkt und atmete ruhig und gleichmäßig.

Leon schüttelte den Kopf. Doch er war nun viel zu aufgewühlt, um sich über seine schlafenden Freunde Gedanken zu machen. Und müde war er auch nicht mehr. Er schob sein Gesicht knapp über das Buch und blätterte zur nächsten Seite. Hier entdeckte er gleich zwei weitere Notizen Noëls.

9. Juli

Seit gestern Abend schwerer Dauerregen. Ich fürchte, Valmot wird noch davonschwimmen, wenn das so weitergeht. Bis jetzt keine Nachricht von Vater, obwohl er schon seit Monaten an der Front ist. Wir sind inzwischen sehr besorgt. Der Große Krieg geht bald in sein zweites Jahr, aber hier glauben alle, dass unser Dorf verschont bleiben wird. Wollen wir hoffen, dass sie recht behalten.

Leon hob den Blick. Es stimmte also wirklich. Hier stand es schwarz auf weiß. Philippe Noël stammte wie er und Fliege aus Valmot. Aufgeregt las er weiter.

11. Juli

Jetzt hat uns der Krieg doch erreicht. Zum Glück, ohne größere Schäden anzurichten. Eine Kompanie hat im Dorf gehalten. Die morastigen Wege und Straßen zwingen die Soldaten zu einer

Pause. Mutter und die anderen versorgen sie mit allem Nötigen.
Ihr Kommandeur hat versprochen weiterzuziehen, sobald sich das
Wetter bessert. Mal sehen, ob er sein Wort hält.

Leon hatte Mühe, weiterzulesen, denn das Feuer war inzwischen fast zur Gänze heruntergebrannt. Er griff nach einem größeren Ast und legte ihn in die Flammen. Als das Feuer wieder genug Licht spendete, schlug er die nächste Seite auf. Noëls Eintrag befand sich diesmal zwischen dem Bild eines Treppengeländers und der dazugehörigen Beschreibung. Die Handschrift war hier deutlich krakeliger.

12. Juli
Es ist so schrecklich, dass mir die Worte fehlen. Während wir am
See mit unseren Angeln und Reusen beschäftigt waren, ertönte aus
heiterem Himmel ein lautes Pfeifen. Gleich darauf war ein entsetz-
liches Krachen zu hören. Erst dachten wir an ein Gewitter. Aber das
Donnern wiederholte sich – immer und immer wieder. Es wurde
lauter und bedrohlicher. Wir bekamen es mit der Angst zu tun und
liefen durch den Wald zurück bis zu der kleinen Anhöhe. Es fällt
mir schwer, zu beschreiben, was ich dort sah, so grauenhaft war
der Anblick. Dichte, schwarze Rauchschwaden verdunkelten den
Himmel über unserem Dorf. Aus den Fenstern und Dächern der
kleinen Häuser loderten meterhohe Flammen. Die meisten Häuser
brannten lichterloh, andere waren eingestürzt, und einige waren
einfach verschwunden. Als hätte sie eine gewaltige Kraft ausein-
andergerissen, lagen ihre Trümmer bis weit in die umliegenden
Felder verstreut.

Leons Herz raste. Wie war es zu der schrecklichen Katastrophe gekommen, die Philippe Noël hier beschrieb? Und *wann* war sie passiert? Ängstlich tasteten sich seine Finger weiter – von Buchstabe zu Buchstabe, von Wort zu Wort, von Zeile zu Zeile.

Inmitten dieser Feuersbrunst sah ich Menschen über die Toten und Verletzten hinweg durch die Straßen stolpern. Wer sie waren, konnte ich auf die Entfernung nicht erkennen. Immer wenn der Wind in meine Richtung blies, war ihr Schreien und Weinen zu hören. Verzweifelt suchte ich nach unserem Haus, doch in dem Meer aus Rauch und Flammen konnte ich es nirgendwo entdecken. Das Bild der verwundeten Soldaten, der toten Tiere und Bewohner werde ich wohl niemals vergessen können.

Leon fühlte einen Kloß im Hals, und ihm schossen die Tränen in die Augen. Gedanken an seine Mutter und seine kleine Schwester Valerie gingen ihm durch den Kopf. Er empfand Wut und Trauer und den ganzen Schmerz Philippe Noëls, als wäre es sein eigener. Er wischte sich mit der Hand übers Gesicht, bevor er weiterlas, was da ganz klein in eine Ecke gequetscht geschrieben stand.

Wir suchten unsere Häuser auf, doch niemand, nicht ein einziger unserer Freunde und Verwandten, hat das Inferno überlebt. Der Große Krieg ist über Valmot hergefallen wie eine wütende Bestie. Er hat uns nichts gelassen außer unserer Freundschaft. Wir drei sind alles, was von Valmot übrig blieb: Hendrik, Fliege und ich.

»Waaas?!« Entsetzt schlug Leon das Buch zu. Er warf es zur Seite und sprang in die Höhe. Eine ganze Weile stand er wie gelähmt da und starrte auf den ledernen Einband. Die Gedanken rasten in seinem Kopf. Er musste sich verlesen haben. Ja, bestimmt war alles nur Einbildung gewesen. Kein Bewohner Valmots hatte jemals von einem Krieg berichtet, und es war auch vollkommen unmöglich, dass auf diesen Seiten etwas über Hendrik und Fliege stand.

Verwirrt lief er vor dem Feuer auf und ab, ehe er endlich den Mut fand, zu seinen schlafenden Freunden und dem Buch zurückzukehren. Seine Hände zitterten, als er sich vor dem Feuer niederließ und zögerlich das Buch vom Boden aufhob. Noch einmal blätterte er zu der Seite mit dem unheimlichen Eintrag.

Wir drei sind alles, was von Valmot übrig blieb: Hendrik, Fliege und …

Leon kniff die Augen zusammen und schloss das Buch erneut. Er wusste nicht, was er tun sollte. Kurz dachte er darüber nach, Fliege und Marietta zu wecken. Doch was hätte das gebracht? Leon legte seinen Kopf in den Nacken und betrachtete den sternenklaren Nachthimmel.

Waren die schrecklichen Ereignisse, die Philippe Noël in seinem Buch festgehalten hatte, tatsächlich passiert? Aber wie war es möglich, dass die Namen seiner engsten Freunde darin auftauchten?

Genau in dem Augenblick kam Leon ein verrückter Gedanke. Vielleicht war es dem alten Mann auf eine unerklärliche und unheimliche Art und Weise möglich, Dinge zu sehen, die erst in ferner Zukunft stattfinden würden? Leon schüttelte den Kopf. Das ergab keinen Sinn. Sosehr er sich auch bemühte, für ihn waren die Einträge einfach unerklärlich.

Er sah zu Fliege. Wenigstens der hat eine ruhige Nacht, dachte er. Er gönnte seinem Freund das bisschen Erholung und war froh, dass Fliege noch nichts von Philippes Aufzeichnungen in dem geheimnisvollen Buch wusste.

Erschöpft legte er sich zwischen die beiden Freunde auf die warmen Kieselsteine, und obwohl ihm tausend Gedanken durch den Kopf gingen, übermannte ihn gleich darauf ebenfalls die Müdigkeit. Er schloss die Augen und versank in tiefen Schlaf.

Der Zwergenmagier

Vorsichtig öffnete Leon die Augen. Der Gesang der Vögel hatte ihn geweckt. Die Dämmerung brach bereits an, und das Ufer auf der anderen Seite des Flusses tauchte schemenhaft aus dem morgendlichen Dunst hervor. Nur langsam kehrte die Erinnerung an die beunruhigenden Einträge in Philippe Noëls Buch zurück. Benommen, wie er war, kamen sie ihm nun fast noch unwirklicher vor.

Leon rappelte sich auf und blickte sich zu seinen Freunden um. Fliege war bereits wach. Er saß auf den Steinen und sah übers Wasser.

»Na, ausgeschlafen?«, fragte Leon und versuchte, sich seine Verunsicherung nicht anmerken zu lassen.

Fliege blinzelte ihn nur schlaftrunken an.

Dafür gähnte Marietta laut, stand auf und streckte sich. »Es wird ja schon hell«, sagte sie überrascht. »Wie lange habe ich denn geschlafen?«

»Nicht lange, glaube ich«, sagte Leon. Im Augenwinkel bemerkte er, dass Fliege nach dem Buch griff. Sofort beugte er sich vor und schnappte es ihm aus der Hand.

»Lass mal«, sagte er, »das Ding ist ziemlich schwer. Ich kann das ruhig tragen.«

Fliege sah ihn verwirrt an, war aber anscheinend noch viel zu müde, um zu widersprechen.

Die Sonne lugte bereits über den Horizont. Ihr wärmendes Licht vertrieb die letzten morgendlichen Nebel und ließ den wolkenlosen Himmel in makellos leuchtendem Blau erstrahlen.

Marietta blickte über den Kiesstrand. »Irgendwo zwischen hier und der Stadt müssten wir auf Chlodwig und seinen Wohnwagen stoßen«, erklärte sie.

»Und was ist mit Anatol?«, fragte Fliege.

»Alleine können wir nichts für ihn tun«, sagte Leon. »Wir müssen Hilfe holen. Vielleicht weiß Anatols kleiner Freund ja wirklich einen Rat.«

Die drei bedeckten noch die Feuerstelle mit Steinen, um keine Spuren zu hinterlassen. Dann machten sie sich auf den Weg. Auf den vom Wasser rund geschliffenen Kieseln stapften sie am Fluss entlang. Manchmal mussten sie über umgeknickte Baumstämme und Treibgut klettern oder sich an der Böschung vorwärtshangeln. So liefen sie, begleitet vom Rauschen des Flusses, immer weiter stromabwärts, bis Marietta plötzlich stehen blieb.

»Seht mal!« Sie deutete vor sich, über die hügelige Landschaft hinweg. Hinter einem dichten Gebüsch stieg eine kleine Rauchfahne in die Höhe.

»Das muss der Zwergenmagier sein!« Aufgeregt sah sie zwischen Fliege und Leon hin und her.

»Nicht unbedingt«, sagte Leon. »Ich finde, wir sollten lieber vorsichtig sein.«

So unauffällig wie möglich pirschten die drei sich an den Strauch heran. Leon bog ein paar Zweige beiseite und lugte zwischen den Blättern hindurch. Inmitten einer kleinen Bucht stand ein seltsam anmutender Wagen. Er war in einem schmutzigen Dunkelrot gestrichen und hatte mehrere Fenster, die jedoch mit Läden verschlossen waren. Eine hölzerne Treppe führte zu der einzigen Tür empor. Aus dem rostigen, schmalen Schornstein über dem Dach qualmte weißer Rauch. Ein intensiver Geruch von gebratenem Fisch lag in der Luft.

»Riecht ihr das auch?«, fragte Fliege und reckte gierig die Nase in die Höhe.

»Ja«, stöhnte Marietta, »und ich komme um vor Hunger!« Sie sah in alle Richtungen und schien zu überlegen. »Das ist ein alter Eisenbahnwaggon«, sagte sie. »Ich verstehe nicht, wie er in diese Bucht gekommen ist.«

»Ist doch auch egal«, sagte Leon ungeduldig. »Viel wichtiger ist, dass wir herausfinden, wer darin wohnt. Also los!«

Tapfer trat er hinter dem Busch hervor und bewegte sich auf den Wagen zu. Fliege und Marietta folgten ihm mit ein wenig Abstand.

Leon hatte gerade einmal die Hälfte der Strecke zurückgelegt, als plötzlich die Tür in weitem Bogen aufflog. Ein sehr kleiner Mann starrte mit einer Schrotflinte in der Hand nach draußen. Leon erkannte ihn sofort: Es war Chlodwig, der kleinwüchsige Mann auf dem Foto in Anatols Stube. Allerdings sah er bei Weitem nicht so gepflegt aus wie auf dem Bild. Er war unrasiert, trug eine Pyjamahose und ein geripptes Unterhemd mit schmalen Trägern. Das Gewehr in seiner Hand war genauso lang wie er selbst, und dafür, dass er angeblich der größte Magier der Welt war, machte er einen ziemlich verlotterten Eindruck.

»Wer seid ihr, und was wollt ihr?«, brüllte Chlodwig feindselig quer über den Strand. Im Gegensatz zu seiner Erscheinung klang seine Stimme keineswegs zwergenhaft. Sie war tief und kräftig und erinnerte eher an das Brummen eines Bären. »Wenn ihr es auf meinen leckeren Fisch abgesehen habt – vergesst es! Daraus wird nichts!« Er riss die Flinte vors Gesicht und zielte abwechselnd auf Leon, Fliege und Marietta. »Los! Seht zu, dass ihr verschwindet!«

»Ich glaube, wir sollten besser abhauen«, zischte Fliege. Er wandte sich um und war schon drauf und dran, davonzulaufen, doch Leon hielt ihn zurück.

»Nein, warte!« Er blätterte hektisch in seinem Buch. Endlich hatte er Philippe Noëls Umschlag gefunden, hob ihn in die Luft und wedelte damit hin und her, als hielte er eine weiße Fahne in der Hand. Vorsichtig machte er einen Schritt auf den Wagen zu.

»Philippe Noël hat uns geschickt! Sie kennen ihn doch …?«

Ganz langsam ließ Chlodwig das Gewehr sinken. »Philippe Noël, sagst du?« Er wirkte überrascht. Eine Weile betrachtete er die drei argwöhnisch, dann bedeutete er ihnen, näher zu kommen. Leon trat vor die Treppe, die in den Eisenbahnwaggon führte, und hielt dem kleinen Mann das Kuvert entgegen.

Mit einer schnellen Handbewegung zupfte ihm Chlodwig den Umschlag aus der Hand und besah ihn von allen Seiten.

»Gut«, sagte er dann. Ohne ein weiteres Wort machte er kehrt und verschwand durch die Tür im Inneren des Wagens.

Leon wusste nicht so recht, was er mit Chlodwigs Reaktion anfangen sollte. Besonders freundlich schien der Mann nicht zu sein. Aber er war der Einzige, von dem sie sich Hilfe erhoffen konnten. Schulterzuckend kletterte er daher die hölzerne Treppe hinauf und bedeutete den Freunden, ihm zu folgen. Zu dritt lugten sie in den Waggon.

Nur ganz spärlich drang das Sonnenlicht durch die geschlossenen Fensterläden. Die Einrichtung war äußerst einfach gehalten. Eine bunte Hängematte hing quer durch den Raum. Die wenigen Gegenstände und Möbel sahen aus, als hätte Chlodwig sie irgendwo gefunden oder aus Treibgut zusammengeschraubt. Ein schmaler Schrank aus massiven, ausgebleichten Schiffsplanken stand hier ebenso vor der Wand wie zwei Regale aus rostigen Eisenstangen, in denen offenbar Chlodwigs gesammelte Habseligkeiten lagerten. Ein Topf, mehrere Teller und Schüsseln und ein paar weitere kleine Gegenstände, die Leon im diesigen Licht nicht so genau erkennen konnte. Gleich neben dem Eingang befand sich eine verbeulte Tonne, die zu einem Herd umgebaut war. In ihr prasselte leise ein Feuer. Auf der Eisenplatte darüber stand eine dampfende Pfanne, der köstlicher Fischgeruch entströmte.

Chlodwig hatte sich inzwischen im Schneidersitz vor einer kleinen Holzkiste, die ihm ganz offensichtlich als Tisch diente, auf den Boden gesetzt und fingerte an dem Kuvert herum.

Leon schob den Fuß über die Schwelle. »Dürfen wir?«, fragte er.

Wortlos deutete Chlodwig neben sich auf den Fußboden. Er zog mehrere gefaltete Papierbögen aus dem Umschlag hervor und begann konzentriert zu lesen. Marietta und Fliege betraten hinter Leon den Wagen und ließen sich neben ihm auf dem harten Dielenboden nieder.

Nachdem Chlodwig die ersten beiden Seiten überflogen hatte, legte er die Papiere beiseite. Er sah auf und betrachtete Leon lange.

»Verzeiht meinen Empfang, ich bin Menschen nicht gewohnt«, sagte er dann. »Du bist also Leon.«

»Stimmt«, antwortete Leon überrascht. Er konnte sich nicht erklären, woher Chlodwig seinen Namen kannte. Der kleine Kerl sah nun zu Fliege. Er legte den Kopf zur Seite und musterte ihn von oben bis unten. »Und du?«

»Fliege.«

»Ach ja, das ergibt Sinn«, sagte Chlodwig schmunzelnd.

Flieges Ausdruck verfinsterte sich, während Leon ein Grinsen auf Mariettas Gesicht zu erkennen glaubte.

»Marietta!« Sie streckte ihm die Hand entgegen, noch bevor Chlodwig nach ihrem Namen fragen konnte.

»Eigentlich habe ich mit Anatol gerechnet. Wo habt ihr ihn versteckt? Ich kann ihn ja wohl kaum übersehen haben.« Chlodwig sah sich demonstrativ im Raum um.

»Die Krähenmänner«, sagte Leon. »Sie haben ihn, und sie sind auch hinter uns her.«

»Die Krähenmänner?!« Chlodwigs Ausdruck veränderte sich schlagartig. Für einen Moment glaubte Leon eine Mischung aus Zorn und Verzweiflung in seinem Gesicht zu erkennen, aber der Zwerg fasste sich rasch. »Und das Buch?«, fragte er dann. »Habt ihr darin gelesen?«

»Da sind nur Bilder drin.« Fliege winkte mit der Hand ab. »Bilder von unserem Dorf. Aber wir wissen ohnehin, wie es bei uns zu Hause aussieht, stimmt's?« Er wandte sich Leon zu, der seinem Blick jedoch geschickt auswich.

»Hm.« Chlodwig hob die Augenbrauen. »In seinem Schreiben bittet mich Philippe, das Buch an mich zu nehmen, um es vor dem Zugriff der Krähenmänner zu schützen.« Der kleine Mann kratzte sich am Kopf. »Wisst ihr, ich stehe tief in seiner Schuld. Ich werde seinem Wunsch daher Folge leisten. Aber was soll ich bloß mit euch anfangen?«

»Mit uns anfangen?« Entsetzt wechselte Leon einen Blick mit Fliege und Marietta. »Philippe Noël meinte, dass wir hier bleiben könnten.«

»So, meinte er das?« Chlodwig strich sich nachdenklich über sein unrasiertes Kinn. »Na schön«, murmelte er dann und deutete rund um sich in den schmalen Waggon. »Aber ihr seht ja selbst – viel Platz habe ich nicht. Erwartet also keinen Luxus. Gebadet wird im Fluss, und in die Pfanne kommt, was hier vorbeischwimmt.« Er zeigte zur Tür hinaus aufs Wasser.

»Wir werden bestimmt nicht lange bleiben«, versicherte Leon erleichtert. »*Er* hat gesagt, dass die Krähenmänner nur noch zwei Tage Zeit haben, um uns zu finden. Wenn wir Glück haben, erledigt er sie danach sowieso. Und vielleicht könnten Sie uns dann helfen, Anatol und Morelli zu befr…«

»*Er*«, fiel ihm Chlodwig ins Wort und runzelte die Stirn. »Wisst ihr überhaupt, wer *Er* ist?«

»Na ja, nicht so genau«, gab Fliege kleinlaut zu. »Der Herr der Krähenmänner eben. Oder?«

»Ja, so hat es sich auf jeden Fall angehört«, sagte Leon.

»Oh, ihr armen, ahnungslosen Kinder!« Chlodwig richtete den Blick zur Decke. »Ihr wisst nicht einmal, mit wem ihr es zu tun habt?«

Kaum hatte er seinen Satz zu Ende gesprochen, fuhr plötzlich ein kalter Windstoß durch den Waggon. Das Feuer in der Tonne loderte auf, die Fensterläden klapperten, und die Eingangstür fiel mit einem lauten Knall ins Schloss.

Erschrocken zuckte Leon zusammen. »Was war das?«

Chlodwig antwortete nicht, sondern lehnte sich ganz nahe zu den dreien über die Kiste. »Die Dinge sind leider nicht so, wie ihr denkt«, flüsterte er geheimnisvoll. »*Er* ist nicht bloß irgendein *Herr über ein paar Krähenmänner.* Ihr habt es hier mit einem viel mächtigeren Gegner zu tun. Einem Gegner, vor dem es kein sicheres Versteck gibt – der früher oder später jeden findet. Mich ... und auch euch.«

Leon starrte Chlodwig ängstlich an. Der kleine Mann stützte sich auf der Kiste ab und streckte seinen kurzen Oberkörper noch ein wenig weiter vor.

»*Er*«, sagte Chlodwig dann, »hat viele Namen und viele Gesichter. Wenn es stimmt, was Philippe erzählt hat ...« Er zögerte einen Augenblick. »Dann ist *Er* niemand Geringeres als ... der Tod selbst.«

Leon stockte der Atem. Für einen Moment wurde ihm schwarz vor Augen, und beinahe wäre er nach hinten umgekippt. Er hoffte inständig, dass Chlodwig nur scherzte und gleich zu lautem Gelächter anheben würde. Doch der Magier verzog keine Miene.

Wie in einem Karussell begannen die Gedanken nun in Leons Kopf im Kreis zu fahren. Die düstere Stimme in der Fabrik hatte doch von einem Vertrag gesprochen! Einem Vertrag mit Philippe Noël. Nein, das war nicht möglich. Oder etwa doch? Hatte der alte Mann tatsächlich einen Pakt mit dem Tod geschlossen?!

»Wisst ihr ...« Chlodwig ließ sich zurück auf den Boden plumpsen. »Ich kann euch nicht viel über Philippes Vergangenheit berichten – zum Glück!« Er zwinkerte nervös. »Aber Anatol hat mich in einige Dinge eingeweiht. Er hat mir vermutlich weit mehr erzählt, als gut für mich ist«, setzte er kaum hörbar hinterher. »Ihr hingegen habt offenbar nicht die leiseste Ahnung, was das alles zu bedeuten hat. Hab ich recht?«

Leon, Fliege und Marietta nickten.

Chlodwig erhob sich. »Also schön«, sagte er, während er langsam im Raum auf und ab schritt. »Ich werde mein Wissen mit euch teilen. Was ihr damit macht, ist eure Sache.« Er blieb stehen und sah die drei mit einem bohrenden Blick an. »Aber falls euch jemand fragt – von mir habt ihr kein Sterbenswörtchen erfahren! Ist das klar?«

»Ehrenwort.« Leon nickte.

»Versprochen«, sagte Marietta, und Fliege legte mit einem ernsten Blick die rechte Hand aufs Herz.

»Gut.« Chlodwig zögerte. Er wusste offenbar nicht, wo er beginnen sollte. »Es war die Zeit des Großen Krieges«, erklärte er dann. »Ein entsetzliches Schlachten, das auch vor eurem Hei-matort nicht haltmachte. Im Granatenhagel der feindlichen Geschütze wurde euer Dorf dem Erdboden gleichgemacht und ein Großteil der Bewohner getötet.« Er schüttelte betreten den Kopf. »Philippe Noël war damals kaum älter als ihr heute.«

Leon hörte Fliege laut schlucken. Er konnte seinen Freund gut verstehen. Der Gedanke, dass Philippe zum Zeitpunkt der Katastrophe nicht älter gewesen war als er selbst, schnürte ihm die Kehle zu. Noch mehr aber machte ihm zu schaffen, dass die Erzählung des kleinen Magiers mit Noëls Aufzeichnungen ge-nau übereinstimmte.

»Völlig gebrochen verließ Philippe die ausgebrannten Ru-inen«, erklärte Chlodwig. »Er zog nach Quentin und hat an-geblich so fürchterlich unter dem Verlust seiner Heimat und seiner Lieben gelitten, dass er für Wochen schrie, tobte und schließlich verstummte.«

Chlodwig trat vor die Blechtonne in der Ecke des Raums. Er hob die Pfanne von der Herdplatte und stellte sie auf ein höl-zernes Schneidbrett neben dem Ofen.

»Doch einige Jahre nach dem schrecklichen Angriff – an den Fronten wurde nach wie vor erbittert gekämpft – geschah et-was höchst Sonderbares. Philippe litt gerade besonders schwer unter seinen schmerzlichen Erinnerungen, als plötzlich ein Fremder vor seiner Tür stand. Ein Mann, den Philippe nie zu-vor gesehen hatte. Höflich und gut gekleidet. Man hätte ihm von Philippes Sorgen berichtet, beteuerte der Unbekannte, und dass er furchtbar gerne helfen wolle. Beinahe hätte ihm Philippe die Tür vor der Nase zugeschlagen, doch der Mann stellte seinen Fuß zwischen Tür und Schwelle und unterbreitete ihm ein Angebot, das ebenso unglaublich wie verlockend klang.«

Chlodwig ließ sich auf seiner Hängematte nieder und schaukelte langsam vor und zurück. »Dieser Mann behauptete allen Ernstes, Philippes Zuhause wiedererrichten zu können. Nein, nicht nur sein Haus – den ganzen Ort! Er würde dafür auch nicht viel fordern, denn er selbst sei ohnehin sehr wohlhabend und lege daher keinen besonderen Wert auf Geld. Philippes Gegenleistung sei hingegen ganz einfach zu erbringen. Er sollte etwas für den Fremden suchen. Und wisst ihr, wo?« Erwartungsvoll betrachtete er seine Zuhörer. »Ausgerechnet in dem wiedererrichteten Valmot. Verrückt, nicht wahr? Ich muss zugeben, dass ich diesen Teil der Vereinbarung auch nicht verstehe. Nun, was soll ich sagen: In seinem unendlichen Schmerz willigte Philippe ein, die beiden schlossen einen Vertrag, und der Fremde versprach, Noël für den Rest seines Lebens nicht mehr zu behelligen.«

»Ja, das stimmt!«, brach es aus Leon hervor. Aufgeregt sah er zu seinen Freunden. »*Er* hat in der Fabrik von einem Vertrag gesprochen. Einem Vertrag, den er mit Philippe Noël hat!«

Chlodwig hob verblüfft den Blick. »Dann weißt du bestimmt auch, dass es Philippe, als Teil dieser Vereinbarung, verboten war, über Valmot und seine Bewohner zu berichten. Er durfte nichts über den Ort aufschreiben, keine Aufzeichnungen machen und mit niemandem über sein Zuhause sprechen – was er aber ganz offensichtlich dennoch getan hat.« Chlodwig deutete auf das Buch in Leons Händen.

»Genau«, bestätigte Leon. »Auch das hat die Stimme in der Fabrik erwähnt.«

Chlodwig hopste von der Hängematte, machte zwei Schritte vorwärts und setzte sich zu den anderen vor der Kiste auf den Boden. »Ihr möchtet jetzt sicher gerne wissen, was dem Mann so enorm wichtig war, dass er Philippe ein derart unglaubliches Angebot machte?«

»Ja«, sagte Leon aufgeregt. »Natürlich wollen wir das wissen!«

»Eine Statuette!«

»Eine Statuette?«

»Ja, eine kleine Statue! Ungefähr so groß wie mein Unterarm.« Chlodwig deutete mit seinen Händen die Größe der Statue an. »Aber es handelt sich nicht um irgendeine Figur«, erklärte er weiter. »Nein, ich spreche von einem ganz besonderen Gegenstand. Er ist von unschätzbarem Wert und soll sich seit Generationen im Besitz von Philippes Familie befunden haben.«

»Und für eine kleine Statue war der Mann bereit, einen ganzen Ort wiederaufzubauen?«, fragte Leon ungläubig.

»War die etwa aus purem Gold oder aus Diamanten?« Marietta runzelte die Stirn.

»Nein, aus Eibenholz«, entgegnete Chlodwig. »Und auch wenn sie angeblich ganz schlicht ist, so ist sie doch einzigartig, denn sie tut etwas, was kleine, hölzerne Statuetten im Normalfall nicht tun.«

Für einen Augenblick war es ganz still im Raum. Chlodwig bedeutete den dreien, näher zu kommen. Dann hauchte er geheimnisvoll: »Die Statue atmet! Sie atmet, als wäre sie lebendig.« Mit einem entrückten Blick starrte er Leon, Fliege und Marietta dabei an.

»Sie *atmet?*!« Leon erschauerte. »Aber wie kann das sein? Warum sollte ein Gegenstand aus Holz atmen?«

»Das weiß niemand«, flüsterte Chlodwig. »Dieses Objekt ist Furcht einflößend und faszinierend zugleich.«

Fliege hob zögerlich die Hand. »Und ... und hat *Er* sie bekommen, diese Statue?«

»Nein, Philippe hat sich an keine der beiden Verpflichtungen gehalten. Warum, weiß nur er selbst.« Chlodwigs Augenbrauen schoben sich über seinem Nasenrücken zusammen. »Also«, sagte er dann, und Leon glaubte ein Funkeln in seinen Augen zu erkennen. »Ich an eurer Stelle würde mir dieses Buch noch einmal sehr genau ansehen. Warum, denkt ihr wohl, ist der Herr der Krähenmänner hinter euch und dem Buch her? Doch bestimmt nicht wegen ein paar Bildern von eurem Heimatort, oder?« Er warf einen amüsierten Blick auf Fliege.

»So!«, rief er gleich darauf und hüpfte auf seine kurzen Beine. »Schluss mit den düsteren Nachrichten. Möchte jemand von meinem köstlichen Fisch probieren?«

Leon schüttelte entgeistert den Kopf. Fliege und Marietta reagierten nicht einmal. Offenbar war seinen Freunden der Appetit ebenso vergangen wie ihm. Der kleine Mann pflückte Philippes Brief von der Kiste, schlurfte durch den Wagen, hob die Pfanne vom Schneidbrett und schnappte sich eine Gabel von einem der kleinen Wandregale. Dann trat er, ohne sich noch einmal umzusehen, durch die Tür ins Freie.

Die Aeterna

Ihr glaubt ihm doch nicht etwa?«, fragte Marietta, sobald Chlodwig die drei in seinem Wagen allein gelassen hatte.

Leon sah Fliege an, der noch immer wie erstarrt dasaß. »Ehrlich gesagt wüsste ich nicht, warum er uns anlügen sollte«, sagte er beinahe entschuldigend. »Auch wenn es irgendwie verrückt ist, dass ausgerechnet wir es plötzlich mit dem Tod zu tun bekommen.« Er grinste schief, um Fliege aufzumuntern.

Fliege nickte und murmelte: »Offenbar haben wir etwas in dem Buch übersehen.« Dann hob er ruckartig den Blick. »Moment mal. Wenn diese Statue niemals gefunden wurde, müsste sie doch noch in Valmot sein, oder? Ich meine, nur mal angenommen, *wir* würden sie finden.« Er kratzte sich am Hinterkopf und sah Leon und Marietta mit großen Augen an. »Wenn *Ihm* die Figur so wichtig ist und wir sie ihm bringen, lässt er uns vielleicht in Ruhe. Und Anatol und Morelli auch. Was meint ihr?«

»Augenblick!«, mischte Marietta sich ein. »Nehmen wir mal an, es gibt dieses Ding wirklich. Vielleicht ist dann ja auch genau *das* sein Plan. Vermutlich wartet er nur darauf, dass wir diese Statue für ihn aufspüren. Aus irgendeinem Grund kann er das ja anscheinend nicht selbst übernehmen. Und wenn wir das Teil haben, erledigt er uns trotzdem.«

Fliege setzte zu einer Antwort an, doch da waren plötzlich hastige Schritte auf der Treppe vor dem Wagen zu hören.

»Verdammt!« Chlodwig stolperte atemlos in den Raum. »Hört ihr den Motor?! Das Schiff! Es nähert sich!« Er knallte die Pfanne auf die Herdplatte.

Leon spitzte die Ohren. In der Tat drang ein leises Tuckern durch die offen stehende Tür ins Innere des Waggons. Trotzdem verstand er die Aufregung nicht. »Und was ist daran so schlimm?«, fragte er. »Das ist doch auf einem Fluss nichts Ungewöhnliches, oder?«

»Doch!«, japste Chlodwig, während er hektisch einige Sachen von den Regalen schnappte und sie sich in die Taschen stopfte. »Das da draußen ist nicht irgendein Schiff! Es ist *sein* Schiff, die Aeterna!« Er griff nach seiner Schrotflinte und lief zur Rückwand des Waggons. Dort schob er ein schmales Kästchen beiseite, woraufhin eine kleine, hölzerne Tür zum Vorschein kam. »Schnell, raus mit euch!«

»Aber du hast doch gesagt, sie kämen nicht zum Fluss?!«, schnaufte Leon in Mariettas Richtung. »Von wegen – sie fahren sogar auf ihm spazieren!« Er nahm hektisch das Buch und schlüpfte durch die Öffnung ins Dickicht hinter dem Waggon. Gleich darauf plumpsten auch Marietta, Fliege und Chlodwig zwischen die Farne und Brennnesseln auf den feuchten Boden. Leon legte sich flach auf den Bauch und lugte unter dem Wagen hindurch zum Strand.

»Siehst du irgendwas?«, flüsterte Fliege.

144

Erst konnte Leon gar nichts erkennen, doch dann entdeckte er in der Ferne ein Schiff, das sich mühsam gegen den Strom vorwärtskämpfte. Im Rhythmus des stampfenden Motorgeräuschs stieg schwarzer Rauch aus seinem Schornstein empor. Ganz vorne am Bug stand in großen, weißen Lettern *Aeterna* geschrieben.

»Sie werfen den Anker aus«, sagte Marietta. »Und sie lassen ein Beiboot zu Wasser!«

»Du hast recht!« Die Aeterna hatte die kleine Bucht passiert und lag nun gut hundert Meter stromaufwärts inmitten des Flusses vor Anker. Trotz der Entfernung konnte Leon deutlich erkennen, dass mehrere schwarz gekleidete Gestalten ein kleines Ruderboot an Seilen vom Heck herabließen. Über eine Strickleiter kletterten sie gleich darauf hinterher. Sie schnappten nach ein paar Rudern und ließen sich mit der Strömung rasant aufs Ufer zutreiben.

»Mist, die kommen tatsächlich!« Leon warf einen ängstlichen Blick in die Runde. »Was machen wir denn jetzt?«

»Keine Ahnung«, murmelte Chlodwig geistesabwesend. Mit dem Lauf seiner Flinte drückte er das Unkraut beiseite, um bessere Sicht zu bekommen. »Bedaure, ich habe nicht den blassesten Schimmer.«

»Moment!« Marietta setzte sich plötzlich auf. Sie lehnte sich mit den Schultern gegen die Wand des Waggons und sah Chlodwig streng an. »*Sie* sind doch angeblich der größte Magier der Welt«, sagte sie. »Also lassen Sie sich gefälligst etwas einfallen!«

Chlodwig stemmte seinen Oberkörper hoch und blickte verblüfft zu Marietta auf. Er wirkte wie jemand, der bei einer Lüge ertappt wurde.

»Äh … also, das mit dem Zaubern … Ihr müsst wissen … im engeren Sinne bin ich gar kein Magier. Zumindest kein echter. Außerdem denke ich, dass gerade jetzt nicht der richtige Augenbl…«

»Aber es stand über Ihrem Foto bei Philippe Noël«, beharrte Marietta.

»Ja, das mag sein«, sagte Chlodwig und vermied es, ihr dabei in die Augen zu sehen. »Zugegeben, ich beherrsche den einen oder anderen Trick, kann lustige, kleine Apparaturen bauen und verstehe es, Leute zu verblüffen. Aber Magier? Nein, Magier bin ich wirklich keiner. Leider.«

»Na toll!« Marietta verschränkte verärgert die Arme. »Wäre ja auch zu schön gewesen.«

Das Boot hatte inzwischen das Ufer erreicht.

»Eins, zwei, drei … drei Krähenmänner«, flüsterte Leon, während er das Buch unter sein Hemd stopfte und sich seinen Gürtel ganz eng schnallte.

Die Venatoren sprangen unterdessen über den Bug auf den Strand. Zu dritt zogen sie den Rumpf des Bootes auf das Kiesbett. Dann wechselten sie ein paar Worte miteinander und schritten entschlossen in Richtung des Waggons.

»Los, hier runter!« Leon griff nach dem rostigen Metallrahmen des Fahrgestells und zog sich mit Schwung in den schmalen Spalt zwischen Boden und Waggon. Sofort folgten Fliege und Marietta ihm. Nur Chlodwig hatte sich mit seinem Gewehr im Unterholz verheddert.

»Verdammt!«, fluchte er. In seiner Panik zerrte er wie verrückt an der Waffe herum, bis plötzlich ein ohrenbetäubender Knall die Stille zerriss.

Leon zuckte erschrocken zusammen. Der Zwerg war offenbar versehentlich am Abzug seiner Flinte hängen geblieben. Leons Ohren klingelten, und der Geruch von Schießpulver stieg ihm in die Nase. Er sah, dass Chlodwig die Lippen bewegte, aber er hörte nur noch ein helles Pfeifen. Entsetzt wandte er den Blick zum Strand.

Die drei Venatoren hatten sich auf den Boden geworfen. Doch nun sprangen sie wieder auf die Beine und liefen mit fliegenden Mänteln direkt auf Chlodwigs Waggon zu. Leon sah in Flieges schreckerstarrte Augen. Er nickte seinem Freund zu und hielt sich den Zeigefinger vor die Lippen.

Als die drei Venatoren schon fast auf Höhe der kleinen Treppe angelangt waren, teilte sich die Gruppe. Ein Mann lief nach links, einer nach rechts, und der dritte polterte über die Holzstufen nach oben ins Innere des Wagens. Leon hielt den Atem an. Das Pfeifen in seinen Ohren wurde leiser, und er hörte ganz deutlich die schweren Schritte direkt über seinem Kopf. Die anderen beiden Venatoren streiften langsam an den Schmalseiten des Waggons entlang.

Leon sah sich hilflos nach einem Fluchtweg um. Da fiel sein Blick auf das Boot, das am Flussufer dümpelte. Er stupste Marietta und Fliege an, und als endlich auch Chlodwig zu ihm herübersah, deutete er mehrmals mit dem Kopf in Richtung des Bootes. Der ungläubige Gesichtsausdruck seiner Begleiter verriet ihm, dass sie ihn verstanden.

»Los!«, flüsterte er. Wie Reptilien krochen alle vier blitzschnell unter dem Wagen hindurch. Kaum waren sie aus dem Spalt hervorgerutscht, sprangen sie auf die Beine und rannten los. Leon sah sich nicht ein einziges Mal um. Er visierte das kleine Boot an und lief, so schnell ihn seine Beine trugen, über den Strand.

»Da!«, hörte er plötzlich eine Stimme hinter sich rufen. »Sie versuchen zu entkommen!«

Leon und Fliege erreichten das Boot als Erste. Sie drückten mit aller Kraft gegen den Rumpf, bis dieser sich endlich bewegte und knirschend über den Schotter ins Wasser rutschte. Dann stießen sie sich vom Boden ab, zogen sich am hölzernen Rand hoch und ließen sich ins Boot fallen, das daraufhin ein Stück vom Ufer wegtrieb. Jetzt erreichten auch Marietta und Chlodwig den Fluss. Ohne abzubremsen, sprangen die beiden in die Fluten. Fliege schnappte nach einem Ruder und begann wie wild zu paddeln, während Leon den beiden Schwimmern das andere Ruder entgegenhielt, damit sie sich daran festhalten konnten.

Er reichte Marietta die Hand und zog sie an Bord. Gleich darauf fischten sie gemeinsam Chlodwig aus dem Wasser. Inzwischen hatte die Strömung das kleine Boot erfasst, und es trieb mit dem Heck voran stromabwärts. Leon sah zum Strand. Die Krähenmänner standen bis zu den Knien im Wasser. Sie fluchten und drohten mit den Fäusten, doch sie hatten keine Chance mehr, sie einzuholen.

Das kleine Boot war mittlerweile beängstigend schnell geworden. Unbeherrschbar raste es über die Stromschnellen dahin, als es plötzlich mit einem gewaltigen Ruck mitten im Fluss anhielt. Alle vier wurden auf die hölzernen Planken geschleudert, und um ein Haar wäre Leon übers Heck in den reißenden Strom gestürzt.

»Alles in Ordnung?«, fragte er benommen, während er sich aufrappelte.

Marietta und Chlodwig lagen völlig durchnässt neben ihm auf den Planken. Sie schienen jedoch wohlauf zu sein. Fliege rieb sich die Schulter, wirkte aber ansonsten ebenfalls unversehrt. Leon begriff nicht, was gerade passiert war. Erst als er über den Bug hinweg aufs Wasser sah, erkannte er die Ursache des plötzlichen Halts: Ein langes, straff gespanntes Tau verlief vom Bug des Ruderboots bis zum Heck der Aeterna. Bevor es gespannt worden war, musste es unter der Wasseroberfläche versteckt gelegen haben.

»Die beiden Boote sind verbunden!«, rief er.

Leon blickte zum Strand, wo die drei Krähenmänner wie hungrige Raubtiere auf und ab liefen, ohne die vier aus den Augen zu lassen. Dann wandte er sich wieder dem Seil zu. Logisch, dachte er. Die Strömung war zu stark, um gegen sie anzurudern. Nur mithilfe des Taus hätten die Männer sich zurück zur Aeterna ziehen können.

»Wisst ihr was?« Er deutete auf das Schiff, das weit hinter ihnen verlassen im Wasser lag. »Wir holen uns ihr Schiff! Wir kapern die Aeterna!« Er grinste.

»Und woher wissen wir, dass dort nicht noch so ein Pestvogel auf uns wartet?« Marietta strich sich die klatschnassen Haare aus dem Gesicht.

»Das lässt sich herausfinden«, verkündete Chlodwig. Er fuhr mit der Hand in seine Hosentasche und zog ein merkwürdiges Objekt hervor. Leon erkannte es sofort wieder. Ihm war aufgefallen, dass Chlodwig es während der Flucht von einem der Regale gepflückt und eingesteckt hatte. Die seltsame Konstruktion aus Zahnrädern, Draht und Wäscheklammern erinnerte irgendwie an ein Insekt.

»Darf ich vorstellen!« Chlodwig lächelte stolz. »Einer meiner *Springer*. Ich habe ihn selbst entworfen und gebaut. Mir war nur nie ganz klar, wofür ich ihn einmal brauchen könnte. Aber jetzt ...«

Er drehte mit Daumen und Zeigefinger an einem kleinen Schlüssel, der seitlich aus dem Objekt hervorlugte. Augenblicklich begann das Gebilde wie wild zu zappeln und zu zucken, wobei es ein surrendes Geräusch von sich gab. Nur wenige Sekunden – dann lag es wieder völlig bewegungslos in Chlodwigs Hand.

Fliege beugte sich vor und betrachtete den kleinen Gegenstand mit großen Augen. »Ja, und?« Er hob die Schultern. »Wie soll uns dieses ... dieses Ding weiterhelfen?«

»Das wirst du gleich sehen.« Chlodwig legte den Springer behutsam auf die Holzplanken zu seinen Füßen. Dann spuckte er in seine Handflächen und griff nach dem Tau. »Los! Alle packen mit an!«

Sofort schnappten alle nach dem Seil und zogen so kräftig, wie sie nur konnten. Meter um Meter schob sich das kleine Ruderboot gegen den Strom flussaufwärts. »Haaaau ruck!«, kommandierte Chlodwig bei jedem Zug. »Haaaau ruck!«

Leon trat der Schweiß auf die Stirn. Die Strömung war so stark, dass sie sich nicht ein einziges Mal ausruhen konnten, bis sie endlich erschöpft den Rumpf der Aeterna erreichten. Wie eine stählerne Wand ragte er vor ihnen aus dem Wasser empor. Bedrohlich schwarz und rostig.

Chlodwig zog das Seil durch einen Metallring am Bug des Ruderboots und verknotete es. Dann hob er den Springer hoch, klemmte ihn zwischen die Zähne und sprang wie ein Pirat mit einem Satz auf die herabbaumelnde Strickleiter. Er hängte sich mit dem Ellenbogen in eine der Sprossen ein, drehte den kleinen Schlüssel des Springers und schleuderte das seltsame Ding mit ausgestrecktem Arm über die Reling des Schiffs an Deck.

Mit einem ohrenbetäubenden Lärm polterte der Springer dort über die Planken und stieß lautstark gegen irgendwelche Metallteile, bis er plötzlich unter den Streben der Reling hindurchschoss, ins Wasser fiel und in den reißenden Fluten versank.

Chlodwig schlug sich entsetzt die Hand vor den Mund. Offensichtlich kostete es ihn viel Mühe, nicht laut loszuschreien. Trotzdem machte er keinen Mucks. Erst als nach längerer Zeit noch immer kein Geräusch von der Aeterna drang, nahm er die Hand weg und schnaubte: »Mist! Mein schöner Springer!« Er sah nach oben zum Ende der Strickleiter und ergänzte mürrisch: »Aber wenigstens können wir jetzt beruhigt an Bord gehen.«

»Hä?« Leon sah zwischen seinen Freunden und dem an der Strickleiter baumelnden Chlodwig hin und her.

»Bei dem Lärm wären die anderen Besatzungsmitglieder doch sofort alarmiert worden«, rief der kleine Mann von oben herab. »Sie hätten sich längst an Deck gezeigt. Wir haben also nichts zu befürchten.«

Trotz seiner geringen Körpergröße war Chlodwig ziemlich muskulös. Fast spielerisch hangelte er sich an den Sprossen nach oben, sprang über die Reling und winkte die anderen zu sich hinauf.

Schon kurze Zeit später betraten auch Leon, Fliege und Marietta das Deck der Aeterna. Das Schiff wirkte älter und verkommener, als Leon erwartet hatte. Rost bröselte aus einigen Fugen, und stellenweise sah es fast so aus, als würde der Aufbau nur noch von einer weißen Farbschicht zusammengehalten. Die Kommandobrücke bestand aus einer schmalen Kabine, deren Seitenfenster so schmutzig waren, dass man nicht ins Innere sehen konnte.

»Gut.« Leon wandte entschlossen den Kopf in alle Richtungen. »Lasst uns nachsehen, was der Kahn so zu bieten hat.« Er trat vor die Tür der Brücke und setzte vorsichtig einen Fuß über die Schwelle. Chlodwig, Fliege und Marietta folgten ihm.

Die Luft in dem kleinen Raum war stickig. Es roch muffig und ein wenig nach Treibstoff. Leon musste an Joseph denken. Der Geruch erinnerte ihn an die Werkstatt seines Freundes.

Unter der Windschutzscheibe war ein hölzerner Kasten montiert, aus dem einige Instrumente und ein großes Steuerrad ragten. Gleich neben dem Eingang befand sich eine schmale Luke im Boden. Von hier führte eine Metallleiter direkt in den Bauch des Schiffs.

»Ihr zwei bleibt besser hier oben und passt auf«, sagte Leon zu Fliege und Marietta. »Und Chlodwig und ich sollten zur Sicherheit nachsehen, ob unten auch wirklich niemand ist.« Er drehte sich zu dem Zwerg. »Oder was meinen Sie?«

»Jetzt hört doch endlich auf mit dem *Sie*!«, herrschte ihn Chlodwig an. »Ich heiße Chlodwig, bin genauso groß wie ihr, und irgendwie sitzen wir doch alle ... äh ... im selben Boot.« Trotz der beklemmenden Atmosphäre musste er grinsen.

Auch Leon schmunzelte. »Also dann, nach *dir*!«

Als Leon die Kajüte betrat, war er vom Anblick der Einrichtung überwältigt. Sie passte so überhaupt nicht zu dem ersten Eindruck des Schiffs. Wände, Decke und Boden waren mit poliertem Holz getäfelt, ein roter Polstersessel stand im Zentrum des Raums, und auf einem kleinen Tischchen lagen zahlreiche Papiere, eine Tintenwippe und mehrere edle Füllhalter. An Back- und Steuerbord befand sich je ein Bullauge, durch das warmes Licht in den Raum drang.

»Na, da hat es sich aber einer so richtig gemütlich gemacht«, staunte Chlodwig. Langsam drehte er sich einmal um die eigene Achse. »Zum Glück hat *Er* keine Ahnung, dass wir gerade hier sind und uns in seinem schwimmenden Salon umsehen.«

Leon trat vor eines der runden Fenster und sah zurück zum Strand. »Da wäre ich mir nicht so sicher«, murmelte er über seine Schulter hinweg. Inzwischen war nämlich keiner der Krähenmänner mehr zu sehen. Die finsteren Jäger waren vermutlich längst zu ihrem Herrn zurückgekehrt, um ihm Bericht zu erstatten. Oder sie heckten einen Plan aus, um sie an der Flucht zu hindern.

Leon machte kehrt. Er schritt auf das kleine Tischchen zu und schob mit der Fingerspitze die Papiere auseinander. Die Seiten waren von oben bis unten vollgeschrieben. Allerdings konnte er den Text nicht entziffern. Nie zuvor hatte er eine derart merkwürdige Schrift gesehen. Plötzlich fiel ihm unter den vielen Zetteln ein Blatt auf, das anders aussah als die anderen.

Es handelte sich um eine detaillierte Straßenkarte, auf der sich zahlreiche handschriftliche Notizen befanden. Bedauerlicherweise waren jedoch auch sie in der fremden Schrift ausgeführt. Leon betrachtete die Umrisse der Gebäude und Straßen, bis sein Blick an einer rot markierten Stelle hängen blieb. Er erstarrte vor Schreck. Erst jetzt erkannte er, um was für ein Dokument es sich hier handelte. Der Plan zeigte nicht irgendeinen Ort. Es war eine Karte von Valmot! Was aber noch viel beunruhigender war: Nur ein einziges Haus war mit roter Farbe markiert worden.

»Das ist unser Haus!« Leon sah Chlodwig entsetzt an. »Wieso hat er unser Haus rot angezeichnet?«

»Was?« Chlodwig nahm Leon den Plan aus der Hand. »Lass mal sehen.« Er kratzte sich am Kopf und betrachtete die markierte Stelle. »Bist du sicher, dass das euer Haus ist?«

»Ja, ich … ich muss so schnell wie möglich zu meiner Familie«, stotterte Leon. »Ich meine, womöglich ist es schon …« Ihm versagte die Stimme.

»Nein, ist es nicht!« Chlodwig griff Leon bei den Oberarmen

und sah ihm tief in die Augen. »Aber du hast recht. Wir sollten zusehen, dass wir den Kahn in Gang bekommen.« Seine besonnene Art beruhigte Leon.

»Alle Mann an Deck!«, rief der Zwerg lautstark und eilte vor Leon die Treppe hoch zur Kommandobrücke. »Ich mach den Anker los! Werft ihr schon mal den Motor an!«

Leon blieb vor dem Steuerrad stehen. Mit zusammengepressten Lippen starrte er auf den Plan in seiner Hand. Er fühlte, wie der Zorn in ihm hochstieg und seine Angst unbändiger Wut wich. Was hatte er dem Herrn der Krähenmänner getan, dass der es auf ihn abgesehen hatte? Philippe Noëls Buch konnte nicht schuld sein, denn die Krähenmänner waren schon hinter ihnen her gewesen, bevor sie den Alten überhaupt kannten. Dabei wollte Leon nur zurück in sein altes Leben, mit seiner Mutter, seiner Schwester, dem See, Joseph, Hendrik und all seinen kühnen Träumen.

Er zerknüllte das Papier, warf es auf den Boden und beförderte es mit einem Fußtritt in eine der Ecken. Dann sah er sich nach Chlodwig um. Der kleine Kerl kämpfte am Vorderdeck verbissen mit der Ankerwinde. Dabei machte ihm seine geringe Körpergröße ziemlich zu schaffen. Bei jeder Kurbelumdrehung musste er in die Luft springen. Fliege und Marietta versuchten indessen, eines der schmutzigen Fenster zu öffnen.

Leon betrachtete das Armaturenbrett. Daraus ragten ein roter Knopf, ein großer Hebel mit einem quer liegenden Holzgriff und mehrere verglaste Anzeigen. Noch nie hatte Leon einen Schiffsmotor angeworfen. Aber allzu viele Möglichkeiten gab es ohnehin nicht, deshalb drückte er kurzerhand auf den großen, roten Knopf.

Ein Rumpeln im Bauch der Aeterna ließ den Schiffskörper erzittern. Bald darauf war das gleichförmige Stampfen des Motors zu hören. Leon lehnte sich aus dem Fenster. Tatsächlich quoll schwarzer Rauch aus dem Schlot.

»Es hat geklappt!«, rief er.

Chlodwig stemmte die Hände in die Hüften und schnaufte erleichtert. »Dann mal volle Kraft voraus!«

»Jawohl!«, antwortete Leon entschlossen. Doch dann zögerte er. »Äh … wie geht denn *volle Kraft voraus*?«

Fliege stellte sich neben ihn und betrachtete nun ebenfalls die Instrumente. Mit einer raschen Bewegung schob er den großen Hebel ein Stück weit nach vorne. Sofort war ein starkes Vibrieren zu spüren, der Motor stampfte hektisch, und das Schiff nahm schwerfällig Fahrt auf. Leon bedachte seinen Freund mit einem bewundernden Blick.

»Wahnsinn! Was täten wir nur ohne dich! Hiermit ernenne ich dich zum Kapitän der Aeterna!« Er lächelte und klopfte Fliege auf die Schulter. »Und jetzt bring uns sicher nach Hause, ja?«

»Aber Philippe hat doch gesagt, dass wir nicht zurück nach Hause dürfen.« Fliege blinzelte nervös.

»Ist mir egal«, gab Leon trotzig zurück. »Auf jeden Fall hast *du* jetzt das Kommando!«

»Ich?« Fliege schien es nicht fassen zu können. Stolz griff er nach dem Steuerrad. »Ich habe zwar noch nie ein Schiff gelenkt«, murmelte er, während er seinen Blick konzentriert über die Armaturen wandern ließ. »Aber *so* schwer kann das ja nun auch wieder nicht sein.«

»Einfach immer geradeaus! Du schaffst das schon. Ich bin gleich zurück.« Damit schnappte Leon Marietta am Ärmel und zog sie nach draußen aufs Deck.

Eine folgenschwere Entdeckung

Leon fiel ein Stein vom Herzen. Er kannte Fliege, solange er denken konnte, doch sein bester Freund verblüffte ihn immer wieder aufs Neue. Woher Fliege seine Kenntnisse über die Steuerung eines Schiffs hatte, konnte er sich allerdings nicht erklären. Bestimmt hatte er darüber in einem von Josephs Büchern gelesen. Fliege kannte den Inhalt der Bücher vermutlich besser als Joseph selbst. Ganz abgesehen davon kam ihm Flieges Ernennung zum Kapitän jetzt sehr gelegen. Nur so konnte er mit Marietta die Brücke verlassen, ohne dass sein Freund ihnen folgte. Er hatte nämlich einen Plan.

»Ich muss mit dir reden«, flüsterte er Marietta ins Ohr, während er das Buch unter seinem Hemd hervorzog. »Chlodwig hat recht. Es gibt hier drin Hinweise, die uns vielleicht weiterhelfen können. Ich habe sie zwischen den Bildern und Texten entdeckt. Letzte Nacht, als ihr geschlafen habt.« Er ignorierte Mariettas fassungslosen Blick und sprach schnell weiter. »Fliege darf auf keinen Fall davon erfahren. Zumindest noch nicht jetzt. Kannst du ihn ablenken, solange ich weiterlese?«

»Aber wieso? Was steht denn in dem Buch?«, fragte Marietta verwirrt.

»Na ja …« Leon zögerte, doch dann fasste er sich ein Herz. »Ich habe Flieges Namen entdeckt«, sagte er leise. Marietta hob überrascht die Augenbrauen. »Seinen und den eines gemeinsamen Freundes«, erklärte Leon. »Du kannst dir ja vorstellen, was passiert, wenn Fliege das hört. Wahrscheinlich bekommt er einen Schock. Oder fällt in Ohnmacht oder so.« Er fuhr sich nervös mit der Hand durch seine struppigen Haare. »Und ich könnte ihn sogar verstehen.«

Marietta musterte ihn eine Weile. »Na gut«, sagte sie schließlich. »Ich versuche, ihn abzulenken. Aber versprechen kann ich dir nichts.«

Leon lächelte. »Das reicht schon, danke.«

Kaum hatte das Mädchen das Deck verlassen, um zu Fliege zurückzukehren, setzte er sich vor der Reling auf die Planken und schlug den dicken Buchdeckel auf. Dabei hörte er ein merkwürdiges Geräusch. Er schloss das Buch wieder und öffnete es noch einmal. Kein Zweifel. Irgendetwas rutschte im Inneren des Deckels hin und her.

Leon strich aufgeregt mit der Fingerkuppe über die Innenseite des Einbands. Jetzt bemerkte er, dass der Karton aussah, als wäre er nachträglich aufgeklebt worden. Er versuchte, ihn mit den Fingern abzureißen, doch vergeblich. Also fischte er Sicks Messer aus der Tasche und schob die Klinge zwischen den Karton und das Leder des Buchdeckels. Als er das Papier an drei Seiten abgelöst hatte, klappte er es vorsichtig auf.

»Das gibt's doch gar nicht!« Er traute seinen Augen nicht. Im gepolsterten Einband unter dem Karton befand sich eine Vertiefung. Ein Geheimfach, in dessen Mitte ein kleiner, silbrig glänzender Schlüssel lag. Offenbar hatte sich der Klebestreifen, mit dem er ursprünglich an der Rückseite befestigt gewesen war, während der Flucht vor den Krähenmännern gelöst.

Behutsam hob Leon den kleinen Schlüssel mit Daumen und Zeigefinger aus seinem Versteck. Der Kopf hatte die Form einer Krone, der Bart die einer kleinen Treppe. Es war verrückt, aber Leon war sich sicher, dass er diesen Schlüssel schon einmal irgendwo gesehen hatte.

Moment ... natürlich! Er schlug sich die Hand vor die Stirn. Genau so sahen die Schlüssel aus, die in der schmalen, schwarz glänzenden Kommode bei ihnen zu Hause lagen! Sie hatte vier Schubladen mit Messingbeschlägen. Angeblich hatte sein Vater das Möbelstück von einer seiner Reisen mitgebracht. Das war zumindest die Geschichte, die Leons Mutter gern erzählte.

Solange Leon zurückdenken konnte, fehlte an einer der Schubladen der Schlüssel. Da auch niemals versucht worden war, sie gewaltsam zu öffnen – man wollte das kostbare Möbelstück ja nicht beschädigen –, kannte bis heute keiner ihren Inhalt.

Der Fund in Leons Hand glitzerte im Sonnenlicht wie ein kostbares Schmuckstück. Leon war völlig durcheinander. Es schien fast so, als liefen alle Fäden bei ihm zusammen. Als führten alle Hinweise zu seiner Familie und seinem Haus. Aber wie war Philippe Noël überhaupt in den Besitz dieses Schlüssels gekommen? Es gab nur eine sinnvolle Erklärung: Der alte Mann musste seinen Vater gekannt haben. Früher, in der Zeit, an die niemand in Valmot sich erinnerte.

Leon schob den Schlüssel tief in die Hosentasche, als ihn Chlodwigs Stimme jäh aus seinen Gedanken riss.

»Der Landungssteg!«, rief der kleine Mann. »Wir müssen anlegen!« Dabei lief er vor der Ankerwinde auf und ab und zeigte aufgeregt zum Ufer.

Leon schob das Buch unter sein Hemd, schnallte den Gürtel so eng wie möglich und hangelte sich entlang der Reling in Richtung Bug.

»Das ist die einzige Anlegestelle weit und breit«, erklärte Chlodwig. Er hielt sich die Hand an die Stirn, um nicht von der Sonne geblendet zu werden. Der Steg ragte nicht weit entfernt von ihnen aus der Uferböschung in den Fluss. Er hatte seine besten Zeiten lange hinter sich. Einige Latten des Geländers fehlten, und alles wirkte irgendwie ein wenig krumm und schief. Eine Gruppe von Möwen trotzte auf den mächtigen Pfosten der Hitze.

»Ich kenne die Gegend. Weiter stromaufwärts kommen wir nicht mehr ans Ufer, ohne auf eine Sandbank aufzulaufen«, fuhr Chlodwig fort. »Wir müssen hier unser Glück versuchen. Denkst du, dein Freund bekommt das hin?«

»Hm.« Leon drehte sich zur Brücke um. »Ich hoffe es.« Er formte aus seinen Händen einen Trichter. »Fliiiege!« Fliege streckte seinen Kopf aus dem Seitenfenster.

Mit beiden Händen deutete Leon energisch nach Backbord. »Anlegen!«, rief er. »Wir müssen ans Ufer! Jetzt!« Flieges Kopf verschwand wieder im Inneren der Kabine.

Während Leon noch überlegte, ob er seinem Freund zu Hilfe eilen sollte, drehte die Aeterna bereits ihren Bug in Richtung

Ufer und steuerte zielsicher auf die Landungsbrücke zu. Aus irgendeinem Grund drosselte Fliege jedoch die Geschwindigkeit kein bisschen.

»Nicht so schnell!«, schrie Leon ängstlich.

Er krallte sich an den Streben der Reling fest. Auch die Möwen bekamen es mit der Angst zu tun. Sie flogen kreischend auf und flatterten aufgeregt über dem Oberdeck umher.

Im allerletzten Moment, unmittelbar vor den ersten Pfosten des Stegs, verlangsamte das Schiff endlich seine Fahrt. Es drehte sich gegen den Strom und legte ganz sanft parallel zur Landungsbrücke an.

»Puh!« Leon ließ erleichtert den Kopf sinken. Auch wenn er nur zu ahnen glaubte, wo Fliege ein solches Manöver gelernt hatte – er war sehr froh über das seemännische Talent seines Freundes.

Chlodwig schnappte währenddessen nach der Schiffsleine, kletterte nach unten auf den Holzsteg und legte die Schlinge des Taus über einen der Poller. »Maschine stopp!«, kommandierte er.

Leon gab den Befehl an Fliege weiter. Der Schornstein spuckte noch zwei, drei dunkle Wölkchen aus, dann verstummte der Motor, und die Aeterna lag ruhig im Wasser.

Marietta und Fliege trotteten aus der Kabine.

»Gut gemacht, Kapitän!« Leon klopfte seinem Freund auf die Schulter. Merkwürdigerweise verzog Fliege keine Miene.

»Hab ich was Falsches gesagt?«, fragte Leon irritiert.

Marietta hob nur die Schultern und kletterte über die Strickleiter nach unten.

»Der Herr ist sich wohl zu fein zum Antworten, jetzt, wo er Kapitän ist«, murmelte Leon säuerlich. »Aber bitte, mir soll's recht sein.« Er hielt sich mit beiden Händen an den Verstrebungen der Reling fest und kletterte eine Sprosse nach der anderen hinunter, als ihm plötzlich das Hemd aus der Hose rutschte.

»Verdammt!«, schrie er.

Doch es war zu spät. Philippes Aufzeichnungen plumpsten erst auf seine Oberschenkel und dann gegen den Rumpf der Aeterna. In letzter Sekunde drückte Leon das Buch mit seinem Knie gegen die Schiffswand. Es wäre sonst unweigerlich in den Fluten versunken.

»Mist!« Leon wagte nicht, sich zu bewegen. »Fliege! Mach was!«

Geistesgegenwärtig warf Fliege sich auf den Bauch. Er robbte ein Stück vor, beugte sich über die Kante des Decks und streckte beide Arme nach unten. Mit Mühe gelang es ihm, das Buch zu greifen und hochzuziehen.

»Ufff! Das war knapp!« Erleichtert sah Leon zu seinem Freund auf. »Danke!« Er stopfte sich das Hemd in die Hose und hielt Fliege seine Hand entgegen.

»Was?«, fragte Fliege.

»Na, das Buch«, sagte Leon. »Du kannst es mir wiedergeben.«

»Geh nur«, sagte Fliege. »Ich nehme es mit nach unten.«

Leon wurde mulmig zumute. Flieges Stimme klang merkwürdig ruhig. Aber er versuchte, sich nichts anmerken zu lassen, und grinste gezwungen. »In Ordnung. Aber nicht verlieren.« Leon kletterte auf den Steg zu Marietta und Chlodwig und rieb sich die Hände an der Hose sauber. Dann drehte er sich nach Fliege um und erstarrte.

Sein bester Freund hatte sich niedergekniet und nach den Sprossen der Strickleiter gegriffen. In Windeseile holte er sie ein, setzte sich an die Kante des Schiffsrumpfes und ließ die Beine herabbaumeln. Er drückte das Buch gegen die Brust und funkelte Leon durch seine großen Brillengläser an.

»Du denkst wohl, ich bin blöd, oder was?!«

Leon verschlug es die Sprache.

»Glaubst du im Ernst, ich habe nicht mitbekommen, dass du die ganze Zeit versuchst, mich von dem Buch fernzuhalten?« Demonstrativ schlug Fliege die erste Seite auf.

Leon drehte sich wütend zu Marietta. »Du hast mich verraten!«

»Habe ich nicht«, sagte sie entrüstet. »Nicht ein Sterbenswörtchen habe ich erzählt! Für wen hältst du mich?«

»Am Strand versuchst du mir weiszumachen, dass das Buch zu schwer für mich ist. Dann ernennst du mich zum Kapitän, damit ich euch nicht folgen kann. Ja, mein Lieber! Mir ist nicht entgangen, dass du auf Deck ohne mich in Philippes Aufzeichnungen geblättert hast, und gerade eben wolltest du mir seine Notizen schon wieder vorenthalten. Ich habe dasselbe Recht wie du, in dem Buch zu lesen«, rief Fliege böse. »Und weißt du was? Genau das mache ich jetzt auch. Und zwar so lange, wie es mir Spaß macht!« Er wandte sich um und verschwand aus Leons Blickfeld.

»Verdammt, Fliege! Wir müssen weiter!« Leon lief vor dem

Schiffsrumpf auf und ab. »Wir sehen es uns gemeinsam an, versprochen! Aber komm jetzt da runter!«

Doch nichts. Fliege blieb verschwunden. Vermutlich hatte er sich längst in irgendeinem Winkel der Aeterna verkrochen.

»Das darf doch wohl nicht wahr sein.« Verzweifelt ließ Leon sich auf den Steg plumpsen. Bestimmt hatte Fliege die beunruhigenden Einträge bereits entdeckt und saß jetzt völlig durcheinander auf dem Oberdeck.

»Du kannst nichts dafür.« Marietta setzte sich neben Leon. »Du hast es nur gut gemeint.« Sie sah zur Reling hoch. »Vielleicht zu gut.«

Leon verzog das Gesicht. Er hatte alles falsch gemacht. Von Anfang an hätte er seinen Freund in die Geheimnisse des Buches einweihen müssen. Fliege war kein kleines Kind mehr, das man beschützen musste. Er war sein bester Freund und vermutlich weit stärker, als Leon ihm zutraute.

»Jetzt ist es aber genug, mein Junge!«, rief Chlodwig plötzlich streng in Richtung Schiff. »Du kommst sofort zu uns herunter, verstanden?« Er beugte sich grinsend zu Leon und Marietta herab. »Ein bisschen Strenge hilft immer, ihr werdet schon sehen.«

Doch da kannte er Fliege schlecht. Es geschah rein gar nichts.

»Hm.« Chlodwig wirkte verunsichert und schritt nervös vor dem Schiff auf und ab.

Für geraume Zeit sagte keiner ein Wort. Die Sonne brannte vom wolkenlosen Himmel auf ihre Köpfe, und lediglich die frische Brise, die gelegentlich vom Wasser ans Ufer blies, machte die Hitze etwas erträglicher. Leon fühlte sich schrecklich. Nur seinetwegen befanden sie sich in dieser misslichen Lage.

Bestimmt waren die Krähenmänner längst auf der Suche nach dem Schiff ihres Meisters, und mit jeder Minute, die die Gruppe länger in der Nähe der Aeterna blieb, wurde die Situation gefährlicher. Aber sie konnten Fliege auch nicht einfach zurücklassen.

Genau in dem Augenblick, als Leon die Hoffnung gerade aufgeben wollte, klapperte es plötzlich über seinem Kopf. Er sah verdutzt nach oben. Jemand hatte die Strickleiter entlang der Schiffswand entrollt. Von Fliege war jedoch weit und breit nichts zu sehen.

»Na los!« Marietta gab ihm einen Schubs. »Jetzt geh schon, bevor er es sich anders überlegt.«

Leon lief zum Rumpf der Aeterna. In Windeseile kletterte er die Sprossen empor, zog sich an der Reling hoch und ließ den Blick über das Deck wandern.

Fliege saß vor der Ankerwinde im Schneidersitz auf dem Boden. Das Buch lag geöffnet auf seinen Oberschenkeln.

Vorsichtig betrat Leon das Deck und bewegte sich auf seinen Freund zu. Da hob Fliege den Kopf. Erst jetzt sah Leon, dass er feuchte Augen hatte.

»Alles klar?« Er setzte sich ihm gegenüber auf den Boden. Eine Zeit lang starrte Fliege ihn nur an.

»Sie sind alle nicht echt«, hauchte er dann kaum hörbar.

»Wer ist nicht echt?«, fragte Leon.

»Alle«, sagte Fliege heiser. »Meine Eltern, deine Mutter, Valerie, Joseph und all die anderen.«

»Wie meinst du das?« Leon fühlte, wie ihm der Schweiß auf die Stirn trat und sein Herz zu rasen begann. Fliege klappte das Buch zu.

»Sie sind alle schon lange tot«, flüsterte er. »Sie sind bei dem Angriff auf Valmot gestorben. Damals, im Krieg.«

Leon schüttelte den Kopf. Was Fliege erzählte, konnte unmöglich wahr sein. Seine Familie und seine Freunde in Valmot waren so lebendig wie er. So echt wie Fliege, Marietta und Chlodwig.

»Unsinn!« Er lächelte gezwungen, um Fliege und auch sich selbst zu beruhigen. »Nicht mal die alte Kornell ist tot, auch wenn es manchmal danach aussieht.«

»Doch!« Fliege wischte sich mit dem Handrücken über die Augen. »Die Bewohner Valmots sind nichts anderes als Philippes Erinnerungen. Deshalb werden sie auch nicht älter.«

»Und wir? Was ist dann mit uns?« Leon deutete mit dem Zeigefinger abwechselnd auf Fliege und sich selbst. »Sind wir etwa auch tot, oder was?« Er lachte, doch es klang nicht echt.

Fliege antwortete nicht. Er nahm seine Brille ab und ließ den Kopf sinken.

Schatten der Vergangenheit

L eon konnte nicht sagen, wie lange er schon vor der Ankerwinde saß. Er hatte jegliches Zeitgefühl verloren. Was Fliege aus dem Buch für die Bewohner Valmots geschlossen hatte, war so Furcht einflößend, dass es Leon die Sprache verschlug.

»Angeblich hat niemand außer Philippe, Hendrik und mir den Angriff überlebt«, brach Fliege schließlich sein Schweigen. Dabei zeichnete er nachdenklich mit dem Finger kleine Kreise auf die Holzplanken. »Keine Ahnung, was das alles zu bedeuten hat. Ich meine, ich kenne Philippe doch erst seit gestern.« Er hob den Blick.

»Und steht über mich auch etwas in dem Buch?«, fragte Leon unsicher. »Du kannst es mir ruhig sagen.«

»Deinen Namen habe ich nirgendwo entdecken können.« Fliege zuckte ratlos die Schultern. »Es gibt sogar eine Liste der Opfer des Angriffs. Aber da stehst du auch nicht drauf.«

»Dann hab ich ja richtig Glück gehabt«, sagte Leon bitter.

Er dachte eine Weile nach und stand auf. Was immer Philippe über seine Familie und seine Freunde geschrieben hatte – es war ihm egal. Seine Lieben waren in Gefahr, und er wollte zurück nach Hause. Zurück an den vertrauten Ort, der trotz allem sicherer schien als jeder andere Platz auf der Welt.

»Wir gehen zurück nach Valmot und suchen nach dieser verdammten Figur!«, beschloss er. »Wenn der Herr der Krähenmänner die Statuette erst einmal hat, lässt er uns, unsere Familien und Freunde bestimmt in Ruhe.«

Leon zog den kleinen Schlüssel aus der Tasche und hielt ihn Fliege direkt unter die Nase. »Und ich weiß auch schon, wo wir mit unserer Suche beginnen.«

»Wo hast du denn *den* her?« Fliege sah Leon mit großen Augen an.

»Er war im Buchdeckel versteckt. Und er sieht genauso aus wie die Schlüssel für die Kommode meines Vaters.«

Fliege schluckte. »Dann müssen wir nur hoffen, dass von Valmot noch etwas übrig ist, wenn wir ankommen.«

»Wie meinst du das?«, fragte Leon.

»Das Dorf löst sich auf. Es verschwindet Stück für Stück. Das schreibt Philippe in seinem Buch. Je schwächer er wird, desto stärker verblassen die Bilder in seinem Kopf und desto weiter verschwindet auch Valmot. Wenn er gestorben ist, wird von unserem Zuhause nichts mehr übrig sein.« Fliege sah traurig zu Boden. »Valmot ist nichts weiter als eine sterbende Erinnerung.«

Leon war wie gelähmt. Eigentlich glaubte er ja nicht an Spuk und Übersinnliches. Aber seitdem er wusste, dass es Krähenmänner gab, mit dem Tod als Anführer, schien ihm so einiges möglich. Und je länger er überlegte, desto wahrscheinlicher kam ihm Philippes ungeheuerliche Geschichte vor.

Wenn Noëls Aufzeichnungen der Wahrheit entsprachen, durch welchen mächtigen Zauber waren die Gedanken des Alten dann zu Häusern, Straßen und Plätzen geworden? Und waren die Menschen, mit denen Leon und Fliege ihr ganzes bisheriges Leben geteilt hatten, tatsächlich nichts weiter als Schatten aus Philippes Vergangenheit? Leon lief ein kalter Schauer über den Rücken. Fast im selben Moment fiel ihm wieder ein, was der Herr der Krähenmänner in der Fabrik gesagt hatte: Niemand sollte das Buch je zu Gesicht bekommen. Und jetzt war auch klar, weshalb.

»Darum hat Philippe die vielen Notizen und Zeichnungen angefertigt«, sagte Leon. »Er wollte die Erinnerung an Valmot über seinen Tod hinaus am Leben erhalten. Und der Herr der Krähenmänner will genau das verhindern. Aus diesem Grund mussten auch all die Fremden sterben, die nach Valmot gekommen waren. Sie hätten das Andenken an den Ort und die Bewohner bewahrt.«

»Ich glaube, du hast recht.« Fliege strich sich nachdenklich übers Kinn. »Valmot soll mit Philippes Tod aufhören zu existieren. Warum auch immer.«

Leon rappelte sich auf und streckte Fliege die Hand hin.

»Komm. Lass uns so schnell wie möglich nach Hause gehen und diese Statuette finden. Das ist das Einzige, was uns vielleicht noch helfen kann.«

Einen Augenblick lang zögerte sein Freund, doch dann ließ er sich von Leon aufhelfen.

»Wurde auch langsam Zeit«, grummelte Chlodwig, als die beiden hintereinander den Steg betraten. Er bedachte Fliege mit einem misstrauischen Blick und stapfte über die hölzernen Planken davon. Marietta schüttelte nur schweigend den Kopf, bevor sie ihm in Richtung der Felder folgte.

Der Holzsteg mündete in einen staubigen Feldweg, der sich zwischen goldgelben Ähren einen kleinen Hügel emporschlängelte. Der Wind wiegte die Getreidehalme hin und her und blies Wolken aus feinem Sand über den ausgetrockneten Boden.

»Wo führt dieser Weg hin?«, fragte Leon, als Fliege und er zu den anderen beiden aufgeschlossen hatten.

»Zur Hauptstraße nach Quentin«, antwortete Chlodwig knapp. Er wirkte mit einem Mal ziemlich angespannt. Den Blick starr geradeaus gerichtet, marschierte er so zügig vor sich hin, dass Leon, Marietta und Fliege Mühe hatten, mit ihm Schritt zu halten. Erst als sie den Scheitel der kleinen Anhöhe erreichten, verlangsamte er sein Tempo ein wenig.

Leon ließ den Blick über die weite Ebene streifen. Von hier aus konnte er die alte Nadelfabrik und die Verbindungsstraße nach Quentin erkennen, die das Land zu ihren Füßen horizontal teilte. Ganz am Ende der schnurgeraden, grauen Fahrbahn erhoben sich die bewaldeten Hügel Valmots. Wie zwei grüne Höcker ragten sie aus dem Gelb der Felder empor.

»Wir haben es fast geschafft«, sagte Leon erleichtert.

»Ja«, flüsterte Fliege neben ihm. »Aber nur *fast*.« Die Skepsis in seiner Stimme war kaum zu überhören.

»Seht mal, dort drüben!«, rief Marietta plötzlich aufgeregt.

Leon folgte ihrem Blick. Etwas abseits des Weges, inmitten der Felder, ragte ein rostiger Mast in den Himmel. Von seiner Spitze waren Drahtseile bis zum Boden gespannt, und einige bunte Stofffetzen flatterten an den Verstrebungen im Wind. Um das riesige Metallskelett standen mehrere verfallene Wohnwagen, deren Dächer längst eingebrochen waren. Dort, wo einst Fenster und Türen montiert gewesen waren, klafften nur noch dunkle Löcher.

»Was ist das?«, fragte Fliege.

»Sieht aus wie ein altes Zirkuszelt«, sagte Marietta. »Los, kommt mit! Das sehen wir uns aus der Nähe an!«

Als die Gruppe die Wagen erreichte, verlangsamten alle ihre Schritte. Nur Chlodwig marschierte hastig weiter. Er war kreidebleich und schien noch nervöser als zuvor.

»Chlodwig?!« Ratlos wandte Leon sich seinen Freunden zu. »Das gibt's doch nicht. Wieso hat er es denn so eilig?« Er lief dem Zwerg hinterher und versuchte, ihn am Arm festzuhalten. »Verdammt! Jetzt warte doch!«

Doch Chlodwig riss sich mit einem kräftigen Ruck los und blieb erst einige Meter weiter stehen.

»Tut mir leid«, sagte er dann und knetete nervös seine Finger. »Aber das sind die Zirkuswagen von Giacomo Morelli. Hier habe ich die schrecklichsten Erfahrungen meines ganzen Lebens gemacht!«

Leon legte ihm mitfühlend die Hand auf die Schulter. Doch Chlodwig schien nun ganz in seinen Erinnerungen gefangen.

»Jahrelang hat uns dieser Verbrecher eingesperrt, gequält und ausgebeutet«, erzählte er weiter. »Nicht nur Anatol und mich.

Auch viele unserer Freunde. Comosus, den sie als schreckliche Bestie mit Schlägen über die Bühne jagten, nur weil er an einer seltenen Krankheit litt, die ihm am ganzen Körper Haare wachsen ließ. Oder Hilde mit ihrem Zebra. *Morellis Monsterkabinett.* So nannte er seine menschenverachtende Show. Ein treffender Name, wenn man in Leuten, die anders sind, Furcht einflößende oder bizarre Kreaturen sieht.« Er lachte bitter. »Abend für Abend hat er mich gezwungen, als hässlicher Gnom auf der Bühne zu stehen. Ich war eine Lachnummer und musste die entwürdigendsten Kostüme tragen, die man sich vorstellen kann.« Chlodwig schlug sich beide Hände vors Gesicht. »Die Leute haben vor Vergnügen gegrölt. Sie haben uns verhöhnt und mit faulem Obst und Abfällen nach uns geworfen.«

Leon war entsetzt. Was Giacomo Morelli Anatol und Chlodwig angetan hatte, überstieg seine Vorstellungskraft. Die Demütigung musste für die beiden unerträglich gewesen sein.

»Ich dachte, du wärst als Magier aufgetreten«, sagte Leon betroffen.

»Das bin ich auch«, entgegnete Chlodwig. »Bevor ich Giacomo traf.« Er schloss die Augen und schüttelte den Kopf. »Wäre ich doch bloß niemals hierhergekommen!«

Leon wandte sich Fliege und Marietta zu.

»Wir sollten schnell von hier verschwinden. Das ist kein guter Ort.«

Die beiden nickten stumm.

Chlodwig nahm die Hände vom Gesicht und lächelte dankbar. Dann setzten sie ihren Marsch fort. Doch als sie um die nächste Wegbiegung gingen, mussten sie feststellen, dass der Feldweg blockiert war. Zwischen den Zirkuswagen zur Linken und zur Rechten lagen schwere Holzbalken, Lumpen, Eisenstangen und zerbrochenes Geschirr zu einem meterhohen Haufen aufgetürmt. Irgendjemand hatte wohl versucht, die leer stehenden Wohnwagen zu entrümpeln.

»Passt auf, dass ihr euch nicht verletzt«, schnaufte Chlodwig, als die vier sich gerade daranmachten, das Hindernis zu überklettern. Kaum hatte er den Satz beendet, rutschte Fliege plötzlich auf einem der dicken Holzträger aus. Er schrie auf, stolperte mit rudernden Armen vorwärts und fiel mit lautem Geschepper mitten in einen Stapel alter Töpfe.

»Mist!«, zischte Leon. »Alles in Ordnung?«

Fliege antwortete nicht. So schnell er konnte, kämpfte sich Leon über den Müllberg.

»Fliege?«

Fliege saß benommen auf dem Boden. Glücklicherweise schien er nicht verletzt zu sein. In seinen Händen hielt er ein seltsames, kupferfarbenes Gefäß. Es hatte eine ovale Form und in etwa die Größe eines mittelgroßen Blumentopfs. Links und rechts baumelte je ein Metallring herab.

»Was ist das?«, fragte Leon.

Fliege räusperte sich. »Das ist das Modell Tristitia. Einfache Ausführung. Es gibt sie auch mit vier Ringen. Sie lag einfach so zwischen den Töpfen.«

Inzwischen hatten sich auch Chlodwig und Marietta zu ihnen durchgeschlagen. Marietta warf Leon einen fragenden Blick zu. »Wovon redet er?«

»Das ist eine Urne«, erklärte Fliege. »Da kommt die Asche von Toten rein.«

»Ihhh!« Marietta rümpfte angeekelt die Nase.

Leon hockte sich neben seinen Freund. Erst jetzt fiel ihm auf, dass Fliege ziemlich mitgenommen wirkte. Er sah aus, als hätte er ein Gespenst gesehen.

»Was ist denn los?«, fragte Leon. »Gerade *dir* dürfte doch der Anblick einer Urne nichts ausmachen, oder?«

»Es ist nicht deswegen.« Fliege zögerte. »Es ist wegen der Aufschrift. *Enrico Morelli!*«

»Waaas?!« Leon wurde schwindelig. Er beugte sich über das Gefäß. Fliege hatte recht. In einer fein geschwungenen Schrift war Enrico Morellis Name in die Oberfläche eingraviert.

»Wieso liegt hier seine Urne? Das ergibt doch gar keinen Sinn!«

»Nun ja, Giacomo ist bestimmt nicht der einzige Sohn, der die Asche seines Vaters bei sich aufbewahrt«, sagte Chlodwig leise.

»Wie bitte?!«, entfuhr es Leon. »Enrico Morelli ist Giacomos Vater?«

»Natürlich! Und im Gegensatz zu Giacomo war er ein großartiger Mensch. Er war derjenige, der uns aus der Gefangenschaft durch Giacomo befreit hat.« Chlodwig wischte sich müde über die Augen. »Unglaublich, dass er tot ist. Ich meine, natürlich war er alt, aber er wirkte überhaupt nicht gebrechlich, als ich ihn das letzte Mal gesehen habe. Eigentlich sah er sogar jünger aus als Giacomo. Außerdem hieß es, dass Giacomo nie zurückgekehrt sein soll, nachdem Enrico ihn mit in sein Heimatdorf genommen hat. Nun ja, aber so ist das wohl mit Gerüchten, nicht wahr?«

Leon hörte nur mit halbem Ohr zu. Irgendetwas stimmte hier nicht, auch wenn auf der Urne zweifelsfrei Enricos Name zu lesen war. »Aber wir waren doch noch gestern Nachmittag mit Morelli zusammen«, sagte er.

Chlodwig legte den Kopf zur Seite und bedachte Leon mit einem ungläubigen Blick.

»Ja, schon«, sagte Fliege mit Grabesstimme. »Aber gleich danach haben ihn die Krähenmänner geschnappt und …« Er biss sich auf die Lippe.

»Du meinst, sie haben ihn umgebracht, eingeäschert, die Asche in eine Urne gepackt und die hierhergebracht, um sie zwischen all dem Geröll zu deponieren? Und das alles über Nacht?«, fragte Leon skeptisch.

»Wir könnten ja mal nachsehen, ob überhaupt etwas in der Urne ist«, schlug Marietta vor.

»Also bitte!«, empörte sich Chlodwig. »Schon mal was von *Totenruhe* gehört?«

Fliege schüttelte das Behältnis vorsichtig und nickte.

»Irgendjemand ist auf jeden Fall da drinnen. Und da Urnen gleich nach dem Befüllen verplombt werden, wüsste ich nicht, warum es nicht der sein sollte, der außen draufsteht.« Er senkte den Kopf. »Armer Morelli. Ich habe ihn wirklich gerngehabt.«

»Und was sollen wir jetzt mit ihm machen?«, fragte Leon. Er fühlte einen Kloß im Hals. »Wir können ihn ja nicht einfach hier zurücklassen.«

176

»Natürlich nicht!« Chlodwig nahm Fliege behutsam die Urne aus der Hand. »Wir werden Enrico an einem Platz bestatten, der seiner würdig ist.«

Den ganzen weiteren Weg über konnte Leon kaum die Augen von der Urne wenden, die Chlodwig vorsichtig in seinen Armen trug. Tief in seinem Inneren, war er überzeugt, dass Enrico Morelli noch lebte, auch wenn die Inschrift auf der Urne etwas anderes sagte.

An der breiten Verbindungsstraße nach Quentin blieben die vier stehen. Leon wusste, dass nun der Zeitpunkt gekommen war, sich von Marietta und Chlodwig zu trennen. Auf keinen Fall durften sie die beiden mit nach Valmot nehmen und der Gefahr aussetzen, die dort auf jeden Fremden lauerte. Es tat ihm leid um seine beiden neuen Freunde, aber es gab keine andere Möglichkeit.

»Ab hier müssen Fliege und ich alleine weitergehen«, sagte er ernst und wandte sich Chlodwig und Marietta zu. »Mir wäre es auch lieber, wenn ihr uns begleiten könntet, aber es ist einfach zu gefährlich.«

Doch er hatte glatt vergessen, wie dickköpfig Marietta sein konnte.

»Wie bitte?«, rief sie. »Das ist nicht dein Ernst, oder? Ich hab doch nicht das … das alles auf mich genommen, um jetzt …« Sie war so außer sich, dass ihre Stimme sich überschlug.

»Wir sollten tun, was er sagt«, unterbrach Chlodwig sie. »Es gibt da etwas, das du noch nicht weißt.«

Erstaunt blickte Leon ihn an. Wie es aussah, hatte Anatol

seinem kleinen Schicksalsgefährten von den mysteriösen Todesfällen erzählt.

»Ach ja?« Marietta kniff die Augen zusammen. »Und alle wissen Bescheid, oder wie? Nur mir hat mal wieder keiner was gesagt!« Sie verschränkte trotzig die Arme. »Also ehrlich, eure Geheimniskrämerei geht mir langsam echt auf die Nerven.«

»Hör zu«, sagte Leon. »Es ist noch nie ein Fremder nach Valmot gekommen, ohne kurz darauf sein Leben zu verlieren. Noch nie!«

Marietta presste die Lippen aufeinander und sah zu Chlodwig und Fliege, die bestätigend nickten. »Ist mir egal«, verkündete sie nach einer Weile. »Ich bleibe trotzdem bei euch. Ich werde euch erst dann verlassen, wenn ich weiß, dass ihr in Sicherheit seid.«

Leon war sprachlos.

»Wenn wir nach unseren Familien gesehen und die Statuette gefunden haben, kommen wir zurück«, sprang ihm Fliege zu Hilfe. »Außerdem macht sich dein Großvater bestimmt die ganze Zeit schreckliche Sorgen.«

Marietta nagte nervös an ihrer Unterlippe. Sie schien mit sich zu ringen. Doch dann wandte sie sich mit einem flehentlichen Blick an Chlodwig.

»Könntest du bei meinem Großvater in Quentin vorbeischauen? Bitte! Sein Laden ist ganz einfach zu finden. *Zeichenbedarf LaViolette* steht über dem Eingang. Sag ihm, dass er sich keine Sorgen zu machen braucht und dass ich bald nach Hause komme.«

»Warum gehst du nicht selbst zu ihm und wartest dann einfach in der Stadt auf uns, wo es sicher ist?«, schlug Leon vor.

»Weil man Freunde nicht im Stich lässt, wenn sie in Schwierigkeiten sind«, sagte Marietta wie selbstverständlich.

Leon konnte nicht anders: Ihre wilde Entschlossenheit rührte ihn. Und da Marietta sich ohnehin nicht von ihrem Vorhaben abbringen ließ, willigten Fliege und er schließlich ein, sie mit nach Valmot zu nehmen. Allerdings musste sie versprechen, außerhalb der Dorfgrenzen zu warten.

Chlodwig wollte versuchen, in Philippe Noëls Haus zu gelangen. Irgendjemand musste sich ja um den alten Mann kümmern – jetzt, wo Anatol fort war. Außerdem kannten die Krähenmänner inzwischen seinen Unterschlupf. Zu seinem Wohnwagen konnte er also nicht zurückkehren.

»Wir kommen so bald wie möglich nach!«, versprach Leon und versuchte, nicht darüber nachzudenken, was womöglich alles dazwischenkommen konnte. »Und dann finden wir gemeinsam einen Weg, um Anatol zu befreien. Mit oder ohne Statuette.«

Chlodwig reichte Leon Morellis Urne. »Nehmt Enrico mit. Bestattet ihn in eurem Dorf. Ich denke, er hätte es so gewollt. Und passt auf euch auf, ja?« Damit wandte er sich um und machte sich auf den Weg in Richtung Quentin.

Leon, Fliege und Marietta brachen in die Gegenrichtung auf. Über den heißen Asphalt der schnurgeraden Straße liefen sie immer weiter und weiter Valmot entgegen. Mit jedem Schritt schlug Leons Herz schneller, so aufgeregt war er, wieder nach Hause zu kommen.

Als sie nach einer langen und anstrengenden Wanderung die beiden bewaldeten Hügel hinter sich gelassen hatten, lag Valmot vor ihnen – malerisch eingebettet zwischen dem hohen Gras der Wiesen und den goldenen Ähren der endlosen Felder. Leon konnte es kaum glauben. Für einen Moment empfand er ein Gefühl des Glücks und der Erleichterung darüber, dass das Dorf zumindest noch nicht vollständig verschwunden war. Doch gleich darauf bekam er es mit der Angst zu tun. Wie konnte er seiner Mutter, seiner Schwester und allen anderen gegenübertreten, in dem Wissen, dass sie längst nicht mehr am Leben waren? Wenn er ihnen die Wahrheit über Valmot erzählte, würden doch alle sofort in Panik ausbrechen, oder – was noch viel wahrscheinlicher war – ihn und Fliege für komplett verrückt erklären.

Auf der letzten Anhöhe vor dem Dorfeingang hielten sie an. Sofort fiel Leon auf, dass von den Gebäuden am Ortsrand die Dachziegel fehlten. Die Schornsteine waren nicht mehr zu sehen, und an einigen Stellen fehlte der Putz. Es machte den Anschein, als hätte jemand während ihrer Abwesenheit die Baustoffe vorsichtig abgelöst und fortgetragen. Doch Leon wusste, dass hier kein Dieb am Werk war.

»Mein Gott«, hauchte er. »Es stimmt also tatsächlich.«

»Was meinst du?«, fragte Marietta. »Was stimmt tatsächlich?«

Leon hörte ihre Frage kaum. Wie versteinert stand er da und starrte auf die Gebäude. »Es ist genau so, wie Noël es in seinem

Buch beschreibt. Die Häuser, die Straßen und die Bewohner – alles ist nichts weiter als seine Erinnerung.«

»Wie bitte?« Marietta sah abwechselnd zu Leon und Fliege. »Ein Ort, der nur aus Erinnerungen besteht?« Sie schüttelte ungläubig den Kopf. »Was soll der Unsinn? Ihr wollt mich auf den Arm nehmen, oder?«

Da kam Leon ein merkwürdiger Gedanke, und er drehte sich zu Fliege. »Sag mal, du und Hendrik, ihr habt doch den Angriff angeblich überlebt, oder? Und auch wenn über mich nichts in dem Buch steht: Warum werden wir drei dann eigentlich ebenfalls nicht älter?« Kaum hatte er den Satz beendet, schlug er sich die Hand vor den Mund, doch es war zu spät.

»Wieso ihr nicht älter werdet?!«, wiederholte Marietta entgeistert. »Was redest du denn da?«

Fliege funkelte Leon vorwurfsvoll an und tippte sich mit dem Zeigefinger gegen die Schläfe.

Leon zuckte entschuldigend mit den Schultern und wandte sich Marietta zu. Wie die Dinge lagen, war die Geheimhaltung ohnehin nicht mehr seine größte Sorge. Die Frage war nur, wie er Marietta möglichst schonend aufklären konnte. »Also, es gibt da noch etwas, das du wissen solltest.« Er zögerte. »Wir beide sind zwölf Jahre alt.«

»Ich weiß. Das bin ich auch«, sagte Marietta ungeduldig.

»Ja, schon. Aber Fliege und ich sind schon immer zwölf Jahre alt gewesen. Schon so lange, dass wir uns nicht mehr an die Zeit davor erinnern können. Wir werden einfach niemals älter, genau wie alle anderen in unserem Ort. Warum das so ist, weiß niemand.«

Marietta sah mit einem Mal ziemlich bleich aus. Leon konnte es ihr nicht verdenken. Gerne hätte er sie beruhigt, doch ihm fiel nichts ein, was er zu ihr hätte sagen können.

»Gut«, sagte Marietta schließlich. »Alles in Ordnung.« Sie lächelte gezwungen. »Ich werde mich einfach hierhinsetzen und warten, bis ihr wieder zurückkommt, ja?« Mit wackeligen Beinen ließ sie sich am Straßenrand nieder.

»Wir sind vor Einbruch der Dunkelheit wieder hier – ob wir etwas gefunden haben oder nicht«, versicherte Leon und legte ihr zum Abschied die Hand auf die Schulter.

Marietta nickte abwesend, und Leon stiefelte hinter Fliege her zum Dorfeingang.

»Schon gut«, sagte Fliege plötzlich, als hätte er in Leons Gedanken gelesen. »Irgendwann wäre sie sowieso dahintergekommen.«

Kurz darauf traten sie auf die Straße, die zum Marktplatz im Herzen Valmots führte. Sie war menschenleer. Ihre Pflasterung war vollkommen verschwunden und hatte den Morast darunter offen gelegt. Leon konnte seinen Blick nicht von den Fassaden der Häuser abwenden. Jedweder Schmuck fehlte, und mit den leeren, dunklen Fensteröffnungen wirkten sie wie Relikte einer längst vergangenen Zeit. Als er den Ort verlassen hatte, waren die Gebäude noch vollkommen intakt gewesen. Lediglich ein paar Dachziegel hatten gefehlt.

»Sieh mal!« Fliege zog Leon in einen Hauseingang und deutete in Richtung des Marktplatzes. Dort hatte sich eine Traube von Menschen versammelt. Alle Bewohner Valmots schienen sich im Zentrum eingefunden zu haben. Vor ihnen, auf einem großen Holztisch, stand der Bürgermeister und hielt eine Rede. Er gestikulierte so aufgebracht, dass sein Zylinder immer wieder fast vom Kopf rutschte.

Leon versuchte zu verstehen, was er sagte, doch er stand zu weit entfernt. Auch konnte er keinen der Zuhörer erkennen, denn alle bis auf den Redner wandten ihm den Rücken zu.

»Siehst du deine Eltern irgendwo?«, fragte er.

»Nein«, flüsterte Fliege, »aber vielleicht ist das auch besser. Wenn die anderen uns bemerken, können wir bestimmt nicht mehr in Ruhe nach der Statuette suchen.«

»Ja, du hast recht.« Leon fuhr mit der Hand in seine Hosentasche und zupfte den Schlüssel hervor. »Aber danach gehen wir zu unseren Familien. Meine Mutter kommt bestimmt um vor Sorge!«

»Versprochen!«

Die beiden wandten sich um und liefen auf schnellstem Wege durch die verwinkelten Seitengassen zu Leons Haus. Leon vergewisserte sich, dass die Luft rein war. Dann zog er seinen verbeulten Fischeimer unter der Holztreppe hervor, versteckte Morellis Urne darin, schob den Eimer wieder zurück und huschte mit Fliege die drei hölzernen Stufen hoch. Die Eingangstür stand einen Spalt weit offen. Merkwürdig, dachte Leon. Das sah seiner Mutter gar nicht ähnlich.

»Was ist?«, fragte Fliege beunruhigt.

»Nichts«, flüsterte Leon. Er wollte Fliege nicht unnötig aufregen.

Vorsichtig durchquerten die beiden den Flur und hielten

vor der schwarz lackierten Kommode, die wie ein kleiner Altar vor der gegenüberliegenden Wand stand. Mit gezücktem Schlüssel kniete Leon sich vor dem Schränkchen auf den Holzboden. Ganz behutsam schob er den Schlüssel ins Schloss und hielt den Atem an. Dann drehte er ihn. *Klick.* Die Verriegelung wurde geöffnet.

»Er passt!«, schnaufte Leon erleichtert. Sein Herz raste vor Aufregung. Was auch immer die Lade verborgen hielt – es war ihre einzige Hoffnung. Wo sonst sollten sie mit ihrer Suche nach der Statuette beginnen?

Er nahm all seinen Mut zusammen und zog die Lade langsam aus dem Schrank. Als er den Inhalt sah, machte sich Enttäuschung in ihm breit. Von der kleinen Figur, die Chlodwig ihnen beschrieben hatte, war weit und breit keine Spur. Lediglich ein Briefumschlag lag etwas verloren in der Mitte der Schublade.

»Mist!«, sagte Leon und schnappte sich den Brief. *Für Basil,* stand handgeschrieben auf der Vorderseite.

»Wer ist denn Basil?«, fragte Fliege.

»Ich habe dir doch erzählt, dass mein Vater so heißt«, erklärte Leon. Es war eines der wenigen Dinge, die er über ihn wusste.

Leon drehte den Umschlag um. Auf der Rückseite befand sich ein gedruckter Absender, der sehr offiziell wirkte.

Museum für Völkerkunde
Professor Archibald Wertheimer, Leiter der Abteilung
für prähistorische und ethnologische Artefakte.

»Los, sieh nach, was drin ist!« Fliege trat unruhig von einem Bein aufs andere.

Leon öffnete den Umschlag und zog eine alte Postkarte hervor. Sie zeigte eine kleine, weiß gestrichene Kapelle vor einer Küste. Die Aufnahme war offenbar aus der Luft gemacht worden.

»Wunderschön«, sagte Fliege ironisch. »Dreh sie mal um! Vielleicht steht hinten was drauf!«

Leon drehte die Karte um. Tatsächlich stand dort etwas geschrieben. Doch es war nur ein einziger Satz: *Ein Bild, das hilft bei rechtem Licht – jedoch bei Nacht, da hilft es nicht.*

Ein unverhofftes Wiedersehen

Das Motiv auf der Postkarte, die handgeschriebene Notiz und der Absender auf dem Briefumschlag machten Leon im ersten Moment ratlos. Aber irgendetwas mussten sie mit der ganzen Sache zu tun haben – davon war er überzeugt. Warum sonst hätte man die beiden Gegenstände in der Kommode eingeschlossen? Und warum sonst hätte jemand den Schlüssel in Philippe Noëls Buch versteckt?

»Was ist eigentlich ein *Artefakt?*«, fragte Leon, während er die Schublade zuschob.

»Ich bin mir nicht sicher«, erwiderte Fliege. »Ich glaube, es bedeutet so viel wie *Gegenstand* oder *Objekt.*«

»Also könnte die Statuette so ein Artefakt sein.« Leon ließ noch einmal seinen Blick über die Postkarte wandern. »Ein Bild, das hilft bei rechtem Licht ...«

Er wurde von einem lauten Rumpeln unterbrochen, das plötzlich aus dem Obergeschoss in den Flur drang. Leon und Fliege sahen einander erschrocken an, dann richteten sie den Blick zur Decke. Über ihren Köpfen waren ganz deutlich Schritte zu hören. Jemand stampfte die Treppe herunter.

»Deine Mutter?«, flüsterte Fliege ängstlich.

Leon schüttelte den Kopf. Seine Mutter war eine zierliche

Frau, die Schritte klangen jedoch schwer und wuchtig. Er sah sich hilflos um. Die Schritte hatten nun schon die Mitte der Treppe erreicht. Die Haustür lag ganz am anderen Ende des Flurs; an Flucht war nicht mehr zu denken.

Also schnappte Leon Fliege am Ärmel und zog ihn in die Küche. Die beiden kauerten sich neben der Spüle auf den Boden und lugten um die Ecke des Türrahmens. Sie brauchten nicht lange zu warten, bis der Eindringling von der letzten Stufe auf den gefliesten Boden neben der Eingangstür trat.

»Das gibt's doch nicht«, hauchte Leon. Vor ihnen im Hausflur stand ihr tot geglaubter Freund: Enrico Morelli! Leon wollte aufspringen und auf ihn zulaufen, doch seine Beine gehorchten nicht. In seinem Kopf überschlugen sich die Gedanken. Wie um alles in der Welt war Morelli den Krähenmännern entkommen? Und warum lag seine Urne vor dem Eingang, während er sich wie ein Einbrecher in ein fremdes Haus schlich? Er wirkte zwar ein wenig verlottert, aber ansonsten sehr lebendig.

Morelli sah sich um. Dann trat er vor die schwarze Kommode. Er zog eine Lade nach der anderen auf, besah sich ihren Inhalt, wühlte darin herum und schloss sie wieder. Mit jeder Schublade, die er öffnete, schien er ratloser zu werden.

Schließlich drehte er sich in Richtung der Küchentür. Leon hielt den Atem an. Morellis Verhalten kam ihm mehr als merkwürdig vor. Der ehemalige Zirkusartist war immer besonders höflich und korrekt gewesen. Niemals hätte Leon geglaubt, dass er einfach so in ein fremdes Haus eindringen würde. Irgendetwas stimmte nicht mit ihm.

Morelli schien kurz zu überlegen, dann, bevor Leon noch irgendwie reagieren konnte, bewegte er sich schnurstracks auf die Küche zu. Als er Leon und Fliege entdeckte, stieß er einen Schrei aus und stolperte vor lauter Schreck zurück in die Diele. »W... was machte ihr denn hier, hä?«, stotterte er.

»Dasselbe wollte ich Sie eigentlich fragen«, gab Leon unsicher zurück. »Ich meine, ich wohne hier ... Aber Sie ...?«

»Ja, ich.« Morelli sah zu Boden. Nervös strich er mit den Fingern über seinen Schnurrbart. Es war kaum zu übersehen, dass er sich in seiner Haut gar nicht wohlfühlte.

»Oh, Kinder!«, sagte er dann und hob den Blick, während er ein paar Schritte näher trat. »Wie solle ich euch das alles nur erklären, hä?« Erschöpft lehnte er sich gegen den Türpfosten. »Ich weiß, ich hätte das nichte machen durfen. Aber ich musse ganz, ganz dringend etwas finden, sonst iste alles aus und vorbei.«

Leon tauschte einen wissenden Blick mit Fliege.

»Sie suchen nicht zufällig nach einer kleinen, hölzernen Statuette?«, fragte er dann vorsichtig.

»Doch!«, rief Morelli aufgeregt. »Genau das iste, wonach ich suche. Habt ihr sie? Habt *ihr* etwa die Figur, hä?«

»Leider nicht«, sagte Leon. »Aber wir sind auch hinter ihr her.«

Fliege baute sich neben ihm auf. »Wer hat Ihnen denn von der Figur erzählt?«, fragte er misstrauisch.

Morelli schnaufte. »Die Krähenmänner. Sie haben mich freigelassen, damit ich die Statue fur sie suche. Nur wenn ihre Meister sie bekommt, lässt er Valmot weiterexistieren. Doch wir haben kaum noch Zeit. Eine Mann wird sterben. Und mit seine Tod ist auch fur uns alle das Ende gekommen.«

»Für uns ... *alle?*«, fragte Fliege zögerlich.

»Ja«, sagte Morelli. »Fur mich und euch und alle anderen Bewohner aus unsere schone Ort.« Er seufzte bekümmert.

»Also, auch wenn das die Situation für Sie nicht besser macht ... Fliege, Hendrik und ich sind anders als die anderen Bewohner. Uns wird nichts passieren«, sagte Leon unsicher.

Morelli betrachtete ihn lange. »In eine Punkt musse ich dir recht geben«, sagte er dann. »Du biste tatsächlich anders, weil du biste nichte gestorben. Damals, in die Große Krieg.« Er wandte sich Fliege zu. »Aber Fliege ...«

Leon konnte zusehen, wie die Farbe aus Flieges Gesicht verschwand. Der Ärmste krallte die Finger in die Arbeitsplatte und starrte Morelli ängstlich an.

»Tja, leider Fliege iste genauso tot wie ich, wie Hendrik, wie die alte Kornell.«

Fliege klappte vornüber, als müsste er sich übergeben.

»Aber, aber, wer wird denn ...« Morelli trat zu ihm und legte ihm den Arm um die Schultern. »Betrachte die Sache doch einmale so: Du biste eine wunderbare Erinnerung! Erinnerungen sind etwas sehr Kostbares. Und ich zum Beispiel, ich bemerke es gar nichte. Mir geht es gute, egal ob ich nun tot bin oder lebendig, hä?«

Fliege richtete sich langsam auf. »Aber wie bin ich ... Ich meine ... wissen Sie vielleicht, was mit mir geschehen ist?«

Morelli seufzte. »Es geschah Jahre nach die Angriff auf Valmot. Immer noch tobte die Große Krieg. Du warste bereits eine junge Mann und biste als Soldat an die Front geschickt worden«, erklärte er. »Ja, und was solle ich sagen? Irgendwo bei eine der vielen Schlachten in die Schutzengräben biste du dann gefallen – so wie Hendrik und viele andere. Es iste traurig. Krieg iste eine ganz furchterliche Sache.«

Was Morelli erzählte, war nicht nur für Fliege schwer zu verdauen. Auch Leon fühlte sich wie benommen. Wenn die Aussagen seines Freundes zutrafen, hatten Hendrik und Fliege den Angriff auf ihren Heimatort tatsächlich überlebt – genau wie Philippe es in seinem Buch niedergeschrieben hatte. Und dennoch waren sie angeblich Jahre später Opfer des Krieges geworden.

»Woher wissen Sie das alles?«, fragte Leon.

»Von eine Mann, die ich vor lange Zeit aus eine sehr schwierige Lage geholfen habe – meine gute alte Freund Anatol.«

»Von Anatol?!« Leon und Fliege sahen einander an. Wenn, dann konnte Anatol diese Dinge nur von Philippe erfahren haben. Ja, bestimmt sogar!, dachte Leon. Der Riese hatte ja auch Chlodwig in einige Geheimnisse eingeweiht.

»Die Krähenmänner haben mich gemeinsam mit ihm eingesperrt.« Morelli richtete den Blick zur Decke. »Da habe ich Anatol so viele Jahre nichte gesehen – und dann wir treffen uns ausgerechnet als Gefangene wieder. Iste das nichte unglaublich, hä?« Er schüttelte den Kopf.

Doch Leon fand die Neuigkeiten, die Morelli ihnen zuvor überbracht hatte, viel unglaublicher. All seine besten Freunde waren angeblich schon lange tot. Und wer sagte überhaupt, dass es um ihn selbst anders stand?

»Wissen Sie vielleicht auch etwas über mich?«, fragte Leon vorsichtig, obwohl er sich gar nicht sicher war, ob er die Wahrheit überhaupt hören wollte.

»Es tut mir leid.« Morelli wackelte mit dem Kopf hin und her. »Anatol hat nur erwähnt, dass du die Krieg uberlebt hast. Ansonsten hat er keine einzige Wort uber dich verloren.«

Fliege saß mit angezogenen Beinen vor den Schränken und starrte auf den Fußboden. Er sah so mitgenommen aus, dass Leon sich neben ihn kniete und ihn festhielt.

»Morelli hat recht«, sagte er sanft. »Ob tot oder lebendig – als wir noch nichts über unser Schicksal wussten, ging es uns gut.« Er drückte Fliege mehrmals kräftig. »Und jetzt müssen wir nur dafür sorgen, dass wir auch in Zukunft hier leben … äh … sein können. Glaubst du, du schaffst das?«

Fliege rührte sich nicht, aber er gab ein bestätigendes Grunzen von sich.

»Also gut.« Leon öffnete den Briefumschlag, zog die Postkarte hervor und reichte sie Morelli. »Wissen Sie, was das Bild auf der Karte zu bedeuten hat? Sie sind doch viel herumgekommen.«

»Hm.« Morelli betrachtete das Motiv. »Das iste ganz klar die Kapelle von Pontis.« Nachdenklich ließ er seinen Finger über die Darstellung gleiten. »Vor lange Zeit musste ich mal in die Gegend, um etwas fur die Burgermeister zu besorgen.« Er sah auf. »Aber warum zeigste du mir diese Karte?«

»Wir glauben, dass die Kapelle irgendetwas mit der Figur zu tun hat. Vielleicht ist die Statuette sogar dort versteckt«, erklärte Leon.

Morelli wurde blass. »D... das wäre aber gar nichte gute«, stotterte er. »Die Kapelle iste eine ganze Tag von hier entfernt.« Er klopfte mit dem Handrücken auf die Abbildung. »Hin und zuruck – das machte dann *zwei* ganze Tage!«

»Ja, und?«, fragte Leon.

»Aber versteht ihr denn nichte! Das iste zu viel Zeit!« Morelli nahm Leon bei den Oberarmen. »Der Mann, von dem ich erzählt habe, wird sterben! Schon morgen Abend! Zwei von die grässliche Vogelmenschen haben daruber gesprochen. Wenn wir wirklich zu diese Kapelle mussen, iste alles zu spät!« Entmutigt ließ er sich zurück auf den Boden plumpsen.

»Wieso, wer ist dieser Mann?«

»Seine Name ist Philippe«, seufzte Morelli. »Philippe Noël.«

Leon stöhnte. Natürlich, es ergab alles Sinn. Der Tod hatte seinen Krähenmännern genau achtundvierzig Stunden gegeben, um sie und das Buch zu finden: die letzten achtundvierzig Stunden in Noëls Leben. Danach würde es sie und Valmot womöglich gar nicht mehr geben und somit auch nichts, wonach die schwarzen Jäger suchen konnten. Nur eines an dieser Nachricht war beruhigend: Auch der Tod vermochte es offenbar nicht, Noëls Leben zu verlängern. Auch ihm waren Grenzen gesetzt. Aber trotzdem stand es schlecht um Valmot und seine Bewohner.

Plötzlich merkte Leon, wie müde er war. Was immer sie versuchten und sosehr sie sich bemühten – das Schicksal war ihnen einen Schritt voraus. Offenbar war es ihre Bestimmung, gemeinsam mit ihrem Heimatort unterzugehen.

»Sie haben recht«, sagte er erschöpft. »Das ist nicht mehr zu schaffen.«

»Es sei denn ...« Fliege hob plötzlich den Kopf.

»Es sei denn *was?*«

»Es sei denn, wir fliegen!«

Leon starrte Fliege entgeistert an. »Na klar!«, rief er dann und schlug sich die Hand vor die Stirn. »Das ist es!«

»Hä?!« Morelli sah zwischen Leon und Fliege hin und her. »Was solle das heißen: *Wir fliegen?*«, sagte er beinahe verächtlich. »Wie solle das denn bitte schon gehen, hä? Vielleicht mit Joseph und seine unsichtbare Flugzeug?«

»Genau!«, sagte Leon bestimmt. »Mit Joseph! Sein Flugzeug ist nicht unsichtbar. Es existiert tatsächlich. Es ist knallrot und wunderschön!« Er sprang auf die Beine. »Los, kommt! Wir müssen uns beeilen!«

Sofort verließen die drei das Haus und machten sich auf den Weg zu der Hütte des Piloten.

Als Leon, Fliege und Enrico Morelli sich Josephs Werkstatt näherten, versperrte ihnen allerdings eine gewaltige Staubwolke die Sicht.

»Was iste denn da los?« Enrico klemmte die Urne mit seinem eigenen Namen unter den Arm. Er hatte sich nicht einmal gewundert, als sie ihm von Leon übergeben worden war. Offenbar hatte er sich schon ganz und gar damit abgefunden, dass er nichts weiter als die Erinnerung an den echten Enrico Morelli war.

»Psst!« Leon spitzte die Ohren. Er hörte ein Knattern wie

von einem defekten Motor. Es schien direkt aus der Mitte der gewaltigen Staubfontäne zu kommen. Im nächsten Moment verstummte das Geräusch, und die Wolke aus feinem Sand löste sich langsam auf. Ein merkwürdiges Objekt kam dahinter zum Vorschein, eine Art große Holzkiste auf Rädern mit einer Windschutzscheibe und einem Heckmotor. Das Gefährt war über und über mit Erdklumpen und Getreidehalmen übersät.

Peng! Wieder knallte es, und dunkler Rauch stieg von der Rückseite des Fahrzeugs auf.

»Himmelherrgott! Was ist denn nun schon wieder?« Schimpfend kletterte Joseph aus dem Karren. Mit seinem Stiefel trat er gegen eines der Räder.

»Joseph!«, riefen Leon und Fliege gleichzeitig und rannten los.

Leon fiel seinem völlig verdatterten Freund um den Hals. Dabei riss er ihn fast von den Beinen.

»Wo zum Teufel habt ihr gesteckt?!« Joseph starrte die beiden fassungslos an. »Ganz Valmot ist wegen euch in Aufruhr. Keiner hat ein Auge zugemacht, und ich habe bis heute Morgen an dieser blöden Kiste herumgeschraubt, um mich damit auf die Suche nach euch zu begeben.« Er klopfte gegen das unförmige Fahrzeug. Dann verfinsterte sich sein Ausdruck.

»Außerdem hast du mir nicht die Wahrheit gesagt«, zischte er Leon an. »Deine Mutter wusste nichts von eurem Plan, in die Stadt zu fahren. Sie war außer sich vor Sorge! Du weißt doch, wie sehr sie dich liebt, und gerade wo dein Vater ja nicht mehr da ist … Ich will nur hoffen, dass du dich bei ihr entschuldigt hast.«

Leon sah zerknirscht zu Boden. »Noch nicht«, sagte er. »Aber es gibt dafür einen guten Gr...«

»Für so einen Irrsinn kann es gar ...«, schimpfte Joseph los, doch Fliege fiel ihm ins Wort.

»Wir haben dein Flugzeug gefunden«, brach es aus ihm hervor.

Joseph stockte. Mit großen Augen sah er erst zu Fliege, dann zu Leon. »W... wie bitte?«

»Es stimmt«, bestätigte Leon. »Es ist wunderschön, und es befindet sich gar nicht weit von hier.«

In aller Eile erzählten er und Fliege vom drohenden Untergang Valmots. Sie berichteten von den Krähenmännern, von Chlodwig, Philippe und Anatol und von der kleinen Statue, die sie in der Kapelle von Pontis vermuteten.

»Komm, wir haben jetzt keine Zeit für weitere Erklärungen«, drängten sie dann. »Du musst uns ganz dringend zu dieser Kapelle fliegen ...«

Angesichts der vielen Neuigkeiten, die Joseph zu verdauen hatte, schlug er sich gar nicht schlecht, fand Leon. Nur einen Einwand erhob er, nachdem sie mit ihrem Bericht fertig waren.

»Und was ist mit euren Familien? Ihr habt ja keine Ahnung, wie besorgt sie um euch sind!«

Der Gedanke an seine Mutter schnürte Leon den Hals zu. Gleichzeitig wusste er, dass er keine Wahl hatte. Wenn es überhaupt noch eine Möglichkeit gab, Valmot zu retten, mussten sie sofort aufbrechen.

Zum Glück sprang ihm Morelli zu Hilfe.

»Dafur iste keine Zeit.« Über seine Schulter sah er zu den

verfallenden Häusern Valmots. »Wir mussen los. Sonst iste alles zu spät!«

»Na schön!« Joseph machte eine zackige Drehung und verschwand in seiner Werkstatt.

»Meinst du nicht, wir sollten zumindest kurz mit den anderen sprechen?«, fragte Fliege vorsichtig. »Nur damit sie wissen, dass uns nichts passiert ist, meine ich.«

»Glaub mir, das würde ich auch gerne«, antwortete Leon. »Aber sie würden uns doch niemals wieder fortlassen.«

Morelli verfolgte das Gespräch der beiden aufmerksam.

»Hm, es iste wahr«, grübelte er. »Irgendjemand musse es ihnen sagen, bevor sie noch eine Dummeheit begehen. Was, wenn sie die Ort verlassen, um euch zu suchen?« Es war nicht zu übersehen, dass er mit sich kämpfte. »Also gute«, sagte er schließlich. »Ich musse euch etwas gestehen: Solange ich denken kann, leide ich unter schreckliche Hohenangst. Schon die Blick aus meine Dachbodenfenster iste für mich kaum zu ertragen. Außerdem bin ich vermutlich die einzige Bewohner, die der Burgermeister wieder gehen lassen wurde. Ich werde daher hierbleiben und mit eure Familien reden. Wenn sie erfahren, dass ihr mit die Rettung von Valmot beschäftigt seid, werden sie bestimmt Verständnis haben.«

Im selben Moment kam Joseph zurück. Er trug nun seine Pilotenmontur. In einer Hand hielt er etwas, das wie ein Motorenteil aussah, in der anderen eine gefaltete Landkarte. Ohne ein Wort zu verlieren, beugte er sich über die unförmige Karre und schraubte eine Weile am Motor herum. Dann richtete er sich auf.

»Fertig! Wir können los!«

Morelli nahm erst Leons Hand, dann Flieges. »Passt auf euch auf, ja? Ich wunsche euch alles Gluck von die Erde.«

Joseph entfaltete die Landkarte und ließ sich von Morelli die Position der Kapelle zeigen, während Leon und Fliege schon einmal hinter der Windschutzscheibe des Gefährts Platz nahmen. Kurz darauf zwängte sich Joseph neben Leon hinters Steuer.

»Wo ist denn nur …?« Er kramte in den Taschen seiner Lederjacke, zupfte einen kleinen Metallstab hervor, schob ihn in ein Loch neben dem Lenkrad und drehte ihn beherzt. Das Fahrzeug erzitterte, dann hörte man den Motor leise schnurren.

Langsam setzte sich der merkwürdige Karren in Bewegung.

»Wo müssen wir denn überhaupt hin?«, fragte Joseph angespannt.

»Auf die große Straße nach Quentin«, erklärte Leon. »Dort müssen wir einmal kurz halten. Es steigt noch jemand zu.«

»Noch jemand? Du liebe Güte«, stöhnte Joseph. »Ihr wisst aber schon, dass das Flugzeug nur zwei Personen befördern kann, oder?«

Darüber hatte Leon bislang gar nicht nachgedacht.

Fliege putzte seine Brillengläser und schielte nervös zu ihm hinüber.

Leon ahnte, was sein bester Freund gerade durchmachte – er wollte Leon auf keinen Fall alleine lassen, aber den Mut, in einen alten Doppeldecker zu steigen, hatte er wahrscheinlich einfach nicht.

Die Sonne stand bereits tief am Himmel, als Joseph sein Gefährt auf die Hauptstraße lenkte. Unweigerlich musste Leon daran denken, wie er tags zuvor denselben Weg auf Morellis Dreirad entlanggefahren war. Es kam ihm vor, als läge seine Reise in die Stadt bereits Wochen zurück.

Kurze Zeit später erreichten sie die Stelle, an der sie sich von Marietta verabschiedet hatten. Doch das Mädchen war nicht da.

»Das gibt's doch nicht!« Fliege drehte den Kopf in alle Richtungen. »Wo ist sie hin?«

Joseph hielt den Wagen an.

»Wo ist *wer* hin?«, fragte er.

»Unsere Freundin aus der Stadt.« Leon hüpfte von seinem Sitzbrett. »Sie wollte hier auf uns warten.«

Gemeinsam mit Fliege suchte er die Straße in beide Richtungen ab, doch ohne Erfolg. Erst als Leon sich verzweifelt im Kreis drehte, entdeckte er sie.

»Das darf ja wohl nicht wahr sein!«

Marietta saß auf dem Dachstuhl eines Hauses, das ganz eindeutig innerhalb der Dorfgrenze lag. Sie winkte mit beiden Händen und rief ihnen etwas zu, das Leon nicht verstand.

»Was sollen wir denn jetzt machen?«, flüsterte Fliege.

»Sie darf den Ort auf keinen Fall wieder verlassen«, sagte Joseph erschüttert. »Sonst hat sie keine Chance.«

»So ein Mist!« Leon fuhr sich nervös durchs Haar. »Wir hätten sie gar nicht erst mitnehmen dürfen. War ja klar, dass das nicht gut geht.« Er hatte nicht den leisesten Schimmer, warum Marietta ihre Warnungen ignoriert hatte.

»W… wir sind gleich wieder hier!«, sagte er verunsichert zu Joseph.

Gemeinsam mit Fliege lief Leon die kurze Wegstrecke zurück zu dem Haus, auf dessen Dachbalken Marietta mit angezogenen Beinen hockte.

»Was soll das?! Wir haben doch gesagt, dass du von der Ortsgrenze wegbleiben sollst! Verdammt! Weißt du eigentlich, was du angerichtet hast?!«, schrie er völlig außer sich.

Mariettas Unterlippe zitterte. »Du glaubst doch nicht ernsthaft, dass ich freiwillig hier oben sitze, oder?«

»Und warum sonst?«

»Weil kurz nachdem ihr weg wart, plötzlich ein Krähenmann auf einem riesigen, schwarzen Pferd die Straße entlanggetrabt kam. Mit Maske, Mantel und allem. Hätte ich da lieber ruhig sitzen bleiben sollen, oder was?« Sie funkelte Leon aus feuchten Augen an.

»Ein Krähenmann war hier?«, fragte Fliege und sah sich beunruhigt um.

Marietta nickte. »Was soll ich denn jetzt tun?«

»Auf jeden Fall darfst du den Ort nicht verlassen«, sagte Leon nervös. »Es wäre dein sicheres Ende!«

Zum ersten Mal wirkte Marietta völlig mutlos. Sie sah so ängstlich aus, dass Leon am liebsten zu ihr hochgeklettert wäre, um sie zu beruhigen. Doch die Zeit drängte. Leon warf einen Blick zu Joseph, der ungeduldig mit dem Finger auf seine Armbanduhr klopfte.

»Geflogen wird nur, solange es hell ist!«, rief er.

»Hört zu«, sagte Leon hastig. »Ich werde mit Joseph fliegen.« Er nahm Fliege beim Arm. »Du bleibst solange hier bei Marietta. Geht zu Morelli und wartet hinter seinem Haus auf ihn. Er wird euch bestimmt helfen.«

»Ist gut.« Auch wenn Fliege nicht gerade glücklich aussah – irgendwie wirkte er dennoch erleichtert. Genau wie Morelli hatte auch ihm der Gedanke an das Fliegen vermutlich mehr Angst gemacht als all die anderen Gefahren zusammen.

Leon öffnete die obersten Knöpfe seines Hemds. Er zog das Buch hervor und reichte es seinem sichtlich erstaunten Freund. Dann drückte er Fliege ganz fest.

»Pass gut darauf auf, ja?«, flüsterte er ihm dabei ins Ohr. »Und sorge dafür, dass Marietta in Sicherheit kommt.«

Er ließ Fliege los, winkte Marietta zum Abschied zu, machte auf dem Absatz kehrt und lief zurück zu Joseph und seinem merkwürdigen Gefährt.

Mit bedrückender Klarheit wurde ihm bewusst, dass das Schicksal Valmots nun in seiner Hand lag – in seiner und der eines Piloten, der möglicherweise gar nicht fliegen konnte.

Der rote Doppeldecker

D as mit eurer Freundin tut mir wirklich sehr leid«, sagte Joseph, während er das Fahrzeug in Richtung Quentin steuerte.

Leon schwieg. Seine Schuldgefühle waren fast unerträglich. Marietta hatte die Stadt nur verlassen, um ihm und Fliege zur Seite zu stehen. Und nun würde sie aller Voraussicht nach mit Valmot und seinen Bewohnern untergehen.

Er wurde aus seinen Gedanken gerissen, als Joseph plötzlich beherzt auf das Bremspedal sprang. Leon knallte mit voller Wucht gegen die vordere Holzverkleidung und landete unsanft auf dem Boden vor seinem Sitz. Die Reifen quietschten, und das kleine Fahrzeug schlingerte auf der Fahrbahn hin und her, ehe es mit einem Ruck zum Stillstand kam.

Leon sah zu Joseph auf, der wie gelähmt durch die Windschutzscheibe starrte. Bis auf das leise Tuckern des Motors war es totenstill. Vorsichtig hob Leon den Kopf über die Kante des Armaturenbretts, um zu sehen, was Joseph zu seinem aberwitzigen Bremsmanöver veranlasst hatte: Nicht weit entfernt, auf Höhe des Waldstücks, stand ein riesiges, schwarzes Pferd mitten auf der Fahrbahn. Auf seinem Rücken saß ein Krähenmann.

»W... wo ist der hergekommen?«, stammelte Leon.

»Aus dem Unterholz«, flüsterte Joseph, den Blick starr geradeaus gerichtet. »Er ist einfach aus den Büschen gesprungen.« Der Pilot schüttelte sich kurz. »Du bleibst hier«, sagte er dann knapp. Er kletterte aus dem Fahrzeug und schritt langsam auf den unheimlichen Mann zu.

Erst blieb der Venator reglos sitzen und beobachtete von seiner erhöhten Position aus das Geschehen. Als Joseph jedoch nahe genug an ihn herangekommen war, schwang er sich plötzlich von seinem Pferd. Breitbeinig und mit verschränkten Armen stellte er sich dem Piloten in den Weg.

Joseph deutete zu seinem Gefährt und dann die Straße entlang Richtung Quentin. Er sprach ruhig auf den Mann ein. Eine ganze Weile standen sich die beiden so gegenüber.

Da packte der Fremde Joseph plötzlich am Kragen. Mit beiden Händen versuchte der Pilot, die Umklammerung zu lösen, doch sein Gegner war offenbar deutlich stärker als er. Joseph rang bereits nach Luft, als ihn der Krähenmann ganz nahe an sich heranzog und ihm etwas zuhauchte, das Leon nicht verstand. Aber es war klar, dass sein Freund nun dringend Hilfe brauchte. Ohne lange zu überlegen, fuhr er mit der Hand in seine Hosentasche, zog das Messer hervor, klappte es auf und sprang aus dem Wagen.

»Lass ihn sofort los!«, brüllte er, während er mit gezückter Klinge auf den schwarzen Jäger zustürmte. Mit dem Messer in der ausgestreckten Hand pflanzte Leon sich vor dem Venator auf und versuchte, so bedrohlich wie irgend möglich zu wirken. Erstaunlicherweise schien der Krähenmann tatsächlich irritiert, denn er ließ von Joseph ab. Der stürzte auf die Knie, hustete und hielt sich die Hände an den Hals.

Leon drehte sich besorgt in seine Richtung. »Alles in Ordnung?«

Im nächsten Moment wurde sein Arm so fest auf den Rücken gedreht, dass das Messer in hohem Bogen aus seiner Hand geschleudert wurde. Der Krähenmann hatte den kurzen Moment der Unaufmerksamkeit für sich genutzt. Leon stockte der Atem. Das alles war so schnell gegangen, dass er noch nicht einmal richtig begriff, was passiert war.

Der Blick das Venators wanderte hinter den beiden Gucklöchern der Vogelmaske zwischen Leon und dem Klappmesser hin und her.

»So sieht man sich also wieder.« Grinsend schob sich der Mann die Maske nach oben auf die Stirn.

Leon erschrak. Er erkannte die hässliche Fratze, die darunter zum Vorschein kam. Es war Sick, der widerliche Krähenmann, der ihm im Hof der Fabrik das Buch entrissen hatte. Sein Gesicht war blutunterlaufen und geschwollen. Doch wahrscheinlich konnte er froh sein, dass er überhaupt noch lebte.

»Woher hast du das Messer?«, grunzte Sick. Sein fauliger Atem roch so übel, dass Leon den Kopf abwenden musste. »Es ist mein Eigentum. Also los! Wo hast du es gefunden?« Mit einem kräftigen Ruck verdrehte er Leons Arm noch ein Stück weiter. Dabei funkelte er ihn böse an.

»Aaaah!« Leon schrie kurz auf. »Schon gut! Ich habe es eingesteckt, nachdem ich deine Fesseln durchgeschnitten hatte.

Es tut mir leid, aber jetzt hast du es ja wieder. Nimm es und lass uns gehen! Bitte!«

Sick hielt inne. Dann lockerte er seinen Griff. Für einen kurzen Moment glaubte Leon den Anflug eines Lächelns auf seinem entstellten Antlitz zu erkennen. Hatte er womöglich Glück? Würde Sick ihn und Joseph aus Dankbarkeit ziehen lassen? Doch noch im selben Augenblick verfinsterte sich Sicks Ausdruck aufs Neue. Mit seinem langen, knöchrigen Zeigefinger hob er Leons Kinn hoch.

»Warum hättest du das tun sollen?« Er legte misstrauisch den Kopf zur Seite. »Noch nie hat jemand etwas für Sick getan.«

»Sie hätten dich sonst umgebracht«, antwortete Leon gepresst. »Das konnte ich doch nicht zulassen.«

Sick sah mit einem leeren Blick zu Boden. Leons Worte schienen für ihn keinen Sinn zu ergeben. Offenbar war ihm so etwas wie Mitgefühl vollkommen fremd.

»Wer?«, hauchte er dann. »Wer wollte mich töten? Wenn du mir sagen kannst, wer mich so zugerichtet hat, glaube ich dir … vielleicht.«

»E… es war der Mann mit der Metallmaske«, stotterte Leon. »Und noch ein zweiter. Sie haben dich in die Halle mit dem roten Flugzeug geschleift und …«

»Ist gut.« Sick ließ Leons Arm los. »Anscheinend sagst du die Wahrheit.« Er bückte sich, hob sein Messer auf, klappte es zu und schob es in die Manteltasche.

Inzwischen hatte sich auch Joseph aufgerappelt. Hustend klopfte er sich den Staub von den Knien und bedachte Sick mit einem Blick, der irgendwo zwischen Angst, Ekel und totaler Verachtung angesiedelt war. Mit der Hand rieb er sich dabei den Nacken.

»Also schön«, schnaufte Sick, während er Leon von oben bis unten musterte. »Wie es aussieht, hast du etwas bei mir gut.« Er wandte sich um und schnappte nach den Zügeln seines Pferdes.

Sick hat schon einmal sein Versprechen gehalten, schoss es Leon durch den Kopf. Im Hof der Fabrik hatte er Fliege, Marietta und ihm die Freiheit geschenkt.

»Kannst du uns helfen, das rote Flugzeug aus der Halle zu stehlen?«, platzte es aus ihm heraus.

Joseph riss den Kopf herum und starrte ihn entgeistert an. Doch Leon hielt seinem Blick stand. Wie die Dinge lagen, konnten sie bei der Wahl ihrer Helfer nicht unbedingt zimperlich sein.

Gespannt beobachtete er, wie Sick sich langsam umdrehte. Fast rechnete er damit, dass er ihn anschreien würde. Doch der Venator sah nur nachdenklich an Leon vorbei ins Leere.

»Das Flugzeug?«, flüsterte er. Mit seinen langen Fingern strich er sich dabei übers Kinn. »Das rote Flugzeug befindet sich nicht mehr in der Halle.«

»Was?!«, rief Leon entsetzt. »Aber ... aber wo ist es denn hin?«

»Die Fabrik wird geräumt.« Sick zögerte einen Augenblick. Argwöhnisch sah er zu Joseph und wieder zurück zu Leon, ehe er weitersprach. »Sie zerstören die Dinge oder bringen sie fort. Bereits morgen Abend soll alles vorbei sein. Dann wird nichts mehr daran erinnern, wessen Hauptquartier sich in diesen alten Mauern befunden hat.« Er wandte sich wieder seinem Pferd zu.

Es stimmte also tatsächlich. Was Sick erzählte, deckte sich auf erschreckende Weise mit Morellis Aussagen.

»Wo haben sie das Flugzeug denn hingebracht?«, fragte Leon aufgewühlt. »Und was geschieht mit den Gefangenen?«

»Du möchtest mehr wissen, als für dich gut ist«, zischte Sick. »Aber meinetwegen: Noch in der Nacht haben sie das Flugzeug nach draußen gerollt. Auf eine der angrenzenden Wiesen.«

»Und die Gefangenen?«, fragte Leon.

»Tja.« Sick schien zu überlegen. »Ich vermute mal ...« Mit einer schnellen Bewegung führte er die flache Hand vor seinem Hals vorbei, und seine Mundwinkel hoben sich zu einem hämischen Grinsen.

Leon musste schlucken. Die quälende Sorge um Anatol rückte mit einem Mal wieder in sein Bewusstsein. Der Herr der Krähenmänner plante also, seine Gefangenen für immer zum Schweigen zu bringen. Nur so konnten sie niemandem über ihn, seine unheimlichen Helfer und alles, was sie in der Nadelfabrik gesehen hatten, berichten. Womöglich war es bereits zu spät, und sie hatten den Riesen längst ... Leon wagte nicht, seinen Gedanken zu Ende zu spinnen.

»Was steht ihr so blöd in der Gegend rum? Wenn ihr das Flugzeug stehlen wollt, dann bewegt euch!« Sick sprang auf den Rücken seines Pferdes, griff nach den Zügeln und gab den beiden ein Zeichen, dass sie ihm folgen sollten.

Leon und Joseph liefen zurück zu ihrem Fahrzeug.

»Danke«, schnaufte der Pilot atemlos, als er auf die Sitzbank des Wagens sprang. »Ich hatte bereits mit meinem Leben abgeschlossen.«

Er trat aufs Gaspedal, und schon bald holten sie Sick ein, der sein Pferd im Galopp über die Landstraße jagte. Leon war beeindruckt, wie viel Kraft das Tier besaß. Über den ganzen, weiten Weg hielt es die Geschwindigkeit, ohne den leisesten Anflug von Schwäche zu zeigen. Erst als in der Ferne die Schlote der alten Fabrik sichtbar wurden, verlangsamte das Pferd plötzlich seinen Schritt. Sick sprang ab und führte es bis zu einer Hecke, wo er die Zügel um einen Ast schlang.

Joseph parkte sein Gefährt am Straßenrand. Als Leon und er zu Sick stießen, duckte er sich vor einem Strauch auf den Boden und schob die Zweige auseinander.

»Da!«, schnarrte er. »Da ist es.«

Tatsächlich: Im Licht der Abendsonne stand der rote Doppeldecker zwischen allerlei Sperrgut auf der angrenzenden Wiese. Es war ein majestätischer Anblick.

Joseph strahlte übers ganze Gesicht. Er wirkte so glücklich, dass Leon sich für einen kurzen Augenblick von seiner Freude anstecken ließ. Doch das Gefühl hielt nicht lange an, denn Sicks Stimme riss ihn jäh zurück in die Realität.

»Wartet hier!« Der Krähenmann erhob sich und schob die Maske vors Gesicht.

Leon sah durch das Laub der Hecke. Als er den Blick über all die Möbel, Kisten und Aktenordnerberge wandern ließ, entdeckte er plötzlich einen Gegenstand, der auf einer schweren Holztruhe in der Sonne stand. Es war ein Grammofon mit einem hölzernen Korpus und einem auf Hochglanz polierten Schalltrichter – größer und bedeutend schöner als das der alten Kornell. Der meterhohe Turm aus Schallplatten, der gleich daneben abgestellt worden war, hätte Hendrik mit Sicherheit vor Neid erblassen lassen. »Sieh mal!«, flüsterte Leon in Josephs Richtung. Dabei deutete er auf das Abspielgerät. »Der Herr der Krähenmänner dürfte ein ebenso großer Musikliebhaber sein wie unser Freund, der Hilfspolizist.«

Genau in diesem Moment trat ein einzelner Venator hinter einem großen Aktenschrank hervor. Gelangweilt schlenderte er vor dem riesigen Haufen auf und ab.

»Nur *ein* Wächter?« Überrascht sah Leon zu Sick auf.

»Natürlich!« Der Krähenmann drückte mit dem Arm einige Äste beiseite. »Die anderen sind ja alle auf der Jagd nach euch.« Er grinste und zwängte sich in geduckter Haltung durchs Dickicht. Dann schritt er zielstrebig auf den Bewacher des Flugzeugs zu.

Leon wusste, dass Sick gerade sein Leben riskierte. Wenn der andere Venator ihn erkannte, war es um ihn geschehen. Aber warum ging Sick dieses Risiko ein? Leon konnte sich nicht vorstellen, dass der Venator bloß seinem Gewissen folgte. Wenn er ganz ehrlich war, glaubte er sogar, dass Sick gar kein Gewissen besaß. Dennoch empfand er in diesem Augenblick so etwas wie Respekt vor dem hässlichen Krähenmann.

»Traust du ihm etwa?«, fragte Joseph abschätzig.

»Ich weiß es nicht«, gab Leon zurück.

»Also, ich würde diesem ... diesem Monster nicht einmal meine Sardinendosen anvertrauen«, raunte Joseph.

Sick war nun bei der Wache angelangt. Die beiden Venatoren wechselten ein paar Worte, dann hob der zweite Krähenmann die Hand, machte kehrt und spazierte in Richtung der Fabrik davon. Sick sah ihm nach, bis die Tür des Fabrikgebäudes hinter seinem Kollegen zuschlug. Erst dann winkte er Leon und Joseph heran.

Die beiden sprangen auf und stürmten durch das kniehohe Gras auf das Flugzeug zu.

»Du nimmst vorne Platz«, erklärte Joseph atemlos, als sie endlich vor der knallroten Maschine standen. »Dort müsste auch noch eine Schutzbrille hängen.« Er deutete auf die vordere der beiden Kanzeln im Rumpf.

»Der Pilot sitzt *hinter* dem Passagier?«, fragte Leon erstaunt, während er sich über die Verstrebungen zwischen den Tragflächen zu seinem Sitz hangelte.

»So ist es«, sagte Joseph gehetzt und ließ sich in die Pilotenkanzel fallen. »Angurten nicht vergessen!«

Sick folgte indessen schweigend jeder ihrer Bewegungen. Joseph wandte sich ihm zu.

»Wenn Sie wohl den Propeller anwerfen könnten?«, fragte er mit hörbarer Überwindung.

Während Sick seiner Bitte ohne Zögern Folge leistete, betätigte Joseph die Armaturen im Cockpit. Leon schob sich die Schutzbrille vor die Augen und hoffte von ganzem Herzen, dass Joseph wusste, was er tat.

Tat ... tat ... tatatat! Der Motor stotterte, und weißer Qualm schoss aus den Auspuffrohren, die links und rechts aus der Maschine ragten. Das Flugzeug setzte sich in Bewegung, und Sick rettete sich mit einem gewaltigen Satz vor dem rotierenden Propeller zur Seite. Als Leon den Kopf über den Rand der Kanzel reckte, sah er Sick neben dem Flieger herlaufen. Ohne ein einziges Mal aufzusehen, begleitete sie der Krähenmann im Schutz des Flugzeugs bis zu den hohen Büschen des Hohlwegs. Dann verlor Leon ihn aus den Augen.

Die Maschine raste inzwischen mit atemberaubender Geschwindigkeit über die Ebene. Alles um Leon herum rumpelte und klapperte. Vor lauter Angst bohrte er die Finger so fest in seine Oberschenkel, dass es schmerzte. Doch dann, ganz plötzlich, hob sich der Doppeldecker in die Höhe, schwerelos und ruhig.

Leon hielt den Atem an. Die Wiesen und Felder, der Fluss und die alte Fabrik wurden kleiner und kleiner, und schon bald schien die ganze Welt unter seinen Füßen nur noch aus winzigen Vierecken zu bestehen. Einzig die tief stehende Sonne prangte als gewaltig großer Feuerball über dem Horizont.

Geschafft, dachte Leon. Er schloss die Augen und ließ sich vom frischen Fahrtwind das Haar zerzausen.

Die Kapelle von Pontis

Der rote Doppeldecker war bereits eine ganze Weile in der Luft, als Leon den Kopf über den Rand der Kanzel streckte und in die Tiefe sah. Die Fabrik war längst nicht mehr zu erkennen. Weit unter ihnen zog die Landschaft vorüber. Vorbei an kleinen Dörfern, an Wasserfällen, Wäldern und Seen führte sie ihr Flug. In den fremden Orten und Siedlungen liefen die Menschen zusammen, sobald sie das rote Flugzeug am Himmel entdeckten. Sie sahen nach oben und winkten, und Leon winkte zurück. Das alles war so faszinierend, dass er seine Sorgen um Valmot beinahe vergaß.

Leon konnte nicht sagen, wie lange sie schon unterwegs waren. Eine Stunde, vielleicht auch zwei. Er wusste es nicht. Hier oben schien die Zeit stillzustehen.

Plötzlich neigte sich das Flugzeug sanft zur Seite. Die Maschine flog eine lang gezogene Kurve und hielt dann direkt auf ein gewaltiges Bergmassiv zu. Selbst als sich der Doppeldecker der Steilwand bereits gefährlich näherte, hielt Joseph unbeirrt Kurs auf den Hang. Leon vertraute inzwischen voll und ganz auf seine Flugkünste. Dennoch bekam er es nun mit der Angst zu tun und klammerte sich an seinem Gurt fest. Da riss Joseph den Flieger nach oben, und sie schossen über die Bergkuppe hinweg.

Was Leon nun erblickte, raubte ihm erneut den Atem. Vor ihnen lag der Ozean – unendlich weit und rötlich schimmernd wie flüssiges Gold. Nie hatte Leon etwas Spektakuläreres gesehen.

Aufgeregt drehte er sich zu seinem Freund um.

Joseph lächelte und steuerte das Flugzeug in Richtung Strand. Sanft setzte der Doppeldecker auf dem weichen Untergrund auf und blieb neben ein paar Holzstämmen und Haufen angeschwemmten Seetangs stehen. Der Motor tuckerte kurz, die Rotorblätter führten noch zwei, drei Umdrehungen durch, dann war nur noch das gleichmäßige Rauschen der Wellen zu hören.

»Herrlich!« Joseph streckte beide Arme in die Luft, hob sich die Brille von den Augen und löste seinen Gurt. »Erst jetzt weiß ich, *wie sehr* mir mein Flugzeug gefehlt hat.«

»Kein Wunder. Das war das Schönste, was ich seit Langem erlebt habe.« Leon öffnete ebenfalls seinen Gurt, kniete sich verkehrt herum auf seinen Sitz und reckte den Hals über die Windschutzscheibe des Piloten.

»Weißt du was?«, sagte Joseph. Er legte den Kopf in den Nacken und betrachtete die ersten glitzernden Sterne am Himmel. »Geht mir genauso.«

Direkt neben dem Strand ragten die gewaltigen Klippen in die Höhe. Wie hoch sie waren, konnte Leon nur erahnen. Die vielen Vertiefungen und Vorsprünge im Gestein bildeten in der einsetzenden Dunkelheit die merkwürdigsten Formen. Manche Konturen sahen aus wie Tiere, andere wie Gesichter. Leon beschlich ein mulmiges Gefühl. Ihm war, als würde jemand sie beobachten.

»Und wo ist die Kapelle?«, fragte er unruhig.

»Nicht weit von hier«, gab Joseph zurück. Er kramte eine lederne Tasche aus dem Cockpit hervor, auf der in großen, weißen Lettern *Bordwerkzeug* geschrieben stand. Joseph öffnete sie, holte eine kleine Taschenlampe heraus und schaltete sie ein. Gleich darauf entfaltete er seine Landkarte. »Hier, siehst du? Der Pfad ist auf der Karte eingezeichnet.« Mit dem Finger folgte er auf dem Plan einer dünnen, schwarzen Linie. »Die Route führt zu dem Hochplateau, auf dem die Kapelle steht.«

Joseph packte alles wieder zusammen, schnappte nach dem Riemen seiner Werkzeugtasche und hängte sie sich über die Schulter. Dann kletterten die beiden aus dem Flugzeug.

Im Schein des Mondes war der Weg leicht zu finden. Er verlief zwischen niedrigem Buschwerk entlang der Felsen steil bergauf. Unsicher tastete sich Leon an der zerklüfteten Steinwand entlang. Hinter ihm ging es senkrecht in die Tiefe. Er wagte nicht, nach unten zu sehen. Stattdessen starrte er auf seine Schuhe und setzte konzentriert einen Fuß vor den anderen. Die Erleichterung war groß, als sie endlich das Hochplateau erreichten.

»Wir sind da!« Joseph kletterte vor Leon über einen Felsvorsprung, dann standen sie direkt vor der Kapelle.

In fahlblaues Mondlicht getaucht, thronte sie mitten auf der Klippe. Ihr Glockenturm streckte sich wie ein Bleistift in den Himmel, und die hohen Glasfenster hoben sich als schwarze Flächen von der Fassade ab. Dunkel und abweisend. Leon fand, dass die Kapelle viel größer wirkte als auf der Postkarte. Größer, aber auch wesentlich unheimlicher. Beim Gedanken daran, sie zu betreten, zog sich sein Magen schmerzhaft zusammen. Auch wenn der Pfad entlang der Klippen schwindelerregend und gefährlich war: Er hätte jetzt am liebsten kehrtgemacht und wäre zurück zum Strand gelaufen.

Rund um die kleine Kirche ragten alte Grabsteine aus dem Boden. Einige lagen zerbrochen auf der Wiese, manche waren bis zur Hälfte in die Erde gesunken. Der Friedhof war offenbar sehr alt, und wie es schien, hatte sich schon seit langer Zeit niemand mehr auf den Weg zu diesem beklemmenden Ort gemacht.

»Schon gut, hier ist nichts«, sagte Joseph beruhigend und ließ den Lichtkegel der Taschenlampe langsam über die Gräberreihen wandern. Ihm war Leons Anspannung anscheinend nicht entgangen. »Die Toten sind tot, und das Leben gehört den Lebenden. Daran ist nicht zu rütteln.«

Wenn es mal so einfach wäre, dachte Leon. Er hatte Joseph fast alles erzählt. Doch dass der Pilot vermutlich schon seit vielen Jahren tot war, darüber hatte Leon geschwiegen.

Die beiden schlichen an den Grabsteinen vorbei auf das Gebäude zu, bis sie über vier Steinstufen endlich das große, zweiflügelige Eingangstor der Kapelle erreichten.

Joseph drückte mit der Spitze seines Zeigefingers gegen eines der Türblätter. Das Portal war nicht versperrt. Mit einem leisen Schnarren schwang es nach innen auf, und die beiden traten über die Türschwelle.

Im Schein von Josephs Lampe konnte man sehen, dass der Kircheninnenraum leer war. Lediglich ein paar halb zerfallene, hölzerne Kirchenbänke lehnten vor den Wänden. Auf dem Boden lagen zerbrochene Dachziegel und Mauerteile, und durch die Löcher im Dachstuhl waren einige funkelnde Sterne zu erkennen. Der steinerne Altar lag zertrümmert am anderen Ende der Kapelle.

»Sieh mal!«, hallte Josephs Stimme quer durch den Raum. Er richtete den Lichtkegel auf einen Stapel Gebetbücher. Jemand hatte sie gemeinsam mit mehreren stockfleckigen Kartonschachteln fein säuberlich unter einem der Glasfenster aufgestapelt. So, wie es aussah, lag das allerdings auch schon eine Ewigkeit zurück, denn der ganze Haufen war in dichte Spinnweben gehüllt.

Joseph bückte sich nach einer der Schachteln. Er hob sie hoch und blies die dicke Staubschicht vom Deckel.

»Kerzen! Na, dann sorgen wir hier erst mal für ein bisschen Gemütlichkeit.« Mit einem gezwungenen Lächeln öffnete er die kleine Kiste. Dann kramte er ein silbernes Feuerzeug aus seiner Jackentasche hervor, und die beiden machten sich an die Arbeit. Sie platzierten die brennenden Kerzen am Boden, vor den Wänden und in den unzähligen Mauer- und Fensternischen. Aufmerksam ließ Leon dabei den Blick über alle Bereiche wandern, die vom Lichtschein erhellt wurden. Er achtete auf jeden noch so kleinen Hinweis. Auf jedes Detail. Alles, was ihnen helfen konnte, die Statue zu finden, war jetzt von größter Bedeutung. Auf keinen Fall durfte er etwas übersehen.

Doch er konnte nichts Auffälliges entdecken, und mit jedem weiteren Licht, das er entzündete, schwand seine Hoffnung mehr und mehr. Sie hatten inzwischen fast alle Kerzen aufgebraucht, und die Kapelle war beinahe vollständig erleuchtet, aber von der hölzernen Statuette fehlte nach wie vor jede Spur. Leon steckte den Docht der letzten Kerze an. Er platzierte sie in der einzigen Ecke, die noch unbeleuchtet war, doch auch in diesem Winkel befand sich nichts außer ein paar Ziegelstücken, einem alten, verrosteten Haken und jeder Menge Staub.

Erschöpft ließ Leon sich vor der feuchten Wand auf den Boden sinken. Er zog die Beine an und sah zu Joseph. Die Hände in die Hüften gestützt, stand sein Begleiter mitten in dem feierlich erleuchteten Kirchenraum und schüttelte den Kopf. Wie es aussah, war all ihre Mühe umsonst gewesen. Die Figur blieb unauffindbar.

»Ich habe nichts entdeckt, was auch nur ansatzweise wie eine Statue aussieht«, sagte Joseph geknickt, als er sich neben Leon auf den staubigen Bodenplatten niederließ. Auch er wirkte nun bei Weitem nicht mehr so zuversichtlich wie noch kurz zuvor.

Leon sagte nichts. Er wusste nicht mehr weiter. Bestimmt hatte Morelli den anderen längst von seinem Plan erzählt. Ganz Valmot hoffte inzwischen vermutlich darauf, dass sie die Statuette finden, mit ihr zurückkehren und ihren Heimatort retten würden. Aber wie es aussah, mussten sie sie wohl alle enttäuschen.

»Und?«, fragte Joseph. »Wie soll's jetzt weitergehen?«

Leon schnaufte. »Es bleibt uns wohl nichts anderes übrig, als wieder nach Hause zu fliegen«, sagte er bitter. »Wir kehren zurück und warten mit den anderen auf unser Ende. So einfach ist das.«

Joseph klemmte sein Feuerzeug zwischen Daumen und Zeigefinger und betrachtete es lange. »Und wenn wir doch einen Hinweis übersehen haben?«

»Kann ich mir nicht vorstellen.« Leon zog die Karte aus seiner Tasche. Er besah sie eine Weile von allen Seiten. »Nein. Da ist nichts. Nur das Foto und dieser merkwürdige Spruch.«

Für geraume Zeit saßen sie schweigend nebeneinander. Dabei drehte Joseph immer wieder an dem kleinen Rädchen seines Feuerzeugs, dass es funkte. Leon starrte entmutigt auf die Karte, und jedes Mal, wenn die kleinen Funken über Josephs Daumen aufblitzten, wurde das Motiv auf ihrer Vorderseite für einen Augenblick vom schwarzen Schatten seiner Hand verdeckt. Nur ganz kurz und kaum wahrnehmbar.

Plötzlich schreckte Leon aus seinen Gedanken hoch. Moment! Er riss die Postkarte in die Höhe und ließ noch einmal seinen Blick über das Bild der Kapelle wandern, und mit einem Mal fiel ihm etwas auf, das ihm bisher entgangen war.

»Mein Gott!«, rief er fassungslos. »Der Schatten! Das ist es!« Er sprang auf die Beine.

»Was denn?« Joseph hob verdutzt den Kopf.

»Die Aufnahme der Kapelle wurde an einem strahlend schönen Sommertag gemacht!«, sagte Leon aufgeregt. »Genau in dem Moment, als die Sonne in einem bestimmten Winkel stand. *Ein Bild, das hilft bei rechtem Licht ...*«, las er hektisch den Text auf der Rückseite der Karte, »*... jedoch bei Nacht, da hilft es nicht!*«

»Ja, und?« Joseph rappelte sich an der Wand entlang in die Höhe.

»Was kann man nicht sehen, wenn es Nacht ist?« Mit dem Finger tippte Leon auf das Bild. »Den Schatten! Sieh doch! Das Kreuz auf der Turmspitze! Sein Schatten sieht aus wie ein X. Wieso bin ich da nicht früher draufgekommen?!« Er schlug sich die Hand vor die Stirn. »Ich glaube, es markiert die Stelle, an der die Figur versteckt ist! Nein, ganz sicher sogar!«

Mit ein wenig Phantasie sah der Schatten des Kreuzes im schwachen Licht der Kerzen tatsächlich wie eine Markierung aus. Als hätte jemand ein großes, schwarzes X auf die Wiese hinter einem großen, umgekippten Grabstein gemalt.

»Lass mal sehen.« Der Pilot fuhr sich mit der Hand übers Gesicht. »Hm, also ... ich weiß nicht so recht«, murmelte er, während er sich den Riemen seiner Werkzeugtasche über die Schulter warf.

»Aber ich!«, rief Leon. »Los! Komm! Wir müssen sofort nachsehen, was sich an der Stelle befindet!«

Tief in der Vergangenheit

Nachdem Leon und Joseph eine Zeit lang auf dem Friedhof umhergeirrt waren, fanden sie endlich die Stelle hinter dem großen Grabstein, die der Schatten des Kreuzes auf der Postkarte markierte. Von Moos und Flechten bedeckt, lag das umgestürzte Denkmal am äußersten Ende einer langen Gräberreihe in der Wiese.

Leon wandte sich hektisch im Kreis. »Bist du sicher, dass wir hier richtig sind?« Abwechselnd leuchtete Joseph mit seiner Lampe auf den Stein, das Bild in seiner Hand und die Rasenfläche unter seinen Füßen.

»Ja, absolut sicher.« Er hockte sich auf den Boden und strich mit den Fingern über das kurze Gras. »Das ist der Platz. Kein Zweifel.« Ohne den Kopf zu heben, blickte er zu Leon auf. »Wir müssen allerdings darauf gefasst sein, dass der Schatten auf der Postkarte auch einfach nur ... ein Schatten sein kann«, sagte er betreten. »Wir sollten uns keine allzu großen Hoffnungen machen.«

»Doch, Joseph«, sagte Leon. »Denn es ist unsere *letzte* Chance. Lass uns wenigstens nachschauen.« Er ließ sich auf die Knie fallen und rupfte ein großes Grasbüschel aus dem Boden, als er plötzlich verdutzt auf seine Hand starrte. Statt ein paar

Halmen hielt er mit einem Mal einen ganzen Erdbrocken zwischen den Fingern. Einen Klumpen, so dick und groß wie die Torte, die er zu seinem letzten zwölften Geburtstag bekommen hatte. Ohne die geringste Kraftanstrengung hatte er das unförmige Stück Erde vom Untergrund lösen können.

»Aber ...« Leon und Joseph sahen einander mit großen Augen an. Sofort begannen sie mit bloßen Händen die Erdschollen rund um das Loch zu entfernen, bis im Licht der Taschenlampe eine massive, rechteckige Metallplatte zum Vorschein kam. Obwohl sie stark verrostet war, konnte man auf ihrer Oberfläche deutlich ein Rautenmuster erkennen. An einer Seite befand sich ein Drehgriff, auf der anderen war die Platte mit dicken Scharnieren an einem Metallrahmen befestigt.

»Sieh mal.« Joseph rieb aufgeregt mit seinem Handballen über die rostige Fläche. »Ich glaube, hier steht etwas.« Er zeigte auf einen Schriftzug, der in der Verkrustung undeutlich zu erkennen war.

»*Sektor IV.*« Joseph hob fragend den Blick. Doch auch Leon konnte mit der Inschrift nichts anfangen.

Nun zog Joseph ein kleines Ölfläschchen und einen Hammer aus seiner Werkzeugtasche. Er beträufelte die Scharniere und den Drehgriff mit Öl und schlug mit dem Hammer entlang des Rahmens auf die Platte. Das metallische Geräusch war so laut, dass Leon sich die Ohren zuhielt. Eines war klar: Spätestens jetzt wusste jeder im Umkreis von einem Kilometer, dass sie hier waren. Aber das schien Joseph nicht weiter zu kümmern.

»Nur so löst sich der ganze Rost«, erklärte er mit einem Schulterzucken. Er erhob sich, stellte sich breitbeinig über den Deckel, nahm den Griff in beide Hände und drehte daran. Mit einem Ruck gab der Riegel nach. Erwartungsvoll stellte sich Leon neben Joseph. Sein Puls raste, und seine Hände zitterten vor Aufregung. Auch wenn er sich das Versteck der Statue ganz anders vorgestellt hatte – er war nun felsenfest davon überzeugt, die hölzerne Figur in wenigen Augenblicken in den Händen zu halten.

Sie fassten nach dem Griff und klappten den schweren Deckel mit vereinten Kräften nach oben. Sofort blies Leon ein kühler, modriger Lufthauch ins Gesicht. Joseph hockte sich vor den Metallrahmen und leuchtete in das schwarze Loch. Erst im Licht seiner Lampe konnte man erkennen, dass sich unter dem Deckel ein dunkler Schacht befand, der senkrecht in die Tiefe führte.

»Was ist das denn?« Leon war verwirrt. Er hatte mit einer Truhe oder einer Kiste oder vielleicht auch noch einem Sack gerechnet, aber ganz sicher nicht mit einem Stollen.

»Sektor IV, vermute ich«, antwortete Joseph und leuchtete mit der Taschenlampe in das Loch. »Was auch immer das bedeuten mag.«

Der Boden des Schachts lag gute fünf Meter unter der Erde. An den Seiten gab es Steigeisen, die allerdings so aussahen, als würden sie jeden Moment aus der Mauer fallen.

»Also gut!« Joseph steckte sich die Lampe in den Gürtel und schob sich seine Werkzeugtasche auf den Rücken. »Ich gehe vor. Wenn die Eisen mein Gewicht tragen, kannst du bedenkenlos nachkommen.«

»Und wenn nicht?«, warf Leon ein.

Joseph zuckte mit den Schultern und setzte den Fuß auf das oberste Steigeisen. Kurze Zeit später hatte er den Boden des Schachts sicher erreicht. »Jetzt du!«, rief er nach oben.

Mit pochendem Herzen kletterte Leon Sprosse für Sprosse in das dunkle Loch hinab. Am Fuße des Stollens zweigte ein schmaler Tunnel ab, dessen Wände und Decke grau gestrichen waren. Auch die dicken Rohre und Leitungen, die auf Kopfhöhe an den Mauern entlangliefen, waren grau. Am Boden hatten sich Wasserpfützen gebildet, und die Luft war erfüllt vom Geruch nach fauligem Holz, Schmierfett und Pilzen.

»Zum Teufel! Wo sind wir hier?« Zögerlich tastete sich Joseph vorwärts, während er den Lichtkegel der Taschenlampe langsam durch den Tunnel wandern ließ. »So etwas habe ich noch nie gesehen.«

Wohin er auch leuchtete, überall prangten merkwürdige Hinweise an den Wänden. Vorschriften und Richtungsangaben, Warnungen und Gebote. Es gab kaum eine Stelle, an der sich keine Aufschrift befand. *Notausstieg*, stand da zum Beispiel, *Schleuse* oder *Schutzraum*, und unter all den vielen Texten zeigten Pfeile in die verschiedensten Richtungen. Nach links, nach rechts, nach oben und unten. Einen Hinweis hatte der Verfasser der Texte ganz besonders hervorgehoben: *Das Rauchen und Hantieren mit offenem Licht ist in der gesamten Bunkeranlage verboten!*

»Was ist eine *Bunkeranlage*?«, fragte Leon mit gedämpfter Stimme.

»Hm.« Josephs Augenbrauen schoben sich zusammen, und seine Stirn legte sich in Falten. »Soweit ich weiß, ist ein Bunker eine Festung«, erklärte er dann. »Nur eben unter der Erde anstatt darüber. Im Krieg suchen Soldaten darin Schutz.«

»Im Krieg?« Leon musste daran denken, was Anatol, Chlodwig und Morelli über den Großen Krieg erzählt hatten. Womöglich stammte die Anlage ja aus jener unheilvollen Zeit?

»Warte!« Joseph streckte den Arm vor Leons Brust aus. Nur wenige Meter entfernt tauchte im Lichtschein seiner Lampe ein Berg aus Schutt auf. Tonnenschwere Brocken türmten sich vom Boden bis zur Decke. Der Tunnel war an dieser Stelle in sich zusammengebrochen. Es sah so aus, als wäre die massive Konstruktion mit ungeheurer Gewalt zerstört worden.

Die Atmosphäre in dem unterirdischen Festungsbau war derart bedrückend, dass Leon das Gefühl der Enge kaum ertragen konnte. Seine Knie fühlten sich wackelig an, und er hatte Mühe, zu atmen.

»Hier geht es nicht weiter«, sagte Joseph bestimmt. »Aber mit Sicherheit dort drüben!« Er deutete auf die einzige Tür in dem grauen Gang.

Obwohl sich Leon sehr bemühte, seine Beklemmung zu verbergen, klopfte ihm Joseph jetzt aufmunternd auf die Schulter. »Keine Sorge, mein Freund«, sagte er ruhig. »Uns kann gar nichts passieren.« Das Lächeln, das er dabei aufsetzte, wirkte allerdings genauso falsch wie seine Zuversicht.

Als sie die Tür erreichten, stellten sie fest, dass sie leicht geöffnet in den Gang stand. Sie war komplett von Rost bedeckt, die Beschriftung an ihrer Außenseite nicht mehr zu entziffern.

»Mal sehen ...« Joseph leuchtete über Leons Kopf hinweg durch den Spalt in die Dunkelheit. Überall lagen Kisten und

Ausrüstungsgegenstände verstreut – ein wildes Durcheinander von verbeulten Helmen, zerfallenen Decken, Werkzeugen und Gerümpel bedeckte den Boden. Sogar einige rostige Gewehre lehnten an den Wänden.

Da sich die massive Tür nicht einen einzigen Millimeter bewegen ließ, blieb den beiden keine andere Wahl, als sich durch den schmalen Spalt ins Innere zu zwängen. Joseph legte seine Werkzeugtasche ab. Er holte tief Luft, zog den Bauch ein und quetschte sich unter wilden Verrenkungen durch die Öffnung. Für Leon war das Hindernis kein Problem. Mühelos huschte er seinem Freund hinterher.

Im Licht von Josephs Taschenlampe war deutlich zu sehen, dass in dem Raum ein Feuer gewütet hatte. Wände und Regale waren mit schwarzem Ruß bedeckt, und einige Holzbretter ragten verkohlt aus dem Gerümpel hervor.

»Glaubst du, dass …?« Bevor Leon weitersprechen konnte, packte Joseph plötzlich seinen Arm und hob den ausgestreckten Finger vor die Lippen.

Leon erschrak. Er wusste erst gar nicht, was los war, bis er ein merkwürdiges, leises Geräusch hörte, das aus der Mitte des rechteckigen Zimmers zu ihnen drang. Es klang wie ein Stöhnen oder ein mühevolles Schnaufen. Leon rutschte beinahe das Herz in die Hose. Ängstlich lauschte er in die Dunkelheit.

Sofort riss Joseph die Taschenlampe in die Richtung, aus der das Zischen kam, und deutete in die Mitte des Raums. Auf einen verbogenen Metalltisch, auf dem neben zahlreichen anderen Gegenständen auch eine große Holzkiste stand. Sie war ebenfalls grau lackiert – genau wie alles andere an diesem merkwürdigen Ort. Ihr Deckel war geschlossen, aber anscheinend nicht versperrt.

»Es kommt aus dieser Kiste.« Joseph sprach so leise, dass man ihn kaum verstehen konnte. Er kletterte vor Leon über das Gerümpel und blieb vor dem Tisch stehen. Konzentriert hielt er die Taschenlampe ganz knapp vor den Spalt zwischen Deckel und Truhe und blinzelte ins Innere.

»Hm, womöglich ein undichter Druckbehälter«, erklärte er fachmännisch. »Oder aber ... zum Teufel!« Blitzschnell zog er die Hände zurück. »Wir werden es hier doch hoffentlich nicht mit irgendeiner alten Granate zu tun haben?!«

Leon stand wie versteinert hinter Josephs Rücken und starrte auf die graue Truhe. Im Gegensatz zu seinem Freund glaubte er nämlich zu wissen, was sich in der Kiste befand. Es war weder ein Druckbehälter noch eine Granate.

»Es ist die Figur«, sagte er mit erstickter Stimme.

»Davon, dass sie zischt, hast du aber nichts gesagt«, flüsterte Joseph, ohne Leon dabei anzusehen.

»Sie zischt nicht«, stellte Leon fest. »Sie atmet.«

Joseph hielt inne. Er wandte sich um und leuchtete Leon ins Gesicht. »Was ... was redest du denn da?«, fragte er verunsichert. »*Sie atmet?*«

»Ich weiß, dass das verrückt klingt. Aber Chlodwig hat es uns erzählt.« Leon machte einen Schritt vorwärts und griff nach dem Deckel.

Joseph hielt ihn am Oberarm zurück. »Bist du dir sicher, dass du das tun möchtest?«

»Ja«, sagte Leon fest. Dabei hatte er so große Angst, dass

er am liebsten laut geschrien hätte. Er biss sich auf die Unterlippe. Dann hob er den Deckel mit ausgestrecktem Arm ein Stück weit in die Höhe und klappte ihn mit Schwung auf.

Joseph stolperte zur Seite. Auf Zehenspitzen hob er die Lampe hoch und leuchtete aus sicherer Distanz von oben in die Truhe. »Siehst du etwas?«, wisperte er.

In der Kiste lag etwas Längliches, das in ein grobes, verschmutztes Leinentuch eingehüllt war. Leon nahm vorsichtig ein Ende des Stoffes zwischen Daumen und Zeigefinger, als plötzlich erneut ein Stöhnen aus der Truhe drang. Tief und unheimlich. Leon zuckte zurück. Ungläubig beobachtete er, wie sich der Leinenstoff leicht aufblähte, um gleich darauf wieder in sich zusammenzufallen. Der Anblick war so gespenstisch, dass ihm ein eisiger Schauer über den Rücken jagte.

»Das kann doch gar nicht sein«, flüsterte Joseph. »Hast du das eben auch gesehen?«

Leon nickte. Nun gab es für ihn keinen Zweifel mehr: Es musste die Statue sein. Er atmete einmal tief durch. Dann schnappte er kurz entschlossen mit beiden Händen nach dem Saum des Stoffs und klappte das Tuch blitzschnell auseinander.

Das Artefakt

Gebannt starrten Leon und Joseph in die graue Truhe. Darin lag eine kleine Holzfigur, die ganz genau so aussah, wie Chlodwig sie beschrieben hatte. Sie war nicht länger als ein Unterarm, rötlich schimmernd und aus Holz.

»Das ... das ist sie«, stammelte Leon ergriffen. Er hatte schon gar nicht mehr damit gerechnet, die hölzerne Statuette überhaupt jemals zu Gesicht zu bekommen, und nun hatte er sie tatsächlich gefunden. Langsam tastete er die kleine Skulptur mit seinem Blick ab. Sie war wunderschön, ohne dass man genau sagen konnte, warum. Eigentlich bestand sie nur aus einem Kopf mit einem kleinen, kreisrunden Mund, einem Rumpf und zwei Beinen. Weder Details noch Verzierungen waren zu sehen, und zu allem Überfluss stieß sie regelmäßig ihr grässliches Stöhnen aus, das einem beinahe das Blut in den Adern gefrieren ließ. Vielleicht rührte ihre Schönheit ja auch von der Bedeutung, die sie für Leon, für Valmot und all seine Bewohner hatte.

Warum sie der Herr der Krähenmänner unbedingt in seinen Besitz bringen wollte, erklärte das allerdings auch nicht.

»Komm!«, sagte Joseph. »Wir sind nun schon seit Stunden unterwegs. Sehen wir zu, dass wir wieder an die Oberfläche kommen und uns auf den Weg machen.« Auch ihm war die Erleichterung über ihren Fund deutlich anzumerken.

Ganz behutsam schlug Leon die Figur in den Stoff ein. Dann fuhr er mit beiden Händen unter das kleine Päckchen und hob es hoch, als würde er ein neugeborenes Kind aufnehmen.

Sie machten kehrt, zwängten sich hintereinander durch den Türspalt und liefen hastig den Gang entlang zu dem Einstiegsschacht, durch den sie gekommen waren. Leon schob die Statue unter sein Hemd und kletterte vor Joseph über die Metallsprossen ins Freie. Gemeinsam warfen sie den schweren Deckel zu.

»Geschafft!« Leon wischte sich die Hände an seiner Hose sauber und blickte zum Himmel. Inzwischen war kein einziger Stern mehr zu sehen. Der Mond schimmerte durch die vorbeieilenden Wolken, und die milde Brise, die über die Wiese strich, trug den Geruch von Regen mit sich.

»Es wird bald hell«, sagte Joseph müde. »Und weißt du was?« Er sah Leon an und lächelte. »Wenn wir zu meinem Flugzeug zurückgekehrt sind, habe ich eine Überraschung für dich.«

»Eine Überraschung?«

»Du wirst schon sehen.« Mit einem Zwinkern wandte er sich um und stapfte los. Sie liefen an der Kapelle vorbei zurück zu dem schmalen Steig. Der Abstieg war zwar nicht so anstrengend wie der Weg nach oben, aber Leon musste sehr aufpassen, um nicht auf den vielen kleinen Kieseln auszurutschen. Endlich erreichten sie den Strand und liefen auf Josephs Flugzeug zu. Im Dunkeln sah der rote Doppeldecker noch größer aus als sonst. Wie ein schlafendes Ungetüm stand er vor ihnen.

»Jetzt müssen wir nur noch auf die Dämmerung warten«, brummelte Joseph undeutlich, während er sich vor einem der dicken Räder erschöpft in den Sand plumpsen ließ. »Wir sollten ein kurzes Nickerchen machen ... sind schließlich fast die ganze Nacht auf den Beinen gewesen ... und du bist sicher auch todmüde, mein Freund ...« Noch bevor Leon antworten konnte, fiel Josephs Kopf nach vorne, und dann war nur noch sein tiefes, gleichmäßiges Atmen zu hören.

Obwohl Leon nur zu gerne gewusst hätte, von welcher Überraschung er gesprochen hatte, gönnte er seinem Freund den Schlaf. Was auch immer noch auf sie zukam: Joseph würde ein wenig Erholung bestimmt gut gebrauchen können.

Leon selbst kam allerdings nicht zur Ruhe. Er löste vorsichtig die Taschenlampe aus Josephs Hand und zog das Päckchen mit der Statue hervor. Dieses Mal erschrak er nicht mehr, als die Statue ihren Atem ausblies. Im Gegenteil: Er beugte sich ganz nahe über das kostbare Artefakt und hielt die Lampe knapp vor die Mundöffnung.

»Was ist das denn?« Leon glaubte plötzlich, neben der Figur etwas durch den Stoff schimmern zu sehen. Irgendetwas zeichnete sich unter dem Gewebe ab. Er klemmte die Lampe zwischen die Knie und zog die Stofflagen auseinander.

Da kam ein gefaltetes Stück Papier zum Vorschein. Es war vergilbt und über und über mit Stockflecken übersät. Das Blatt fühlte sich feucht an, und es roch genauso muffig wie die Bücher im Keller der alten Kornell. Als Leon es auseinanderklappte, erkannte er, dass es sich um einen Brief handelte. In der oberen linken Ecke befand sich der Absender:

Museum für Völkerkunde
Abteilung für prähistorische und ethnologische Artefakte

Leon konnte es kaum glauben. Der Briefkopf sah genauso aus wie der Absender auf dem Kuvert aus der Lade! Mit zittrigen Fingern richtete er die Taschenlampe auf den Text.

Lieber Basil!
Deinem Wunsche folgend, will ich Dich nun mit den Informationen versorgen, auf die Du sicherlich schon sehnlichst wartest.
Nach eingehender Begutachtung und intensiven Nachforschungen in unserem Archiv kann ich Dir endlich bestätigen, dass es sich bei der Figur aus Deinem Besitz um ein außerordentlich wertvolles und vermutlich einzigartiges Stück handelt. Allerdings geht von dem Objekt auch eine erhebliche Gefahr aus. Aber hierzu später.

Leon schielte besorgt zu der Figur, bevor er weiterlas.

Die Statuette stammt aus einer Epoche lange vor unserer Zeitrechnung. Wir kennen weder den Namen des Volkes, das sie als heiligen Gegenstand verehrte, noch ihren geografischen Ursprung. Dennoch konnte ich vereinzelte Hinweise auf einen längst vergessenen, prähistorischen Totenkult entdecken. Diese frühen Menschen sprachen der Skulptur geheimnisvolle Kräfte zu. Sie glaubten, ihr Atem könne dem Tod die Seelen Verstorbener entreißen, wenn man sie mit einem Gegenstand aus deren Besitz befülle und nur lange genug zu ihr bete.

»Das ist es!« Leon hielt sich die Hand vor den Mund. Wenn das, was hier stand, der Wahrheit entsprach, war klar, warum der Herr der Krähenmänner mit allen Mitteln versuchte, die Figur in seinen Besitz zu bringen: Dieses Artefakt, diese kleine, unscheinbare Statue, stellte für den Tod die größte denkbare Bedrohung dar! Aufgeregt ließ Leon seinen Finger zur nächsten Zeile wandern.

Bestimmt bist Du, lieber Freund, von so viel heidnischem Aberglauben überrascht. Ich weiß doch, wie wenig Du von jedwedem Hokuspokus hältst. Aber Du würdest staunen, wie stark Mystik, Hexerei und Dämonenkult die Völker dieser grauen Vorzeit prägten. Es mag Dir merkwürdig erscheinen, aber es ist mir, trotz modernster wissenschaftlicher Untersuchungsmethoden, nicht gelungen, das Rätsel um den ungewöhnlichen Luftausstoß der Figur zu lösen. Ich hätte das kostbare Stück zerstören müssen, um weitere Untersuchungen durchführen zu können, und das kam natürlich unter keinen Umständen infrage. Außerdem war es schließlich Dein ausdrücklicher Wunsch, die Figur schnellstmöglich zurückzuerhalten.

Halte mich jetzt bitte nicht für verrückt, aber als Dein Freund sehe ich es als meine Pflicht an, Dich zu warnen, nachdem ich bei meinen Recherchen in unserer Bibliothek auf ein bemerkenswertes Dokument stieß. Ein Papier, das detailliert Auskunft über Namen und Lebenswege einiger früherer Besitzer des Artefakts gibt. Deine Figur, dieses außergewöhnliche Objekt, hat nur Unglück über diese armen Menschen gebracht. Sie alle hat ein schreckliches und vorzeitiges Schicksal ereilt.

*Du hast mir erzählt, dass die Statuette auf Irrwegen in den Besitz
Deines Urgroßvaters gelangte. So geheim und im Verborgenen,
dass niemand davon Notiz nahm – was ein großes Glück für Dich
und Deine Familie war, wie ich heute glaube.*
*Mein lieber Freund: Sei auf der Hut! Seit jeher gibt es Mächte, die
alles daransetzen, dieses einzigartige Artefakt an sich zu bringen.
Wer diese Leute sind, entzieht sich meiner Kenntnis, ich befürchte
jedoch, dass sie mir gefolgt und so auf Deine Spur gekommen sind.
Bitte handle rasch und überlegt! Denke an Deinen kleinen Sohn,
an Deine Freunde und Deine Familie und bringe die Figur an einen
sicheren Ort, weit weg von denen, die Du liebst.*

*In tiefer Verbundenheit
Dein Freund Archibald*

*PS: Auch wenn ich fest davon ausgehe, dass der Krieg noch im
letzten Moment verhindert werden kann – den kleinen Schlüssel werde ich gut aufbewahren. Für Dich oder im schlimmsten
Fall für Deinen Sohn. Wie versprochen wird er ihn an seinem
achtzehnten Geburtstag erhalten, sollte Dir etwas zustoßen.*

Nachdenklich starrte Leon auf die Figur. Langsam fügte sich
alles zu einem Bild. Wahrscheinlich war, gerade als der Tod
und seine Krähenmänner über Wertheimer die Spur der Figur aufgenommen hatten, der Krieg ausgebrochen. Valmot
wurde beschossen und bis auf die Grundmauern zerstört. Um
an die Statue zu gelangen, blieb dem Herrn der Krähenmänner also gar keine andere Wahl, dachte Leon. Er musste den

Ort wiederauferstehen lassen, und zwar genau so, wie er vor dem Krieg gewesen war. Mit allen Häusern, allen Bewohnern und vor allem dem Hinweis in der Lade! Und da er dafür anscheinend Philippes Erinnerungen benötigte, des einzigen Überlebenden, kam ihm dessen hilflose Verzweiflung gerade recht.

»Joseph?«, sagte Leon leise und schubste seinen Freund sachte. »Ich glaube, ich weiß jetzt, was passiert ist.«

Joseph hob den Kopf ruckartig in die Höhe: »Was? Ich … ja?« Verwirrt sah er um sich.

»Mein Vater hat die Figur zu Beginn des Großen Krieges hierhergebracht und die Postkarte für mich in der Schublade hinterlegt.«

»Krieg? Ich verstehe nicht …?« Joseph rieb sich mit beiden Händen übers Gesicht.

Leon hielt Joseph den Brief unter die Nase und zeigte auf den letzten Absatz. Obwohl sein Freund noch etwas schlaftrunken wirkte, wanderte sein Blick nun konzentriert von einer Zeile zur nächsten.

»Ich begreife nur nicht, warum mein Vater so ein großes Rätsel um den Ort des Verstecks gemacht hat«, überlegte Leon laut. »Wenn er ohnehin nicht an übernatürliche Kräfte glaubte, hätte er doch genauso gut schreiben können: *Lieber Leon, hier ist ein Plan für Dich. In dem Bunker befindet sich eine wertvolle Statue. Hol sie Dir, verkaufe oder behalte sie …* oder so ähnlich.«

Joseph ließ das Blatt sinken und sah Leon eine Weile still an.

»Ich weiß es auch nicht«, sagte er dann und hob eine Augenbraue hoch. »Vielleicht war die Anlage so geheim, dass er nicht über sie sprechen durfte. Oder dein Vater war sich einfach nicht ganz sicher. Ich meine, wegen dem *Hokuspokus*, wie es hier heißt.« Er tippte mit dem Finger auf den Brief, dann erhob er sich und streckte seinen langen Körper.

Als Leon zu ihm aufsah, bemerkte er einen zarten Schein am wolkenverhangenen Himmel. Es war das erste Licht des neuen Tages. Eines Tages, der anders war als alle anderen Tage. Zugegeben, sie hatten die Figur gefunden. Aber das hieß noch lange nicht, dass sie rechtzeitig zurückkehren würden. Vielleicht war der Herr der Krähenmänner ja auch gar nicht bereit, auf ihr Angebot einzugehen. Dann war der bevorstehende Sonnenaufgang wohl der letzte in ihrem Leben. Beim Gedanken daran, womöglich nie wieder mit Fliege am Steg des kleinen Sees stehen zu können, stiegen Leon Tränen in die Augen.

»Aber nicht doch.« Joseph klopfte Leon auf den Rücken. »Alles wird gut, du wirst schon sehen.«

»Du hast recht«, sagte Leon mit erstickter Stimme und stand ebenfalls auf. »Lass uns zurückfliegen.«

»Gut.« Der Pilot rieb sich das unrasierte Kinn. »Und wohin, wenn ich fragen darf?«

Leon war klar, dass er nun so schnell wie möglich mit dem Tod in Verhandlung treten musste. Doch der war, wenn man Sicks Schilderungen glauben durfte, vermutlich gar nicht mehr in seiner Festung anzutreffen. Aber wo sonst sollten sie nach ihm suchen? Leon fühlte, wie erneut die Verzweiflung in ihm hochstieg, als er plötzlich einen Einfall hatte. Natürlich!, dachte er. Sie brauchten sich gar nicht auf die Suche nach ihm zu machen. Der Tod musste schon sehr bald zu Philippe kommen, um ihn abzuholen, und genau dort würden sie auf ihn warten – in Noëls Haus!

»Nach Quentin!«, antwortete er bestimmt. »Wir fliegen nach Quentin und treffen uns mit Chlodwig in Philippes Haus!« Inständig hoffte er, dass der Zwergenmagier es geschafft hatte, sich dorthin durchzuschlagen, um sich um Noël zu kümmern.

Joseph nickte und zog ein kleines Metallröhrchen aus der Brusttasche seiner Lederjacke.

»Die Zigarren des Bürgermeisters werden in diesen Röhrchen verkauft«, erklärte er. »Der perfekte Abwurfbehälter für eine Nachricht an die anderen, findest du nicht auch?« Er griff erneut in seine Jackentasche und reichte Leon Papier und Stift.

Leon lächelte dankbar. Er hielt das Blatt an den Rumpf der Maschine und begann zu schreiben.

Lieber Fliege! Haben die Statue gefunden und sind auf dem Weg nach Quentin. Hab bitte keine Angst! Alles wird sich zum Guten wenden. Dein allerbester Freund Leon

Er rollte das Blatt zusammen, schob es in das kleine Röhrchen und steckte den Behälter in die Hosentasche.

»Und nun zur Überraschung.« Joseph kletterte auf die Tragfläche des Doppeldeckers. Er beugte sich über die Windschutzscheibe des Cockpits und winkte Leon zu sich hinauf.

»So«, sagte er dann. »Nimm Platz!« Er trat zur Seite.

»Aber ...« Leon konnte nicht glauben, was er sah. Sein Freund hatte mit dem Finger etwas auf die vom morgendlichen Tau beschlagene Scheibe geschrieben. *LEON* prangte in dicken Großbuchstaben auf dem Glas vor dem Pilotensitz.

»H... heißt das ...? Ich soll doch nicht etwa fliegen, oder?« Leon war im ersten Moment eher erschrocken als begeistert.

»Nein!«, sagte Joseph und lachte laut. »Natürlich nicht. Aber du musst den Start durchführen. Wir haben ja leider keinen hässlichen Vogelmann mehr, der uns den Propeller anwirft, und du bist dafür schlicht und einfach zu klein.«

Leon strahlte über das ganze Gesicht. Er fühlte sich wie ein richtiger Pilot, als er sich auf den Sitz des Cockpits fallen ließ. Fasziniert betrachtete er die vielen Knöpfe, Rädchen und Anzeigen auf der Armaturentafel.

Nachdem Joseph Leon alles genau erklärt hatte, kramte er zwei keilförmige Holzklötze aus dem Cockpit hervor und sprang von der Tragfläche. Er schob die Bremskeile unter die Räder, lief zum Propeller und schnappte nach einem der Rotorblätter.

Leon lehnte den Kopf aus dem Cockpit und sah erwartungsvoll zur Nase des Fliegers.

»*Contact!*«, rief Joseph.

Sofort schaltete Leon die Zündung ein – genau wie sein Freund es ihm erklärt hatte. Als er sich zurücklehnte und auf das Röhren des Motors wartete, blieb sein Blick plötzlich an der Windschutzscheibe hängen. Leon riss die Augen weit auf. Wie vom Donner gerührt starrte er auf den Schriftzug, den Joseph auf die Außenseite gekritzelt hatte. ИOƎ⅃. Es war Leons Name, nur spiegelverkehrt. Hier stand eindeutig: *NOEL*.

In diesem Moment wurde Leon etwas klar: Er war nicht gestorben – noch nicht. Aber er war dennoch bloß eine Erinnerung, genau wie die anderen auch. Er war die Erinnerung an den jungen Philippe Noël.

Ein Meer aus Wolken

Völlig benommen saß Leon auf dem Sitz des Piloten, den Blick auf die Windschutzscheibe gerichtet. Er konnte einfach nicht verstehen, warum ihm die Ähnlichkeit zwischen Philippes Namen und seinem eigenen nicht schon viel früher aufgefallen war. Erst jetzt begriff er, wie sich Fliege gefühlt haben musste, als er von Morelli die Wahrheit über sein Leben erfahren hatte: hilflos und vom Schicksal um die eigene Existenz betrogen.

»Was ist denn los?!«, schrie Joseph plötzlich neben ihm. Leon zuckte hoch. Um den ohrenbetäubenden Lärm des Motors zu übertönen, formte der Pilot aus beiden Händen einen Trichter. »Aussteigen! Du musst aussteigen und mich ins Cockpit lassen!«

Leon nickte geistesabwesend. Er kletterte aus der Pilotenkanzel und hangelte sich an seinem Freund vorbei zum Passagiersitz, in den er sich wie ein Stein fallen ließ. Sicherheitshalber klemmte er die Figur zwischen seine Füße. Dann legte er den Gurt an, während Joseph das Steuer übernahm und sein Flugzeug in einem weiten Bogen wendete. Inzwischen hatte es leicht zu regnen begonnen.

Der Motor heulte auf, und gleich darauf rasten sie über den

Strand dahin, bis sich die Räder vom Sand lösten und die Maschine abhob. Immer höher und höher stieg der rote Doppeldecker, und schon bald tauchten sie in die tief hängenden Regenwolken ein. Für einen Augenblick konnte Leon so gut wie gar nichts sehen. Einzig die unzähligen Wassertropfen, die der Fahrtwind an der Windschutzscheibe emporkriechen ließ, waren in dem dichten Nebel auszumachen.

Es dauerte nicht lange, da schob das Flugzeug seine Nase aus dem Wolkenband hervor, und über Leons Kopf tat sich der blaueste Himmel auf, den er je gesehen hatte. Fasziniert blickte er links und rechts über den Rand der Kanzel. Ein endloser, weißer Teppich erstreckte sich unter dem Rumpf der Maschine in alle Richtungen bis zum Horizont. Es sah beinahe so aus, als hätte jemand die ganze Welt über Nacht in Watte gepackt.

Bei diesem großartigen Anblick musste Leon an Philippe denken. An ihre erste und einzige Begegnung und an den Moment, als der alte Mann die Hand um seinen Arm gelegt hatte. Er verstand jetzt, was in diesem kurzen Augenblick geschehen war – warum er sich von einer Sekunde zur nächsten so sicher gefühlt hatte: Zum ersten Mal war er mit dem Leben in Berührung gekommen. Mit seinem richtigen Leben, das, so schmerzlich es auch war, ein anderer an seiner Stelle geführt hatte.

So flogen sie immer weiter und weiter über das ewig weiße Meer, und Leon glaubte schon, ihre Reise würde gar kein Ende mehr nehmen, als er plötzlich an dem Druck in seinen Ohren bemerkte, dass der Flieger an Höhe verlor. Gleich darauf versanken sie in den dichten Wolken. Nur einen Augenblick später tauchten bereits die endlosen Weizenfelder, die beiden grünen Hügel und die Häuser Valmots unter ihren Füßen auf.

Selbst aus großer Höhe war deutlich zu sehen, dass die Auflösung des kleinen Orts seit ihrer Abreise weiter fortgeschritten war. Beinahe alle Dächer fehlten, und der Turm des Rathauses war wie vom Erdboden verschluckt.

Als das Flugzeug im Tiefflug über den Ortskern donnerte, sah Leon eine kleine, dickliche Gestalt wie angewurzelt mitten auf dem Marktplatz stehen. Es war der Bürgermeister. Er hatte den Zylinder vom Kopf genommen und starrte entgeistert zum Himmel, während die Maschine eine enge Schleife flog, um gleich darauf in geringer Höhe über dem Ort zu kreisen. Immer und immer wieder.

Vom Motorenlärm aufgeschreckt, liefen nun weitere Bewohner aus ihren Häusern, schirmten ihre Augen mit den Händen ab und folgten dem roten Doppeldecker mit ihrem Blick. Auch Hendrik in seiner Hilfspolizisten-Uniform befand sich unter den Staunenden. Er pflanzte sich vor einem großen Loch in der Mitte des Platzes auf. Vor jener Stelle, an der einst der prächtige Springbrunnen gestanden hatte.

Leon hob die Hand zum Gruß, als er plötzlich zwischen den vielen Schaulustigen seine Mutter erkannte. Sie trug ihr hellblaues Sommerkleid und sah vom Rande des Platzes zu ihm hoch. Valerie stand genau neben ihr und hielt ihre Hand. Leon stockte der Atem. Sofort riss er den Arm in die Höhe und winkte derart heftig, dass es in der Schulter schmerzte.

Aber wo waren Fliege und Marietta geblieben? Angestrengt ließ Leon den Blick über den Hauptplatz und die angrenzenden Gassen wandern, als er plötzlich mehrere Personen in dem kleinen Garten hinter Morellis Haus zu entdecken glaubte. Leon kniff die Augen zusammen. Tatsächlich! Es waren Fliege und Marietta, die alte Kornell, Morelli und der Metzger des Ortes. Aus irgendeinem Grund saßen sie im Kreis vor dem großen Apfelbaum seines Freundes in der Wiese. Leon drehte sich zum Cockpit um.

»Wir müssen zu Morellis Haus!«, brüllte er, so laut er konnte.

Joseph zeigte mit dem ausgestreckten Finger auf sein Ohr und zuckte mit den Schultern. Erst als Leon mit wilden Gesten in Richtung des kleinen, verfallenen Häuschens in der Nähe des Marktplatzes deutete, schien der Pilot zu begreifen. Die Maschine drehte ab und nahm Kurs auf das neue Ziel.

Inzwischen hatte Leon das Zigarrenröhrchen mit der Nachricht an Fliege aus seiner Hosentasche gezupft. Er hängte sich über den Rand der Kanzel, um besser nach unten sehen zu können, als seine beiden Freunde, vom Lärm der Maschine aufgeschreckt, hochsprangen und ihre Blicke hektisch über den Himmel wandern ließen.

Mit einem Höllentempo raste der Doppeldecker nun im Tiefflug über die Häuserruinen auf den kleinen Garten zu. So schnell, dass sich Marietta und Fliege auf den Boden warfen und schützend die Hände über den Kopf hielten, während die drei anderen in geduckter Haltung ins Haus liefen.

»Drei, zwei, eins ... Abwurf!«, rief Leon. Genau auf Höhe von Morellis Grundstück öffnete er die Hand und ließ die Kapsel fallen. Der Motor jaulte auf, und Joseph jagte seinen Doppeldecker senkrecht in den Himmel.

Leon sah zurück. Er konnte gerade noch beobachten, wie Fliege aufsprang, nach dem Röhrchen schnappte und ihm zuwinkte. Dann wurden die zwei immer kleiner und kleiner, bis sie kaum noch zu erkennen waren. Lediglich Mariettas Kleid leuchtete als winziger, weißer Fleck inmitten der saftig grünen Rasenfläche.

Erleichtert hielt Leon den ausgestreckten Daumen hoch. Er war froh, dass Fliege seine Nachricht erhalten hatte. Bestimmt würde sie seinem besten Freund helfen, die kommenden Stunden leichter zu ertragen. Mehr konnte er für ihn im Augenblick nicht tun.

Sie hatten Valmot bereits weit hinter sich gelassen und steuerten nun entlang der breiten Verbindungsstraße Richtung Quentin. Nachdenklich sah Leon über die Tragflächen hinweg in die Ferne. Das Bild seiner beiden Freunde in Morellis Garten wollte ihm einfach nicht mehr aus dem Kopf gehen, und der Gedanke daran, Fliege und Marietta womöglich nie wiederzusehen, bedrückte ihn sehr.

»Aber …!« Plötzlich zuckte Leon zusammen. »W... was ist das denn?« Für einen ganz kurzen Moment hatte er den Eindruck, als fehlten die Verstrebungen zwischen den Flügeln. Leon schüttelte sich. Er kniff die Augen zusammen und öffnete sie erneut. Alles sah nun wieder ganz normal aus. Bestimmt war es nur Einbildung gewesen.

Doch irgendetwas schien jetzt mit *ihm* nicht in Ordnung zu sein. Von einem Moment auf den anderen fühlte er ein seltsames Kribbeln in den Händen, eine starke Übelkeit stieg in ihm hoch, und unzählige helle Punkte tanzten vor seinen Augen wie ein Schwarm Glühwürmchen.

Leon bekam es mit der Angst zu tun. Sein Herz pochte ihm bis zum Hals, und ihm trat der kalte Schweiß auf die Stirn. Er hatte nicht die leiseste Ahnung, was plötzlich mit ihm los war. Möglicherweise setzte ihm die Höhenluft zu, oder es war der Mangel an Schlaf, der ihm einen Streich spielte. Er atmete mehrmals tief durch und hoffte inständig, dass es ihm gleich wieder besser gehen würde. Als sie gerade an den Schloten der Nadelfabrik vorüberflogen, musste er jedoch mit Entsetzen feststellen, dass offenbar tatsächlich etwas mit ihm und dem Flugzeug nicht stimmte.

Was er nun sah, war nämlich so unglaublich, dass er wie gelähmt dasaß und auf die Windschutzscheibe seiner Kanzel starrte. Ohne ersichtlichen Grund lösten sich vor seinen Augen erst das Glas, dann der metallene Rahmen des Windschildes auf. Er wollte Joseph auf das seltsame Geschehen aufmerksam machen, da schlug ihm der Fahrtwind bereits mit solch einer Wucht ins Gesicht, dass ihm die Luft wegblieb.

Doch damit nicht genug: Plötzlich begannen rund um ihn Teile der Verkleidung zu flattern. Sie lösten sich gleich darauf vom Rumpf und sausten neben ihm in die Tiefe. Noch ehe Leon begriff, was das alles zu bedeuten hatte, brach mit einem lauten Krachen die obere Tragfläche nach hinten weg. Der Flieger erzitterte, und Leon wurde in seinem Sitz wild durchgerüttelt.

Das ist das Ende, dachte er panisch. Er krallte sich mit beiden Händen am Rand der Kanzel fest und beobachtete hilflos, wie sich ein Rotorblatt nach dem anderen aus der Propellernabe löste. Mehrere Schrauben und Metallteile sprangen von der Nase des Flugzeugs ab, dann verstummte das Motorengeräusch. Lediglich das leise Pfeifen des Fahrtwinds war zu hören, als die schwer beschädigte Maschine lautlos über die Landschaft dem Boden entgegensegelte.

»Teufel auch!«, hörte Leon den Piloten hinter sich brüllen. Das Flugzeug sackte mit einem heftigen Ruck ab, trudelte unaufhaltsam auf die Erde zu, schlug schließlich hart auf der breiten Fahrbahn der Verbindungsstraße auf und schlitterte mit einem grässlich quietschenden Schleifgeräusch über den Asphalt. Gelbe Funken schossen links und rechts neben dem Rumpf in die Höhe, ehe sich die Nase des Doppeldeckers mit voller Wucht in den weichen Boden des angrenzenden Ackers bohrte. Die Kraft des Aufpralls war so gewaltig, dass sich das Heck hochhob und das ganze Flugzeug senkrecht zum Stehen kam. Dann war es absolut still.

Leon hing völlig verdattert in seinem Gurt. Wie durch ein Wunder hatte er den Absturz überlebt. Vergeblich versuchte er, einen klaren Gedanken zu fassen, während er besorgt zu dem kleinen Päckchen mit der Statue blickte, das unerreichbar weit entfernt auf der Frontplatte der Kanzel lag.

»Verdammt!« Mit beiden Händen fingerte er an seinem Gurt herum, doch das Schloss ließ sich nicht öffnen. Plötzlich war ein lautes Knirschen zu hören – ein bedrohliches Knistern und Knacken, das aus dem Bauch des Fliegers nach draußen drang. Leon verharrte in seiner Bewegung. Aber es war bereits zu spät.

Ohne irgendetwas dagegen unternehmen zu können, lösten sich die Riemen seines Gurtes, und er fiel mit einem gellenden Schrei vornüber aus seinem Sitz. Dann wurde alles um ihn herum schwarz.

Die schwarze Sänfte

Als Leon wieder zu sich kam, wusste er nicht, wie lange er schon so dagelegen hatte. Er blinzelte benommen und setzte sich auf, als ihm plötzlich ein gewaltiger Schreck in die Glieder fuhr. Wer weiß, wie viel kostbare Zeit inzwischen bereits vergangen ist?, dachte er. Entsetzt sah er zum Himmel. Die Sonne hatte sich tatsächlich von ihrem Platz bewegt. Sie schimmerte nicht mehr an derselben Stelle durch die dünne Wolkenschicht wie vor dem Unfall. Bestimmt war es bereits Nachmittag. Er musste also für geraume Zeit ohne Bewusstsein gewesen sein.

Erst jetzt bemerkte Leon, dass er am ganzen Körper zitterte. Vorsichtig betastete er seine Arme und Beine. Anscheinend hatte er sich nichts gebrochen. Anstatt auf der Kante der Kanzel aufzuschlagen, war er auf dem weichen Ackerboden gelandet. Aber wie war das möglich?

Verwirrt sah er sich um. Das Flugzeug war verschwunden. Stattdessen lagen ringsum unzählige rote, daumennagelgroße Splitter verstreut. Der einst so prächtige Doppeldecker war auf unerklärliche Weise in Tausende winzige Einzelteile zerfallen.

Wenigstens das Päckchen mit der Statue war noch da. Es lag nur einen halben Meter entfernt auf dem Acker. Leon beugte sich vor, hob es hoch und blies die roten Späne vom Leinentuch.

»Joseph?« Er drehte sich nach seinem Freund um.

Der Pilot saß hinter ihm und starrte auf ein Häufchen knallroten Staubs in seiner hohlen Hand. Auch er hatte die Bruchlandung auf wundersame Art und Weise überstanden, und wie es aussah, war er, genau wie Leon, unverletzt geblieben.

»Sieh dir das an«, flüsterte Joseph kaum hörbar. Dabei schüttelte er fassungslos den Kopf und ließ das rote Pulver zwischen seinen Fingern hindurch auf den Boden rieseln. »Das soll alles sein, was von meinem schönen Flugzeug übrig ist?« Er hob den Blick. »Ich verstehe das nicht.«

Leon fand, dass sein Freund gar nicht gut aussah. Er war blass, hatte dunkle Ringe unter den Augen, und seine Hand zitterte.

»Himmelherrgott, ist mir schlecht!«, bestätigte der schlaksige Mann Leons Vermutung. »Und du ...« Jetzt musterte er Leon von oben bis unten. »Du siehst genauso aus, wie ich mich fühle.« Er legte die flache Hand auf seinen Bauch, sah zum Himmel und seufzte. »Was zum Teufel ist gerade eben geschehen?«

Joseph sah so ratlos aus, dass Leon Mitleid bekam. Er wusste zwar auch nicht wirklich, was passiert war, doch zumindest hatte er einen Verdacht: »Vielleicht war dein Flugzeug ja nichts weiter als eine Erinnerung«, sagte er leise. »Philippe Noëls Erinnerung, die vor unseren Augen erloschen ist.«

Mit einem leeren Blick sah Joseph an Leon vorbei. Er schwieg eine ganze Weile, ehe er sich wieder seinem Freund zuwandte.

»Möglicherweise ist das ja auch der Grund für meine plötzliche Übelkeit. Wir beide sind auch bloß die Erinnerungen dieses Mannes, stimmt's?«

Leon nickte. Er war so schwach, dass er Mühe hatte, sich zu erheben. »Vermutlich hat sich Philippes Zustand plötzlich verschlechtert«, schnaufte er, während er schwankend aufstand. »Wir können von Glück reden, dass *wir* noch hier sind.«

Genau in diesem Moment frischte der Wind auf. Ein kräftiger Luftstoß wirbelte die Überreste des Flugzeugs in die Höhe und verblies die rote Staubwolke in alle Himmelsrichtungen. Schon bald war kein einziges Körnchen mehr zu sehen. Es war, als hätte es den Flieger nie gegeben.

Auch wenn die Zeit drängte und sie vollkommen erschöpft waren – nach dem Verlust ihres Flugzeugs blieb Leon und Joseph nichts anderes übrig, als ihre Reise zu Fuß fortzusetzen. Entlang der Straße stolperten sie über die Weizenfelder dahin, bis sie endlich den schmalen, holprigen Weg erreichten, der neben der Stadtgrenze Quentins verlief. Auf ihm hatte Morelli kurz vor seiner Verschleppung durch die Krähenmänner sein Dreirad zum Verkaufshof gelenkt.

»Die Stadt«, sagte Joseph sichtlich bewegt. »Ich hätte nie gedacht, dass ich sie jemals zu Gesicht bekommen würde.« Staunend blickte er sich um, während die beiden zwischen zwei Häusern in eine der schmalen Gassen einbogen. »Du weißt hoffentlich, wie wir zu diesem Philippe Noël kommen, oder?«

»Nein«, gab Leon zurück. »Ich weiß nur, dass wir äußerst vorsichtig sein müssen.«

»Hm, das ist ja sehr beruhigend«, flüsterte Joseph. »Ich war schon in Sorge, dass uns die Probleme ausgehen könnten.« Verstohlen sah er zu den Fenstern der angrenzenden Gebäude auf, ohne dabei den Kopf zu heben.

Als sie das große Metalltor des Verkaufshofs passierten, musste Leon schlucken. Die Erinnerung an das, was hier vorgefallen war, jagte ihm noch jetzt einen gehörigen Schrecken ein. Die beiden riesigen Torflügel waren geschlossen. Durch die Gitterstäbe konnte man allerdings sehen, dass der Hof leer war. Die vielen Kisten und Säcke waren offenbar fortgebracht worden.

Leon und Joseph liefen noch ein paar Meter weiter über das speckige Kopfsteinpflaster. Vorbei an rostigen Rollläden und schmucklosen Fassaden, von denen die Farbe abblätterte und der Putz in großen Stücken fehlte. Leon blieb stehen. Er drehte sich im Kreis und rieb sich den Hinterkopf. Wenn Fliege doch nur hier wäre, dachte er. Sein Freund wüsste bestimmt, wo es langging. Es gab nichts, was Fliege sich nicht merken konnte. Sei es nun ein Gedicht, ein Name oder ein Weg. Krampfhaft versuchte Leon sich zu erinnern, welche Straßenzüge sie während ihrer Flucht entlanggelaufen waren. Doch egal, wohin er auch sah: Alle Fassaden, Eingangstüren, Nischen und Ecken kamen ihm vollkommen fremd vor.

»Also schön«, sagte er bestimmt. »Dann machen wir uns eben auf die Suche. Irgendwo hier, in der Nähe des Verkaufshofs, muss das Haus ja sein.«

Dicht gefolgt von Joseph lief er kreuz und quer durch die verwinkelten Gassen und Straßen, und so seltsam es auch war:

Auf ihrem Weg begegnete ihnen nicht ein einziger Bewohner. Keine Menschenseele ließ sich in dem verlassenen Viertel blicken. Bis auf das Rascheln einer alten Zeitung, die der Wind vor sich hertrieb, war kein Geräusch zu hören. Die zerbrochenen Glasscheiben in einigen Fenstern der angrenzenden Häuser und die teilweise mit Brettern vernagelten Eingänge ließen keinen Zweifel daran, dass in dieser düsteren Gegend nur noch wenige Menschen lebten.

Leon war bereits kurz davor, die Hoffnung aufzugeben, als er plötzlich ein klapperndes Geräusch hörte, das aus der nächsten Querstraße zu kommen schien. Er lief ein paar Schritte weiter und lugte vorsichtig um die Hausecke. *Feinster Bohnenkaffee*, prangte auf einer rostigen Reklametafel jenseits der Straße.

»Ich glaube, hier sind wir richtig!«, flüsterte er Joseph zu. Vorsichtig betrat er das Kopfsteinpflaster und blickte aufgeregt nach links und rechts. »Sieh nur!« Leon packte den Piloten am Ärmel und zog ihn in einen der Hauseingänge.

In einiger Entfernung konnte man Philippe Noëls Haus erkennen. Die rostrote Fassade hob sich deutlich von den Fassaden der anderen Häuser ab. Auf diesem Weg war Chlodwig bestimmt nicht in das Haus gelangt, wenn er es überhaupt bis hierher geschafft hatte. Vor dem Eingang standen nämlich nach wie vor zwei Krähenmänner – fünf weitere Venatoren riegelten die Straße ab.

»Mist!«, zischte Leon. »Die sind immer noch da.«

»Mir hat schon einer gereicht«, sagte Joseph sichtlich beunruhigt. »Aber sieben?! Nein danke! Ohne mich!« Er schüttelte mit Nachdruck den Kopf und wollte gerade umkehren, doch Leon hielt ihn fest.

»Siehst du das Schild dort drüben?« Mit dem Finger deutete er zu dem blank geputzten Geschäftsportal auf der gegenüberliegenden Straßenseite. »Das ist der Laden von Mariettas Großvater. Wenn wir es bis dorthin schaffen, ohne gesehen zu werden, haben wir eine Chance, über die Dächer in Philippes Haus zu gelangen.« Leon sah zu Boden. »Ich befürchte allerdings, dass der alte Mann nicht gerade glücklich sein wird, wenn wir ohne seine Enkeltochter bei ihm auftauchen«, setzte er hinterher.

Joseph seufzte und nickte in Richtung Wachposten: »Solange wir *denen* nicht in die Hände fallen, soll es mir recht sein.«

Leon drückte das Päckchen mit der Statue fest an sich. »Also gut!«, sagte er dann. Genau in dem Augenblick, als ihnen die Venatoren gerade alle den Rücken zuwandten, huschten die beiden aus ihrem Versteck. In geduckter Haltung überquerten sie das Pflaster. Dabei ließen sie die schwarzen Jäger am Ende der Straße nicht eine Sekunde aus den Augen. Sie drückten sich rücklings an der Schaufensterscheibe entlang bis zum Eingang und verschwanden gleich darauf im Windfang vor der gläsernen Tür zu LaViolettes Laden. Ein letztes Mal lugten sie um die Ecke, dann betraten sie so leise wie möglich das Geschäft. Leon hielt noch den Türknauf in der Hand, da trat Ernesto LaViolette bereits durch den Durchgang hinter dem Ladentisch in den Raum.

»Guten Tag. Was kann ich …« Anscheinend hatte der alte

Mann mit Kundschaft gerechnet. Als er jedoch sah, wer seinen Laden soeben betreten hatte, verstummte er. Er riss die Augen weit auf und starrte die beiden Eindringlinge völlig entgeistert an. Lange und bohrend. Keiner sagte ein Wort. Nur die Statue blies plötzlich mit einem leisen Schnaufen ihren Atem aus. Zum Glück so leise, dass Mariettas Großvater nichts davon mitbekam. In der Ferne hörte Leon eine Kirchturmuhr schlagen. Fünf Mal ertönte die Glocke. Es war also bereits später Nachmittag, und der Tag neigte sich somit langsam seinem Ende zu. Das Schweigen war beklemmend, und Leon kam es wie eine Ewigkeit vor, bis der Alte endlich die Stille durchbrach.

»Wo ist Marietta?«, flüsterte er mit bebender Stimme. Sein Blick wanderte dabei über den Eingang zum Schaufenster und zurück zu Leon. »Wo meine Enkeltochter ist, habe ich gefragt!«, herrschte er die beiden an.

»Äh ...« Leon strich nervös mit den Fingern über seine Hose.

»Sie ist in unserem Heimatort!«, sprang ihm Joseph bei. Zögerlich streckte er Herrn LaViolette die Hand entgegen. »Joseph. Es freut mich, Ihre Bekanntschaft zu machen.«

Doch der Alte schien ihn gar nicht wahrzunehmen. Mit einem lauten Stöhnen stützte er seine Ellenbogen auf den Tisch und legte sein Gesicht in beide Hände. »Wie konntet ihr nur?«, schluchzte er. »Nicht noch einmal. Nein, es darf nicht sein, dass ich noch jemanden auf diese Weise verliere.«

Der arme Mann war ohne jeden Zweifel zutiefst erschüttert. Aber was meint er mit *noch jemanden?*, fragte sich Leon still. Vorsichtig traten die zwei ein paar Schritte näher.

»Es … es tut mir sehr leid«, stammelte Leon. »Mein Freund und ich wollten nicht, dass sie uns folgt. Im Gegenteil: Wir haben alles versucht, um sie daran zu hindern«, sagte er leise. »Aber Marietta zu widersprechen …«

»Ich weiß«, winkte der Alte ab. Er hob den Kopf und sah Leon mit feuchten Augen an. »Marietta ist das störrischste Mädchen, das ich kenne. Widerspruch war bei ihr schon immer zwecklos.« Er richtete sich auf, zog ein Taschentuch aus seinem Arbeitskittel und tupfte sich damit die Augen.

»Bitte verzeihen Sie meinen unhöflichen Empfang.« Herr LaViolette ging schwerfällig um den Verkaufstisch herum und streckte Joseph die Hand entgegen. »LaViolette. Ich bin Mariettas Großvater. Ach, was rede ich denn – das wissen Sie ja bereits.« Er schüttelte erst Joseph, dann Leon die Hand, ehe er sich gegen den Tresen lehnte, die Arme verschränkte und zur Decke sah. »Und wie soll es jetzt weitergehen?«, seufzte er. »Wir müssen das Kind doch irgendwie aus diesem gefährlichen Ort zurückbringen.«

Leon und Joseph schilderten Herrn LaViolette Mariettas Lage. Sie erzählten ihm von der schrittweisen Auflösung Valmots und von der Gefahr, die in ihrem Heimatort auf jeden Fremden lauerte. Auch über ihren Plan, mit dem Tod einen Handel einzugehen, berichteten sie wahrheitsgetreu. Es war nicht zu übersehen, dass Herr LaViolette mit jedem weiteren Wort unruhiger wurde. Die vielen Sorgenfalten auf seiner Stirn waren kaum noch zu zählen.

»Ich wusste nicht, *wie* schlimm es ist. Aber ich werde euch helfen, so gut ich kann.« Ernesto holte tief Luft und fuhr sich mit beiden Händen übers Gesicht. »Dass euer Heimatdorf ein gefährlicher Ort ist, habe ich schon vor langer Zeit schmerzlich erfahren müssen«, sagte er dann traurig und ließ den Blick zwischen Leon und Joseph hin- und herwandern. »Bereits mein Vater ist Opfer des Fluches geworden, der auf eurem Ort lastet.«

»Ihr Vater?« Leon verstand nicht, doch er wurde langsam unruhig. Er wusste, dass die Zeit drängte, und eigentlich wäre er am liebsten direkt zum Dachboden gelaufen und ohne weitere Verzögerung über die Dächer zu Philippes Haus geklettert. Mariettas Großvater wirkte allerdings sehr mitgenommen. So mitgenommen, dass Leon es einfach nicht übers Herz brachte, das Gespräch abrupt zu beenden.

Ernesto LaViolette begann, im Raum auf und ab zu gehen. »Es gibt da etwas, das ihr wahrscheinlich nicht wisst. Philippe Noël hat ein Buch verfasst«, erklärte er. »Ein Buch über den Ort, aus dem ihr stammt.« Der Alte wandte sich Leon und Joseph zu. »Nachdem er aus dem Großen Krieg zurückgekehrt war, drehte sich bei ihm alles nur noch um dieses eine Buch. Warum das so ist, kann ich euch nicht sagen.«

»Ja, wir wissen von dem Buch«, wandte Leon ein. »Aber was hat das mit Ihrem Vater zu tun?« Er vertraute dem alten Mann. Dennoch hielt er es für besser, ihm nicht zu erzählen, dass sich Noëls Buch längst in ihrem Besitz befand.

»Nun«, fuhr LaViolette fort. »Philippe absolvierte eine Ausbildung zum Kupferstecher und Bauzeichner, und ich kann euch sagen, er war sehr begabt in seinem Beruf. Wann immer es ihm möglich war, kehrte er in seinen Geburtsort zurück, um jedes Detail der Ortschaft in sein Buch zu übertragen. Jedes Haus, jeden Platz, jeden Stein.« Wieder hielt er kurz inne und strich sich mit den Fingern über den Schnurrbart. »Doch *ein* Talent war ihm nicht gegeben«, murmelte er dann. »Eine Fertigkeit, die ihm für sein Projekt jedoch außerordentlich wichtig erschien. Die Kenntnis der Porträtmalerei.«

»Das Abbilden von Gesichtern?«, fragte Leon.

»Richtig!« LaViolette sah kurz auf, dann sprach er weiter.

»Als Philippe nun eines Tages in unseren Laden kam, um Material zu erwerben, sah er die wundervollen Porträts, die mein Vater gemalt hatte. Überall hingen sie ringsum an den Wänden.« Mit einer ausladenden Handbewegung deutete er um sich in den Raum. »Philippe war so begeistert, dass er meinen Vater überredete, mit ihm zu kommen, um die Bewohner seines Heimatdorfes abzubilden.«

»Mein Gott!«, sagte Leon betroffen. »Er hat den Ort betreten.«

»Ja, das hat er.« Herr LaViolette verzog das Gesicht. Es fiel ihm sichtlich nicht leicht, über diese Dinge zu sprechen. »Während Philippe darauf bedacht war, so wenigen Menschen wie möglich zu begegnen ...«, fuhr er mit erstickter Stimme fort, »... spazierte mein Vater durch die Gassen und fragte die Bewohner freundlich, ob er sie wohl zeichnen dürfe.«

»Und das Bild von Philippe in der Mappe? Hat das auch Ihr Vater gemalt?«

Der Alte nickte. »Ja, das Aquarell, das ich dir und deinem Freund mit der Brille gezeigt habe, stammt ebenfalls von meinem ...« Er hielt inne und sah an Leon vorbei zum Schaufenster.

»Oh!«, sagte er erstaunt. »Weil wir gerade von deinem Freund sprechen: Mir scheint, der junge Mann schleicht soeben in Begleitung eines Polizeibeamten an meinem Laden vorbei.«

»Waaas?!« Gleichzeitig rissen Leon und Joseph den Kopf herum.

»Das gibt's doch nicht!« Der Alte hatte sich nicht getäuscht. Tatsächlich huschten Fliege und ein Mann in Uniform auf dem Bürgersteig der gegenüberliegenden Straßenseite von einem Hauseingang zum nächsten. Der Mann in Uniform war Hendrik.

Leon hastete zur Glastür. Er winkte und klopfte mit den Knöcheln seiner Hand gegen die Scheibe, um die beiden auf sich aufmerksam zu machen. Als Fliege endlich zu ihm herübersah, schnappte er nach der Klinke und zog die Tür auf. »Kommt hier rein!«, zischte er. »Schnell!«

Den Blick auf die Krähenmänner gerichtet, warteten Fliege und Hendrik kurz ab. Dann huschten sie mit eiligen Schritten über die Fahrbahn und stolperten atemlos zur Tür herein.

»Du lieber Himmel! Wie um alles in der Welt seid ihr hierhergekommen?« Joseph schüttelte fassungslos den Kopf, während Leon die Glastür behutsam ins Schloss drückte.

»Mit deinem Kistenfahrzeug«, keuchte Fliege. »Nachdem ich eure Nachricht erhalten habe, konnte ich einfach nicht länger herumsitzen und nichts tun. Ich habe Hendrik erzählt, was ich vorhabe, und er hat, ohne zu zögern, angeboten, mich zu begleiten.« Hendrik zupfte verlegen an seiner Uniform, dann richtete er sich stramm auf, salutierte zackig und reichte Herrn LaViolette die Hand.

»Hilfspolizist Kornell. Guten Tag.«

Der Alte nahm Hendriks Hand, beugte sich leicht zur Seite und sah an dem groß gewachsenen Uniformträger vorbei zu Fliege. »Wo ist Marietta?«, fragte er ohne Umschweife.

»Im Augenblick ist sie in Sicherheit«, japste Fliege. »Aber nur, solange sie Valmot nicht verlässt. Deswegen konnte sie ja auch nicht mit uns nach Quentin kommen.« Herr LaViolette hielt sich die Hand an die Stirn und schüttelte sichtlich besorgt den Kopf. »Die Bewohner kümmern sich um sie, so gut sie können«, fuhr Fliege fort. »Das kann ich Ihnen versprechen.«

Offenbar hatte Fliege sich inzwischen wieder halbwegs gefangen. Doch Leon fand, dass sein Freund sehr nervös wirkte. Er konnte die Angst in seinen Augen sehen.

»Was ist denn passiert?«, fragte er daher.

»Hendrik und ich sind die lange Verbindungsstraße entlanggelaufen«, erzählte Fliege aufgeregt. »Und plötzlich steht da Josephs Gefährt neben der Fahrbahn. Irgendwie hat Hendrik den Motor zum Laufen gebracht, und nachdem wir schon ein gutes Stück gefahren waren, haben wir mitten in den Feldern etwas beobachtet.«

»Ja, etwas sehr Merkwürdiges. Es war geradezu gespenstisch«, pflichtete Hendrik ihm bei.

Fliege biss sich auf die Unterlippe, dann sprach er leise weiter. »Eine schwarze Sänfte, getragen von acht Krähenmännern – vier vorne und vier hinten. Ich habe so etwas noch nie gesehen. Wie bei einer Prozession ist die ganze Gruppe ohne jeden Laut über den Acker auf die Stadt zugeschritten. Dem unheimlichen Zug folgte Anatols Wagen. Allerdings war nur noch ein Pferd vorgespannt, und auf dem Kutschbock saß ein Krähenmann.« Fliege war weiß wie die Wand – ununterbrochen fuhr er sich mit den Fingern durchs Haar, während er sprach.

Hendrik legte Fliege die Hand auf die Schulter und nickte bestätigend.

»Beinahe gleichzeitig ist uns beiden fürchterlich schlecht geworden«, ergänzte er Flieges Ausführungen. »Dann sind wir so schnell wie möglich hierhergekommen.«

Leon und Joseph warfen einander einen wissenden Blick zu. Was Fliege erzählte, ergab durchweg Sinn. Anscheinend hatte Sick auf seiner Flucht eines von Anatols Pferden entwendet. Und die Übelkeit? Nun, die war ihnen ja auch nicht unbekannt. Doch was hatte es mit dem Zug der Krähenmänner auf sich?

Leon überlegte einen Moment. »Ich bin mir sicher, dass *Er* es war, der in der Sänfte saß«, sagte er dann. Dabei betrachtete er seine Freunde der Reihe nach. Sie alle standen reglos da und sagten kein Wort. »Der Moment der Wahrheit ist gekommen«, fuhr er nach einer kurzen Pause beschwörend fort. »Der Tod hat sich persönlich auf den Weg gemacht, um Philippe Noël zu holen.«

Flieges Plan

Für Fliege, Hendrik, Joseph und Herrn LaViolette waren Leons Worte offenbar so Furcht einflößend, dass sie still verharrten und ihn mit großen Augen ansahen. Da ihm keiner widersprach, ging Leon davon aus, dass sie ihm glaubten. Der Tod war aufgebrochen, um den alten Philippe zu holen – daran bestand für ihn kein Zweifel. Wie viel Zeit ihnen noch blieb, ehe er vor Noëls Haus eintreffen würde, wusste Leon allerdings nicht. Nach allem, was Fliege und Hendrik berichtet hatten, konnte die Sänfte Quentin aber kaum vor Einbruch der Dämmerung erreichen.

Verstohlen blinzelte er zu der großen Wanduhr über dem Eingang. »Es ist bereits halb sechs«, sagte er an Mariettas Großvater gewandt. »Ich fürchte, wir müssen wieder einmal Ihren Dachboden benutzen – denken Sie, das ist mög…?«

Noch bevor Leon seinen Satz zu Ende sprechen konnte, zog Herr LaViolette plötzlich geräuschvoll die Luft ein. Er begann am ganzen Körper zu zittern, starrte mit einem entsetzten Blick ins Leere und kippte gleich darauf vornüber auf den Tresen.

Ohne ein Wort stürzten Joseph und Hendrik zu dem alten Mann. Sie schnappten ihn unter den Armen und hoben ihn vom Verkaufstisch.

»Im Nebenraum steht ein Sofa!« Leon deutete hektisch auf den Durchgang, durch den Herr LaViolette das Geschäftslokal betreten hatte. Sie schalteten das Licht in dem kleinen Raum ein, trugen den Alten zu dem roten Sofa, auf dem Leon und Fliege bereits bei ihrem ersten Besuch gesessen hatten, und legten ihn dort vorsichtig ab.

»Vermutlich ein Schwächeanfall.« Hendrik hielt den Zeigefinger an die Lippen und legte sein Ohr an LaViolettes Brust. »Ich fürchte, das alles hat ihn zu sehr aufgeregt.«

Kein Wunder, dachte Leon. Die Sorge um Marietta, die schmerzlichen Erinnerungen an seinen Vater und Leons Ausführungen über den nahenden Tod Philippes waren für Mariettas Großvater offenbar zu viel gewesen. Besorgt betrachtete er den alten Mann, der, den Mund weit geöffnet, rücklings auf dem Sofa lag und schwer atmete.

Hendrik nahm seine Hand und sprach beruhigend auf ihn ein. Offenbar wusste der Hilfspolizist genau, was er tat, denn der Zustand des Alten schien sich mit jedem weiteren Wort ein ganz klein wenig zu bessern.

Plötzlich schnappte Fliege Leons Arm.

»Wir müssen reden«, flüsterte er Leon zu, während er ihn zurück in den Verkaufsraum zerrte. Es wirkte beinahe so, als hätte er nur auf eine passende Gelegenheit gewartet, um mit seinem Freund unter vier Augen sprechen zu können. Fliege drückte sich seine Brille fest auf den Nasenrücken, blinzelte unruhig durch die Gläser und deutete auf Leons ausgebeultes Hemd.

»Ist das die Statue?«

Leon nickte. Er war verdattert, denn er wusste nicht, was so geheimnisvoll sein konnte, dass Fliege es ihm nicht vor den anderen erzählen wollte. Behutsam zog er das kleine Päckchen unter seinem Hemd hervor, schlug das Tuch zur Seite und hielt Fliege das kostbare Artefakt vors Gesicht. Just in diesem Augenblick stieß die kleine Figur erneut ihren Atem aus.

»Wahnsinn!« Gebannt starrte Fliege auf die Holzstatue. Dann warf er einen kurzen Blick durch den schmalen Durchgang zu den anderen, griff ebenfalls in sein Hemd und holte das Buch hervor. Leon fiel auf, dass zwischen dem Buchdeckel und den Seiten ein Packen Zettel eingeklemmt war.

»Also, hör zu!«, sagte Fliege leise. »Ich habe mit Marietta in Noëls Aufzeichnungen gestöbert, und wir haben tatsächlich noch etwas gefunden.« Er machte eine kurze Pause, ehe er weitersprach. »Philippe hat schon lange, bevor ihm der Tod begegnet ist, von der Statue gewusst. Archibald Wertheimer – du weißt schon, der Mann, dessen Name auf dem Kuvert stand – hat ihm von der Figur erzählt, kurz nachdem Noëls Vater im Großen Krieg gefallen war.«

Gefallen? Leon musste schlucken. Obwohl er wusste, dass Basil eigentlich Philippes Vater war, traf ihn die Nachricht mitten ins Herz.

»I… ich habe Wertheimers Brief gefunden!«, stammelte er. Dabei deutete er auf das Päckchen in seiner Hand. »Jemand hat ihn gemeinsam mit der Statue in den Stoff gewickelt.«

»Ach ja?«, sagte Fliege. »Erwähnt Wertheimer darin zufällig auch, dass er fest an die geheimnisvollen Kräfte der Figur glaubt? An ihren Zauber? Den Zauber, der aus den Seelen Verstorbener wieder richtige Menschen machen kann?«

Leon schüttelte den Kopf.

»Ganz im Gegenteil. Er schreibt von Aberglaube, Hokuspokus und Dämonenkult.«

»Interessant.« Fliege strich mit der flachen Hand über den Buchdeckel. »Noël hat er anscheinend etwas anderes erzählt. In einer Notiz berichtet Philippe nämlich, wie er weinend über die Trümmer Valmots klettert und all die kleinen Gegenstände aus dem Schutt holt. Knöpfe, Stoffreste und weitere persönliche Andenken.

»Die Glasröhrchen!«, sagte Leon aufgeregt. Fliege nickte.

»Die vielen Erinnerungsstücke haben früher den Bewohnern Valmots gehört. Philippe wollte mit ihrer Hilfe die Kräfte der Figur freisetzen, sobald er das Artefakt gefunden hätte, und so all seine verlorenen Freunde und Verwandten wieder zum Leben erwecken.« Fliege kratzte sich nachdenklich am Kopf. »Weiter hinten im Buch verwirft er seinen Plan allerdings. Wieso, erwähnt er nicht. Aber ab diesem Zeitpunkt hatten die Gläschen für ihn nur noch einen Zweck: Sie sollten ihm dabei helfen, die Bewohner Valmots nicht zu vergessen, damit er seine Aufzeichnungen vollenden und sie an so viele Menschen wie möglich weitergeben konnte. Nur so, dachte er, würden wir über seinen Tod hinaus weiter bestehen. Und zwar als das, was wir sind – als lebendig gewordene Erinnerungen.«

»Hm, aber wenn es Philippe wirklich um die Bewohner ging …«, rätselte Leon, »… warum befinden sich dann in dem Buch nur Informationen über den Ort? Die Menschen kommen darin ja so gut wie gar nicht vor.« Er deutete auf das Buch in Flieges Händen. »Was sind das überhaupt für Zettel?«

»Eben!«, sagte Fliege knapp. Er schlug das Buch auf, zog die losen Blätter hervor und reichte sie Leon. »Die haben wir im hinteren Deckel gefunden.«

Leon steckte die Statue wieder unter sein Hemd und griff nach den Zetteln. Ungläubig starrte er auf die Papiere. *Index Gedenkgläser*, stand auf dem obersten Blatt geschrieben. Es war eine Liste. Links standen Nummern – rechts Namen. Ganz offensichtlich handelte es sich bei dem Dokument um eine Aufstellung, aus der hervorging, welche Röhrchen in Philippes Regalen zu den Bewohnern Valmots gehörten.

»Das gibt's doch gar nicht«, murmelte Leon.

Nun besah er sich die Blätter darunter. Winzig klein waren auf den Papieren Informationen vermerkt. Informationen über jeden einzelnen Einwohner Valmots. Hier stand alles, was man über einen Menschen wissen musste. Vom Aussehen über die Kleidung bis hin zu Verhaltensweisen, Vorlieben und Wünschen. Ohne jeden Zweifel wäre einem Fremden sofort das Bild des jeweiligen Bewohners vor seinem inneren Auge erschienen, hätte da nicht noch etwas Wesentliches gefehlt.

Leon hob den Blick. »Jetzt verstehe ich«, sagte er. »Philippes Aufzeichnungen sind fast vollständig. Anscheinend hat er alles für ein weiteres Buch vorbereitet. Ein Buch über die Menschen in unserem Ort. Nur eine Sache fehlt: die Porträts!«

Aus irgendeinem Grund grinste Fliege nun merkwürdig.

»Was?«, fragte Leon.

»Dreh die Blätter mal um!«

Leon drehte den kleinen Stapel um, und was er jetzt sah, war so unglaublich, dass ihm der Atem stockte.

»Aber ...!« Aufgeregt blätterte er von einem Zettel zum nächsten. Auf jeder Rückseite befand sich eine Bleistiftzeichnung. So präzise ausgeführt, dass Leon im ersten Moment dachte, es handle sich um Fotografien. Es waren die Gesichter der Menschen aus Valmot. In seinen Händen hielt Leon die vollkommensten Porträts, die er in seinem ganzen Leben gesehen hatte.

»Marietta!«, stieß er fassungslos hervor und sah Fliege mit großen Augen an.

»Ja, unsere Freundin ist eine echte Künstlerin«, sagte Fliege mit einem ehrfurchtsvollen Ton in der Stimme. »Über viele Stunden sind unsere Freunde, einer nach dem anderen, zu Morelli ins Haus gekommen. Sie haben sich bei Kerzenlicht von ihr zeichnen lassen, und als es endlich hell wurde, hat Marietta im Garten weitergearbeitet.«

Leon betrachtete die Papiere. Erst jetzt verstand er, warum Fliege sein Wissen nur mit ihm, seinem besten Freund, teilen wollte. Er hatte irgendetwas vor. Etwas, das mit den kostbaren Artefakten in Zusammenhang stand und das offenbar nur sie beide betraf. Anscheinend hatte sein Freund beschlossen, die Verhandlungen mit dem Tod gar nicht erst abzuwarten, sondern sein Schicksal und das der anderen selbst in die Hand zu nehmen.

»Aber wir wissen doch gar nicht, ob das alles so funktioniert, wie Philippe es sich vorgestellt hat?« Leon zuckte ratlos die Schultern. »Wenn der Tod unser Angebot nicht annimmt, werden wir keine Zeit mehr haben, um die Zettel zu vervielfältigen – von dem Buch ganz zu schweigen. Und was die Statue angeht: Sie ist hier, die Gläschen sind in Noëls Haus, und unsere Freunde und Verwandten sind bis auf Hendrik und Joseph in Valmot, stimmt's?«

»Ja, du hast recht«, sagte Fliege. »Und genau aus diesem Grund glaube ich auch, dass uns nur noch eine Möglichkeit bleibt.«

»Wie meinst du das?« Leon hatte keine Ahnung, wovon sein Freund sprach. »Welche Möglichkeit?«

»Nun, ein Röhrchen steckt ja wohl nach wie vor in deiner Hosentasche, oder etwa nicht?« Fliege deutete auf Leons Tasche und sah ihn mit einem herausfordernden Blick an.

»Das ist nicht dein Ernst?!« Völlig entgeistert tippte Leon sich mit dem Finger gegen die Schläfe und schüttelte den Kopf.

»Doch!« Fliege nahm seinen Freund bei den Schultern. »Ich fürchte, wir haben keine andere Wahl. Wenn der Herr der Krähenmänner unser Angebot tatsächlich ablehnt, wird Philippe sterben, und wir werden alle auf einen Schlag ausgelöscht. Nur als richtige Menschen würden wir weiterleben, und nur so können wir, wenn überhaupt, noch etwas für Valmot und seine Bewohner tun, verstehst du?« Er deutete auf das Buch, den Stapel Papiere und die Statue.

Leon fehlten die Worte. Ausgerechnet Fliege, der sonst so ängstlich war, wollte sich auf ein Wagnis einlassen, das gefährlicher war als alles, was sie bisher erlebt hatten?

»Aber ... aber ich hab doch nur *mein* Glasröhrchen in der Tasche, nicht deines! Und was wird aus Joseph, Hendrik und den anderen?«, stammelte er.

»Einer von uns muss der Erste sein«, sagte Fliege mit einem festen Ton in der Stimme. »Ich werde dir folgen, sobald wir das Glas mit meinen Gegenständen gefunden haben. Versprochen!« Er sah durch den Durchgang ins Nebenzimmer. »Und dann werden wir alles versuchen, um den anderen zu helfen.«

Genau in diesem Moment erhoben sich Hendrik und Joseph nebenan vom roten Sofa. Der Hilfspolizist zupfte sich die Uniformjacke zurecht, schritt auf den Durchgang zu und trat vor Joseph über die Schwelle in den Verkaufsraum.

»Dem alten Mann geht es ein wenig besser. Er schläft jetzt«, sagte Hendrik, während er sich mit der Hand über sein feuerrotes Haar strich.

Leon hörte nur mit halbem Ohr zu. Er war mit seinen Gedanken ganz woanders. Falls die Statue tatsächlich die Kräfte besaß, von denen Wertheimer gesprochen hatte, würden sie zu richtigen Menschen werden. So viel stand fest. Aber was, wenn Fliege nicht mehr dazu käme, den Zauber auf sich anzuwenden? Dann würde er selbst ganz alleine weiterleben. Ohne seinen besten Freund, seine Familie und die Bewohner Valmots erwachsen werden, altern und irgendwann sterben. Nein danke!, dachte er. Niemals!

Er wollte Fliege gerade unmissverständlich klarmachen, was er von seiner Idee hielt, als der plötzlich den Arm hob und völlig entgeistert zum Eingang zeigte.

»Was ist los?« Leon folgte seinem Blick und schlug sich sofort die Hand vor den Mund. Was er nun sah, war so erschreckend, dass ihm die Luft wegblieb.

Draußen zog die Sänfte an der großen Glasscheibe vorüber. Getragen von acht Krähenmännern, dicht gefolgt von Anatols Pferdewagen und lautlos, wie Fliege und Hendrik die Szene beschrieben hatten. Die Venatoren setzten gleichförmig und langsam einen Fuß vor den anderen. Alle trugen ihre bizarren Masken, die ledernen Mäntel und die schweren Stiefel.

»Das ist doch völlig unmöglich!«, stöhnte Leon verzweifelt. »So, wie ihr über die Sänfte berichtet habt, hätte sie doch niemals vor Einbruch der Dunkelheit hier sein dürfen!« Wie gelähmt verfolgte er das Geschehen vor dem Eingang.

Einige goldfarbene Verzierungen glitzerten an dem tiefschwarzen, geschlossenen Aufbau. Die dunkelroten Vorhänge in den Fenstern waren zugezogen, sodass man nicht ins Innere sehen konnte. Durch das Glas des Schaufensters beobachtete Leon, wie die Wachen schweigend zur Seite traten, um die Sänfte passieren zu lassen. Vor dem Eingang zu Noëls Haus hielt der Zug an.

»Wir müssen ihn irgendwie aufhalten!«, rief Leon panisch. »Irgendeine Möglichkeit muss es doch …« Da blieb sein Blick plötzlich an Hendrik hängen, und mit einem Mal ging ihm ein merkwürdiger Gedanke durch den Kopf. Ein Gedanke, der sie möglicherweise in letzter Sekunde retten konnte.

»Das ist es!« Leon packte seinen uniformierten Freund mit beiden Händen an den Oberarmen. »Hendrik!«, sagte er aufgewühlt. »Ich weiß, es klingt verrückt, aber du bist vermutlich der Einzige, der uns jetzt helfen kann!«

Hendrik hob die Augenbrauen und deutete auf sich selbst. »Ich?« Er wirkte ziemlich ratlos. »Wieso ich? Nur weil ich Hilfspolizist bin? Glaube mir, gegen die Armee da draußen kann auch ich nichts ausrichten!« Mit dem Daumen zeigte er dabei über seine Schulter auf die Straße.

»Nein, natürlich nicht!« Leon sah Hendrik mit einem flehentlichen Blick an. »Du sollst sie nicht verhaften, du sollst singen! Sing so schön, wie du noch nie gesungen hast! Sing um unser Leben!«

Der Hauch des Todes

Auf Leons Vorschlag, Hendrik in dieser mehr als angespann-
ten Situation singen zu lassen, reagierten sowohl Fliege
als auch sein uniformierter Freund mit völlig verständnislosen Blicken. Erst als Joseph bekräftigend nickte, schienen die
beiden zu begreifen, dass Leon es mit seiner Aufforderung tatsächlich ernst gemeint hatte.

»Leon hat recht«, sagte der Pilot gehetzt. »Wir müssen ihn
irgendwie ablenken. Und vor der Fabrik haben wir ein Grammofon und eine gewaltige Schallplattensammlung gesehen.
Dem Herrn der Krähenmänner scheint Musik viel zu bedeuten.
Genau wie dir.« Er nickte Hendrik zu.

»Ja, und außerdem war in seinem Hauptquartier Opernmu-
sik zu hören«, ergänzte Leon. »Er hat sogar die Rede vor den
Krähenmännern unterbrochen, nur um einer besonders schönen Arie zu lauschen.«

»Also«, ergriff Joseph erneut das Wort. »Wir wissen doch
alle, wie wundervoll Hendriks Gesang ist. Seine Stimme ist
magisch. So außergewöhnlich, dass sie den Herrn der Krähenmänner womöglich auch in ihren Bann ziehen und ihn auf
diese Weise für kurze Zeit aufhalten kann. Ich fürchte, das ist
unsere letzte Möglichkeit. Jede Minute zählt!«

Joseph stützte sich auf Leons Schulter und wandte sich Hendrik zu. »Die Sache ist allerdings sehr gefährlich. Sobald du zu singen beginnst, lenkst du die ganze Aufmerksamkeit der Krähenmänner auf dich. Es ist daher so gefährlich, dass ich verstehen würde, wenn du …« Plötzlich kniff er die Augen zusammen. Er biss die Zähne aufeinander und hielt die Luft an, ehe er weitersprach. »… dass ich verstehen würde, wenn du ablehnst«, vollendete er seinen Satz unter Mühen. Irgendetwas stimmt nicht mit Joseph, dachte Leon besorgt. Der Mann wirkte mit einem Mal ausgesprochen blass und erschöpft.

Alle richteten nun ihren Blick erwartungsvoll auf den jungen Hilfspolizisten. Der versuchte erst gar nicht, den ängstlichen Ausdruck in seinem Gesicht zu verbergen. Er sah auf die Straße und zurück zu seinen Freunden.

»Ich mache es!« Hendrik erhob sich. »Hier geht es um Valmot. Um euch, um mich, meine Mutter und die anderen Bewohner. Es geht um unsere Heimat.« Er schnappte nach einer grob gezimmerten, leeren Holzkiste, die neben dem Eingang von LaViolettes Laden stand, und atmete tief durch. Dann warf er Leon, Fliege und Joseph einen festen Blick zu, öffnete die Tür und trat gleich darauf wortlos ins Freie.

Leon folgte Hendrik bis zur Glastür. Obwohl er stolz auf seinen Freund war und ihn für den mutigsten Hilfspolizisten aller Zeiten hielt, machte er sich jetzt große Sorgen.

Hendrik sah nicht ein einziges Mal in Richtung der Krähenmänner. Er stellte die Kiste verkehrt herum auf dem Pflaster ab, kletterte auf das kleine Podest und wandte sich mit geschlossenen Augen dem Haus Philippe Noëls zu. Die Arme am Körper angelegt und stramm wie ein Zinnsoldat, stand er nun mutterseelenallein mitten auf der Straße und begann aus voller Kehle zu singen. Erst leise, dann immer lauter. Sein Gesang war so wundervoll, so ergreifend schön, dass Leon augenblicklich einen Kloß in seinem Hals fühlte. Mit Tränen in den Augen verfolgte er das Geschehen auf der Straße. Aus der Sänfte war bis jetzt niemand ausgestiegen, und auch die Krähenmänner machten keine Anstalten, irgendetwas zu unternehmen. Es war einfach unglaublich – sein Plan schien tatsächlich aufzugehen.

»Da!« Leon deutete auf die Sänfte. »Seht nur!« Er hielt die Luft an. Ganz plötzlich bewegte sich der Vorhang in einem der Fenster, und eine Hand schob behutsam den schweren Stoff zur Seite. Auch der Tod schien nun offenbar Hendriks Gesang zu lauschen. Auf jeden Fall machte es nicht den Eindruck, als wollte er aussteigen.

»Ich glaube, es funktioniert!«, flüsterte Fliege. »Er bleibt in seiner Sänfte sitzen! Schnell, wir müssen los!«

Leon wandte sich um und wollte eben loslaufen, als er mitten in der Bewegung erstarrte.

»Joseph?!«

Joseph hockte zusammengekauert vor dem Verkaufstresen. Er hielt sich die Hand vor den Bauch und verzog das Gesicht. Leon und Fliege knieten sich neben ihren Freund auf den Holzboden. »Was ist mit dir?«, fragte Leon und tauschte einen entsetzten Blick mit Fliege.

»Ich schätze mal …«, antwortete der Pilot gepresst, »… dass es mit diesem Noël gerade rapide bergab geht. Und wie es aus-

sieht, kann … kann er sich an euch zwei offenbar besser erinnern als an mich.« Ein gezwungenes Lächeln huschte über
sein Gesicht. »Geht!« Er bedeutete den beiden, aufzubrechen.
»Geht, bevor es zu spät ist!«

Seinen Freund Joseph in diesem Zustand zu sehen, machte
Leon traurig und zornig zugleich.

»Ich werde mit einem Vertrag zurückkommen«, schnaubte
er. »Einem Vertrag, der vom Tod höchstpersönlich unter-
schrieben ist und in dem steht, dass Valmot und alle seine
Bewohner weiterexistieren dürfen. Du wirst schon sehen!«
Natürlich hatte Leon in Wahrheit nicht die leiseste Ahnung,
ob er überhaupt jemals zurückkehren würde. Aber er wollte
seinem Freund ein wenig Mut machen. Die beiden sprangen
auf. »Halte durch!«, rief Fliege, griff sich Philippes Buch und
steckte es sich wieder hastig unter sein Hemd.

»Wir sind bald wieder hier!«, warf Leon Joseph noch zu, bevor sie kehrtmachten und durch den Verkaufsraum liefen. Sie
stolperten die schmale, weiße Treppe hoch. Im zweiten Stock-
werk angekommen, öffneten sie die Tapetentür und kletterten
über die Hühnerleiter in den Dachbodenraum.

Hier sah alles noch genauso aus wie bei ihrem vorigen Besuch. Nur ein wenig Tageslicht fiel durch das schmutzige
Glas der Dachluke ins Innere. Überall standen mit Tüchern
abgedeckte Möbel und Kisten, Säcke, Schiffskoffer und Bil-
derrahmen. Um nicht versehentlich mit dem Kopf gegen die
Holzbalken des Dachstuhls zu schlagen, schlichen die beiden
in geduckter Haltung bis zu dem kleinen Ausstieg am anderen
Ende des Raums.

»Ich hab's doch gesagt«, keuchte Fliege. »Wir dürfen nicht länger warten. Geht es *uns* erst einmal wie Joseph, ist alles verloren.« Er packte Leon bei den Armen und sah ihm tief in die Augen. »Du musst es tun! Bitte hol die Statue hervor und wende ihren Zauber auf dich an! Jetzt, sofort!«

Leon wusste nicht, was er machen sollte. Selbst wenn Fliege recht hatte: Hier ging es um eine Entscheidung, die wichtiger war als alle Entscheidungen in seinem bisherigen Leben. Seine Angst war so groß, dass sich sein Magen verkrampfte und ihm schwindelig wurde. Um nicht umzukippen, lehnte er sich gegen einen der hölzernen Dachsparren. »Ich glaube, ich brauche ein wenig frische Luft«, japste er.

Irgendwie gelang es Fliege, die schwere Dachluke allein zu öffnen. Draußen hatte es zu nieseln begonnen, und der aufkommende Wind blies ihnen einen feinen Nebel aus winzig kleinen Regentropfen ins Gesicht. In der Ferne war Hendriks Stimme zu hören. Sie war das einzig Beruhigende in dieser beklemmenden Situation, fand Leon. Die beiden ließen sich direkt unter der Öffnung auf den staubigen Boden plumpsen.

»Und wenn ... wenn wir dein Röhrchen nicht finden?« Leon holte das Päckchen mit der Statuette unter seinem Hemd hervor, legte es auf seinen Oberschenkeln ab und starrte es sorgenvoll an. »Dann bleibe ich für immer all...«

»Nein!«, unterbrach ihn Fliege. »Wir finden es! Noël hat auf das Glas die Nummer 5741 und ein großes F geschrieben. So steht es zumindest in der Liste.« Fliege zeichnete vor Leons Nase ein F in die Luft. »Ein großes F! Das wird doch wohl zu finden sein, oder?«

Leon antwortete nicht. Er dachte an Hendrik und Joseph und daran, wie groß die Gefahr war, der die beiden gerade ausgesetzt waren. Anscheinend gab es keinen anderen Weg, um den anderen zu helfen. Er musste die Kräfte der Statue auf sich anwenden.

»Also gut«, stöhnte er, während er mit der Hand in seine Hosentasche fuhr und das mit Stoff umwickelte kleine Röhrchen hervorzog. »Aber ich mache es nur, wenn du versprichst, dass du mich nicht alleine zurücklässt!«

»Ehrenwort!« Fliege hob die Hand. »Ich schwöre! Aber jetzt beeil dich, verdammt noch mal!«

Als Leon den kleinen Lappen entrollte, stellte er fest, dass das Glas zerbrochen war. Zwischen den vielen feinen Scherben lagen die Haarlocke, das winzige, rote Flugzeug, mehrere Kleiderreste und ein Lederknopf. Er holte die Figur aus dem Leinentuch hervor. Unsicher drehte er sie um, griff nach der Haarlocke und steckte sie in die Vertiefung auf der Rückseite. Dann sah er Fliege lange an. So, als würde er für immer von seinem besten Freund Abschied nehmen.

»Da!« Fliege zeigte auf den Mund der Figur. »Ich glaube, es geht los.« Ein leises Zischen war zu hören.

»Egal was gleich passieren wird«, sagte Leon mit erstickter Stimme. »Du warst immer mein bester Freund – und du wirst es für immer bleiben.« Er hob die Figur vor sein Gesicht, hielt seine Lippen über die Mundöffnung, schloss die Augen und atmete tief ein.

Der Atem der Figur war kalt. Eiskalt und ekelhaft, und er hinterließ einen schrecklichen Nachgeschmack in Leons Mund.

Irgendwie schmeckte er nach bitteren Mandeln, nach morschem Holz und Essig, und Leon hatte das Gefühl, als krieche er ihm bis in die letzten Winkel seines Körpers.

»Pah!« Angewidert ließ er die Statue fallen. Er sprang in die Höhe, wischte sich mit beiden Händen über den Mund und begann zu husten und zu spucken. »Grauenvoll!«

»Was ist? Hat es geklappt?« Fliege sah ihn mit großen Augen an.

»Von wegen *richtiges Leben! Hauch des Todes* trifft es wohl eher, so wie das schmeckt.« Leon zog den Ärmel seines Hemds lang und strich sich damit über die Zunge.

»Ja, aber spürst du etwas? Fühlt es sich anders an als sonst?«, ließ Fliege nicht locker.

»Ich kann nichts Außergewöhnliches bemerken.« Leon betrachtete seine Arme und Beine. »Ehrlich gesagt, glaube ich langsam, dass die Figur überhaupt keine Kräfte besitzt.«

»Vielleicht spürt man es ja nicht gleich«, sagte Fliege fast ein wenig trotzig. Er bückte sich nach der Statue und reichte sie Leon.

»Pst! Hör mal!« Plötzlich hob er ruckartig den Kopf. Leon spitzte die Ohren. Auch er hörte jetzt etwas. Es war Hendriks Stimme. Sie klang mit einem Mal brüchig und gequält und nicht mehr so klar wie sonst. Immer wieder verstummte sein Gesang.

»Verdammt!« Leon sah Fliege entsetzt an. »Ich glaube, jetzt ist Hendrik an der Reihe!«

Sofort kletterten die beiden auf das kleine Schränkchen, das ihnen schon bei ihrem vorigen Besuch als Leiter gedient hatte. Sie stiegen durch die Luke ins Freie und balancierten konzentriert über die nassen Ziegel auf das nächste Haus zu. Das Fortkommen war allerdings alles andere als einfach, denn der Nieselregen hatte den Staub auf dem Dach in einen glatten, rutschigen Belag verwandelt. Auch der Wind war inzwischen deutlich stärker geworden. Er zerzauste ihnen die Kleidung und das Haar und brachte sie immer wieder gefährlich ins Schwanken.

»Hier kann man ja kaum gehen.« Fliege klammerte sich an Leons Hemd fest.

»Ja, sei bloß vorsi...!« Leon kam nicht mehr dazu, seinen Satz zu vollenden. Er spürte einen Ruck, gleich darauf hörte er ein rumpelndes Geräusch, und dann sah er das Buch Richtung Dachkante davonschlittern.

»O Gott! Nein!!!« Wie vom Donner gerührt drehte er sich um. Fliege lag direkt hinter ihm, der Länge nach ausgestreckt auf dem Bauch. Sein Hemd war ihm aus der Hose gerutscht und der kostbare Gegenstand offenbar darunter herausgefallen, als er gestürzt war. Hilflos starrte er Philippes Aufzeichnungen hinterher, die noch einige Meter über die Ziegel ratterten, ehe sie mit einem dumpfen Schlag in der Dachrinne hängen blieben.

»Puh!«, schnaufte Leon. Der Verlust des Buches, der Statue oder der Blätter war wohl mit Abstand das Schlimmste, was ihnen passieren konnte. Aber wie es schien, hatten sie noch einmal Glück gehabt.

Leon zog die Figur hervor und legte sie seinem völlig verdatterten Freund in die Hände. »Gut festhalten!«, rief er Fliege zu.

276

Er warf sich nun ebenfalls auf den Bauch. Wie eine Eidechse robbte er langsam und vorsichtig auf die Dachkante zu, bis das Buch endlich in Griffweite vor ihm in der Rinne lag. Leon streckte den Arm danach aus, da schlug plötzlich ein kräftiger Windstoß den Deckel mit Schwung auf.

Entsetzt schnappte Leon nach Luft. Mit der flachen Hand versuchte er noch, die Zettel darunter festzuhalten, doch es war bereits zu spät. Die vielen Papiere, die Liste, die Beschreibungen und Porträts wurden vom Wind aufgewirbelt, in die Höhe geblasen und segelten in alle Richtungen davon.

Mit weit geöffnetem Mund starrte Leon den weißen Blättern hinterher, die vom Wind wie Herbstlaub über die angrenzenden Dächer getragen wurden.

Der Herr der Krähenmänner

Leon konnte nicht fassen, was gerade geschehen war. Die vielen kostbaren Blätter waren für immer verloren, und – sollte der Tod ihr Angebot ausschlagen – mit ihnen die Hoffnung, seine Freunde und Verwandten jemals wiederzusehen. Doch so schrecklich der Verlust auch war: Er musste jetzt alles daransetzen, den Rest von Philippes Aufzeichnungen zu retten. Ohne sie waren die Verhandlungen von vornherein aussichtslos.

Leon rutschte noch ein klitzekleines Stück vorwärts, um das schwere Buch mit beiden Händen greifen zu können, als sein Blick über die Dachkante nach unten auf die Straße fiel – auf die Sänfte, die Krähenmänner und Hendrik. Der Ärmste saß leicht nach vorne gebeugt auf der Holzkiste und hatte die Arme um den Oberkörper geschlungen. Allem Anschein nach ging es ihm inzwischen so schlecht, dass er seine letzten Kräfte aufbieten musste, um überhaupt weitersingen zu können.

Am liebsten wäre Leon auf der Stelle zurückgelaufen, um ihm und Joseph beizustehen. Doch er wusste, dass er den beiden nur helfen konnte, indem er an seinem Plan festhielt.

Also schnappte er nach dem Buch, drückte es an sich und

kroch die Dachschräge hoch zu Fliege. Der hockte völlig geknickt auf einem der Firststeine und sah ins Leere.

»Es ... es tut mir so leid«, wimmerte er. »Nur meinetwegen wird die Erinnerung an die anderen ausgelöscht werden.« Mit einem verzweifelten Seufzer ließ er den Kopf hängen.

»Nein, es ist nicht deine Schuld«, sagte Leon. »Ich denke, das Schicksal meint es einfach im Moment nicht allzu gut mit uns. Hier ...« Er nahm seinem Freund die Statuette aus der Hand und reichte ihm das Buch.

»Ich bin sicher, du verlierst es nicht noch einmal.«

Fliege lächelte dankbar, stopfte sich das Hemd zurück in die Hose und verstaute das wertvolle Stück wieder darunter.

Sicherheitshalber legten sie den Rest des Weges auf allen vieren zurück, bis sie endlich Philippe Noëls Haus erreichten.

»Jetzt geh schon auf, du ...!« Mit einem beherzten Fußtritt gelang es Leon, das Dachfenster zu öffnen. Die beiden ließen sich nacheinander auf Anatols Bett fallen, kämpften sich durch die üppigen Decken und Kissen und liefen dann unverzüglich durch die schäbige Dachkammer des Riesen ins Treppenhaus.

»Ich hoffe, dass Chlodwig es irgendwie hierhergeschafft hat«, sagte Leon leise, während er unmittelbar vor seinem Freund vorsichtig Stufe für Stufe die hölzerne Treppe hinabstieg. »Vielleicht hat Philippe ihm ja noch etwas Wichtiges erzählt.« Fliege nickte still.

Über den Flur im Erdgeschoss gelangten sie schließlich bis zu dem Zimmer, in dem sie Noël das letzte Mal gesehen hatten. Ängstlich lugten sie um die Ecke des Türrahmens in den abgedunkelten Raum. Bis auf Hendriks Gesang, der gedämpft durch die geschlossenen Fenster drang, war es absolut still. Nicht das kleinste Geräusch war zu hören. Allerdings hing ein unangenehm süßlicher Geruch in der Luft. Fliege deutete auf den alten Mann, der mit geschlossenen Augen wie aufgebahrt auf seinem Bett lag.

»Ist er tot?«, fragte er.

»Wenn er tot wäre, wären wir nicht mehr hier. Schon vergessen?« Leon sah sich im Raum um.

»Chlodwig?«, flüsterte er. »Bist du hier irgendwo?«

Nichts. Von ihrem kleinen Freund fehlte jede Spur.

»Also los!« Fliege lief auf Zehenspitzen vor eines der Regale und ließ seinen Finger nervös über die gläsernen Röhrchen gleiten, während Leon an Philippes Lager trat. Betroffen wanderte sein Blick über den dürren Körper, in dem kaum noch Leben steckte.

»5630 R. B., 5631 K. B., nein, K. R.!«, las Fliege indessen gehetzt die Aufschriften der Etiketten. »Hier ist es so dunkel, dass man die Buchstaben kaum erkennen kann.« Er hielt kurz inne und sah zu Leon. »Was ist eigentlich mit Hendrik? Draußen ist es plötzlich so still.«

Leon erschrak. In der Tat war von Hendriks Gesang nichts mehr zu hören. Das bedeutete nichts Gutes, so viel stand fest. Er machte einen Satz vor eines der Fenster, zog den Vorhang ein wenig zur Seite und blinzelte durch den Spalt nach draußen. Hendrik konnte er von hier aus nicht sehen. Von seiner leicht erhöhten Position aus hatte er jedoch eine perfekte Sicht auf den Platz vor dem Eingang. Und was er dort erblickte, war alles andere als beruhigend.

Einer der Krähenmänner öffnete gerade die Tür der Sänfte. Ein anderer stellte eine kleine Holztreppe auf das Pflaster darunter. Leon war so angespannt, dass er die Hände zu Fäusten ballte und wie versteinert auf die dunkelroten Vorhänge in der Türöffnung des Aufbaus starrte.

Da, ganz plötzlich, trat jemand zwischen den beiden Stoffbahnen hindurch auf die oberste Treppenstufe. Leon duckte sich. Vorsichtig spähte er über die Fensterbank nach draußen.

Die Gestalt war von Kopf bis Fuß in Schwarz gekleidet und trug einen breitkrempigen Hut, sodass ihr Gesicht nicht zu erkennen war. Die Handschuhe, der lange Stoffmantel und die glänzenden Schnallenschuhe wirkten wie aus einer anderen Zeit. In ihrer rechten Hand hielt sie einen geraden, spitz zulaufenden Stock, an dessen oberem Ende ein messingfarbener Knauf saß. In der linken ein kleines silbriges Objekt, das sie jedoch gleich darauf in der Innentasche ihres Mantels verschwinden ließ.

Leons Herz klopfte wie wild, und er atmete hastig.

»Es ... es ist so weit!«, stotterte er. »Ich glaube, jetzt kommt er tatsächlich.« Er machte auf dem Absatz kehrt und sprang quer durch den Raum zu seinem Freund.

»Fliege?«

Fliege rührte sich kein bisschen. Er stand einfach nur da und ließ hilflos den Blick über die endlosen Gläserreihen wandern.

»Lass mich mal!« Leon drängte seinen Freund zur Seite. Mit zittrigen Fingern tastete er sich von Regalbrett zu Regalbrett – von Röhrchen zu Röhrchen. »5926 ... 5814 ... Nein, die Gläser sind nach Zahlen geordnet! Es muss irgendwo hier drüben sein!« Leon machte einen Schritt vorwärts. »5739, 5740, 5741 … 5741?!« Aufgeregt drehte er sich zu Fliege um. »5741 F! Ich glaube, ich hab's gefunden!«

Genau in diesem Moment drang ein seltsames Geräusch durch die Türöffnung aus dem Flur in den Raum. Ein langes Knarzen und gleich darauf das metallische Schlagen eines einrastenden Schlosses.

»D… die Eingangstür!« Das Entsetzen stand Fliege ins Gesicht geschrieben.

Leon nickte. Er hielt den Finger vor seine Lippen, hob mit einer schnellen Bewegung das Glasröhrchen aus seiner Halterung und kniete sich nieder. Mit den Zähnen zog er den Korken aus dem Gefäß und leerte den Inhalt auf den Boden. Ein schwarzer Hemdknopf, ein Stück Angelschnur, eine Patronenhülse und ein paar Kieselsteine kamen zum Vorschein. Leon schob die Gegenstände mit der Fingerspitze auseinander. Er zückte die Statue, fingerte seine Haarlocke aus der Vertiefung in der Rückseite und steckte stattdessen den Knopf in den Hohlraum.

Nun waren im Flur bereits Schritte zu hören. Sie kamen rasch näher und wurden von einem gleichmäßigen Klappern begleitet.

Panisch starrten die beiden auf den Mund der Figur.

»Verdammt! Jetzt mach schon!«, zischte Leon. Er hielt die Statue mit beiden Händen hoch und schüttelte sie. »Atme! Jetzt atme doch endlich!« Fliege knetete seine Finger und sah zur Decke, als würde er beten, als plötzlich ein leises Fauchen zu hören war.

»Gott sei Dank!« Hektisch reichte Leon seinem Freund die Figur, der sofort seine Lippen über die Mundöffnung legte und tief einatmete.

Es dauerte keine Sekunde, da verdrehte Fliege die Augen. Obwohl er sich unmittelbar den Mund zuhielt, begann er ganz fürchterlich zu husten. So laut, dass man ihn mit Sicherheit bis auf die Straße hören konnte. Entsetzt flackerte Leons Blick zwischen Fliege und der Tür hin und her. Er beugte sich vor und griff nach der Statue. Gerade noch rechtzeitig schob er sie unter sein Hemd, denn genau in diesem Augenblick bog die Gestalt um die Ecke. Den Kopf leicht gesenkt und den Hut tief ins Gesicht gezogen, blieb sie, auf ihren Stock gestützt, in der Türöffnung stehen. Ihre Erscheinung war nicht mehr als ein Schattenriss – eine schwarze Silhouette. Und dennoch gab es für Leon nicht den geringsten Zweifel: Vor ihnen stand niemand Geringeres als der Herr der Krähenmänner selbst – der Tod höchstpersönlich.

Leon konnte sich nicht bewegen. Er hielt die Luft an und starrte wie versteinert auf den Durchgang, als der unheimliche Fremde langsam den Kopf hob.

Zum ersten Mal sah Leon sein Gesicht. Die Haut war weiß wie Schnee, die Augen schwärzer als alles, was er je zuvor gesehen hatte. Es war unmöglich zu sagen, ob er alt oder jung, gut oder böse, hässlich oder schön war, denn seine Züge schienen sich von einem Moment zum nächsten zu verändern. Kaum merklich, aber stetig wandelte sich sein Antlitz. Sosehr sich Leon auch bemühte, er konnte dem bohrenden Blick dieses Mannes nicht ausweichen. Obwohl die Augen des Todes schwarz wie die Nacht waren, schienen sie auf eine merkwürdige Art und Weise zu leuchten.

Leon hörte Fliege neben sich laut schlucken, als der bleiche, hagere Mann plötzlich seinen Mund zu einem bizarren Lächeln verzog und über die Schwelle in den Raum trat. Mit ein paar linkischen Schritten bewegte er sich auf Noëls Bett zu. Er sah zu Leon und Fliege und beugte sich, ohne den Blick von den beiden abzuwenden, über den ausgezehrten Körper des alten Mannes.

»Oh!«, hauchte er und legte Philippe behutsam die Hand auf die Stirn. »Jetzt ist es bald so weit!« Seine Stimme klang tief und tragend. Für einen Moment wich sein Lächeln einem traurigen Gesichtsausdruck. Doch schon im nächsten Augenblick verzog er seinen Mund wieder zu einem breiten Grinsen. Es reichte von einem Ohr zum anderen und wirkte so übertrieben, dass es unmöglich echt sein konnte.

Ruckartig wandte er sich nun von Philippe Noël ab, warf seinen Stock von einer Hand in die andere und stolzierte auf Leon und Fliege zu, die sofort erschrocken zurückwichen. Unmittelbar vor Leon blieb er stehen.

»Respekt!«, sagte er und klemmte den Stock unter die Achsel. »Niemals hätte ich gedacht, dass eine Erinnerung so viel Mut aufbringen kann.« Leon kniff die Lippen zusammen. Vor lauter Angst wurde ihm kurz schwarz vor Augen.

Der Tod musterte ihn von oben bis unten, dann wanderte sein Blick zu Fliege. »Seht mich nicht so an! Immerhin bin *ich* es, dem ihr eure Existenz verdankt.« Mit einer eleganten Drehung machte er auf dem Absatz kehrt. »Ja, es ist kaum zu glauben. Obwohl ich eigentlich für das Auslöschen zuständig bin, vermag ich auch solch schöpferische Dinge zu vollbringen!« Er ließ sich auf einem der Stühle neben dem kleinen Tischchen nahe dem Bett nieder, legte den Stock auf der runden Marmorplatte ab und zupfte sich die schwarzen Handschuhe Finger für Finger von den Händen.

»Ihr wisst, weswegen ich hier bin?«

Leon nickte kaum merklich.

»Wegen ihm natürlich!«, beantwortete der Tod seine Frage selbst. Dabei deutete er mit dem Daumen über seine Schulter zu Philippe. »Aber wenn ich ganz ehrlich sein soll …« Nun lehnte er sich vor und rieb sich die Hände. »Ich finde einfach keine Erklärung für *eure* Anwesenheit.« Er neigte den Kopf ein wenig zur Seite, lächelte eigenartig und deutete abwechselnd auf Fliege und Leon. Seine merkwürdige Art wirkte beängstigend. So, als würde er jeden Moment die Beherrschung verlieren.

»Wir m… wir mö…« Leon brachte kein Wort heraus.

»Na los, mein junger Freund! Spuck es ruhig aus!«

»Wir m…möchten Ihnen ein A…Angebot machen«, stammelte Leon gepresst.

»Ein Angebot?« Der Tod sah Leon herablassend an, verschränkte die Arme und lehnte sich zurück. »Glaube mir, in meiner beruflichen Laufbahn hat man mir schon so manches Angebot gemacht. Angebote, Bitten, Versprechen. Lasst mich mal überlegen: *Bitte, nimm mich noch nicht mit …* oder … *Gib mir noch zwei Tage, nur zwei Tage. Ich habe Frau und Kinder!«* Er verzog seine Stimme zu einem jammervollen Winseln.

»Und *ihr*?«, fragte er dann streng. »Was wollt *ihr* von mir? Nein, sagt nichts.« Er bedeutete Leon und Fliege, still zu sein, legte die flache Hand an die Stirn und schloss die Augen. Als er sie wieder öffnete, lächelte er wie ein Kind, das beim Ratespiel gewonnen hat. »Ich glaube, ich kenne euren Wunsch!«, rief er. »Ihr wollt gerne weiterexistieren, hab ich recht?«

»Wir ...« Leon versagte erneut die Stimme. Er zitterte am ganzen Körper. Ihm war schwindelig und übel, und er konnte sich beim besten Willen nicht ausmalen, wie es Fliege gerade erging.

»Nun, so leid es mir tut. Ich kann euch nicht weiterexistieren lassen. Keinen von euch. Egal, was ihr mir dafür bietet«, sagte der Tod mit einer offenbar gespielt erschütterten Miene, als hätte er Leons Gedanken gelesen. »Ihr seid nämlich schon tot – und das schon sehr lange! Nichts weiter als die Seelen längst Verstorbener, die, nebenbei erwähnt, ausschließlich *mir* zustehen.«

»Aber ...« Leon drückte die Figur ganz fest gegen seinen Körper.

»Ja!«, unterbrach der Tod ihn lautstark und erhob sich. »So ist das nun einmal! Das ist der Lauf des Lebens. Aufblühen und Vergehen, Geburt und Tod – so muss das sein, meine Freunde! Und zwar ausnahmslos!« Er schnappte nach seinem Stock und tänzelte mit einigen schnellen Schritten durchs Zimmer zu einem der Regale. Mit einem mitleidigen Gesichtsausdruck betrachtete er die vielen Gläschen. »All die Mühe, völlig umsonst – wie schade. Findet ihr nicht auch?«

Leon und Fliege machten keinen Mucks.

»Ich bin nicht böse, müsst ihr wissen – auch wenn viele das glauben«, flüsterte er geheimnisvoll. »Aber auch nicht gut. Ich mache einfach nur meine Arbeit, versteht ihr? Und ich mache sie schon sehr lange sehr erfolgreich, wie ich finde.«

Klack, klack, klack. Mit einer langsamen Bewegung ließ er das Ende seines Stocks von einem Gläschen zum nächsten gleiten. »Aber ...«, erklärte er dabei ganz ruhig, »wenn man versucht, mich zu betrügen ...«

Mit einem Mal holte er weit mit dem Stock aus und schlug mit voller Wucht gegen das Regal, sodass mehrere der kleinen Gläschen in tausend Scherben zersprangen und sich ihr Inhalt über den gesamten Boden verteilte. Leon und Fliege zuckten zusammen.

»Jaaa!«, schrie er, und seine Augen funkelten vor Zorn. »Dann werde ich richtig böse! Denn eines müsst ihr wissen: Niemand betrügt den Tod, verstanden?! Niemand!«

Völlig entgeistert starrte Leon auf die vielen kleinen Gegenstände und Glassplitter zu ihren Füßen. Beim Anblick der verstreuten Erinnerungsstücke wurde ihm mit bedrückender Klarheit bewusst, dass sie vermutlich nie wieder einem der Bewohner zugeordnet werden konnten.

»Also!« Der Tod drehte den Stock in seiner Hand und trat ganz nahe an Leon heran. »Auch wenn ich sicher bin, dass wir nicht ins Geschäft kommen werden: Wie lautet nun dein Angebot?«

»Die kleine, hölzerne Statue im Tausch gegen unseren Ort und seine Bewohner«, sagte Leon ganz rasch und sehr sachlich, und er war über sich selbst erstaunt, weil er dabei gar nicht stotterte.

Der Tod sah ihn lange schweigend an. Sehr lange, und Leon fiel auf, dass er nicht ein einziges Mal zwinkerte. Nur seine Augen flackerten manchmal ganz kurz zur Seite. »Du hast sie also«, zischte er plötzlich. Dabei verformte sich sein Gesicht zu einer derart hässlichen Fratze, dass Leon erschrocken einen weiteren Schritt zurückwich.

»Bestimmt weißt du, dass ich sie dir ganz einfach wegnehmen könnte«, hauchte der Tod. Er riss den Arm herum und deutete mit der Spitze seines Zeigefingers genau zwischen Flieges Augen. »So wie ihm das Buch!«, rief er dann. Fliege hielt die Luft an.

Aber woher …?! Erst als Leon einen hilflosen Blick mit seinem Freund tauschte, wurde ihm klar, dass der Tod gar nicht in ihren Gedanken gelesen hatte. In Wahrheit presste Fliege das Buch so fest gegen seinen Körper, dass sich die rechteckigen Konturen, für jeden deutlich sichtbar, unter seinem Hemd abzeichneten.

»Gut, meinetwegen. Ich will nicht so sein«, lächelte der schwarze Mann jetzt wieder sanft wie ein Lamm. »Ich schlage euch ein faires Geschäft vor, und auch wenn es für euch beide bald nicht mehr von Bedeutung sein wird – mein überaus großzügiges Angebot lautet wie folgt …« Er spreizte den Daumen seiner linken Hand ab. »Den Riesen gegen das Buch …«, sagte er trocken, dann hielt er auch den Zeigefinger in die Höhe. »… und den Zwerg gegen die Statue. Die beiden sind richtige Menschen. Menschen, die nicht unbedingt jetzt schon sterben müssen. So könntet ihr zwei noch etwas Gutes tun, bevor ihr … na, ihr wisst schon.« Gleich darauf streckte er Leon ruckartig die rechte Hand entgegen und erwartete offenbar, dass der auf der Stelle einschlagen würde. Doch nichts dergleichen geschah.

Ganz im Gegenteil: Leon war bestürzt. Die Krähenmänner hatten nicht nur Anatol, sondern auch Chlodwig in ihre Gewalt gebracht! Aber er konnte doch unmöglich das Buch und die Figur gegen das Leben der zwei tauschen und all die anderen einfach ihrem Schicksal überlassen! Und wer sagte überhaupt, dass der Tod sich an die Abmachung halten würde?

»Aber ... aber was wird dann aus Valmot, den Bewohnern und ... uns beiden?«, wiederholte Leon zaghaft seine Forderung.

Mit einem eigenartigen Grinsen neigte der Tod den Kopf zur Seite. »Ich fürchte, ihr habt mir nicht zugehört«, wisperte er, und seine schwarzen Augen funkelten dabei unheimlich. »Eure Zeit ...« Er richtete seinen bleichen Finger auf Leon und Fliege. »Eure Zeit ist schon lange abgelaufen.«

Im Großen Krieg

Das Angebot des Todes, das Buch und die Figur gegen Anatols und Chlodwigs Leben zu tauschen, war weder fair noch großzügig, fand Leon. Genau genommen war es so niederträchtig, dass der Zorn in ihm hochstieg, bis seine Wut für einen kurzen Moment größer war als all seine Ängste zusammen.

»Und ... und woher wissen wir, ob Sie zu Ihrem Wort stehen?«, brach es plötzlich aus ihm hervor, ohne dass er irgendetwas dagegen unternehmen konnte. Er war von seinem eigenen Auftreten derart überrascht, dass er zu Fliege sah und beinahe entschuldigend die Schultern zuckte. Sein Freund wirkte geschockt. Er sah aus, als würde er jeden Augenblick umkippen. Den Tod hingegen brachte Leons Gefühlsausbruch offenbar kein bisschen aus der Fassung.

»Glaubt mir«, antwortete er ohne jede Regung. »Wenn ich etwas nicht kann, dann ist es betrügen. Im Grunde gibt es nichts Ehrlicheres als den Tod.« Er faltete beide Hände, sah zur Decke und schloss andächtig die Augen, um sie jedoch gleich darauf wieder zu öffnen.

»Und was ist mit euch?«, flüsterte er misstrauisch und hob eine Braue hoch. »Was, wenn *ihr* vorhabt, *mich* zu betrügen? Los!« Gierig beugte er sich vor und deutete auf die ausgebeulten Hemden der beiden. »Lasst mich die Figur und das Buch sehen!«

Leon war unsicher. Dennoch entschloss er sich, dem Tod zu beweisen, dass sie die kostbaren Gegenstände tatsächlich besaßen. Ein gefährliches Spiel, denn ihr Widersacher war ihnen zu jedem Zeitpunkt haushoch überlegen. Zögerlich holte Leon die Figur unter seinem Hemd hervor. Er schlug den Stoff zurück und hielt sie hoch.

In dem Moment, als der Tod das hölzerne Artefakt sah, erstarrte er. Es war nicht zu übersehen, dass er innerlich bebte.

»Das Buch«, flüsterte Leon in Flieges Richtung. »Zeig es ihm!« Doch Fliege stellte sich offenbar taub. Er drückte die Arme fest gegen den Oberkörper und reagierte kein bisschen. Erst als Leon ihn ungeduldig anstupste, folgte er widerwillig seiner Aufforderung.

»Bestimmt denkt ihr, dass ich grausam bin, weil ich euch und die Euren nicht weiterleben lasse«, hauchte der Tod, und sein Blick flackerte dabei unaufhörlich von einem Objekt zum anderen. »Aber glaubt mir: Selbst wenn ich es wollte – ich könnte es nicht, denn es ist die Bestimmung.«

Ohne den Kopf zu heben, sah er auf. »Wollt ihr wissen, wer wirklich grausam ist?«, zischte er bitter. »Wer grausam ist und wer betrügt?«

Mit einer schnellen Bewegung schob er sein Gesicht direkt vor das von Leon. So nahe, dass Leon ganz tief in seine Augen sehen konnte. Wie dunkle Fenster in eine andere Welt kamen sie ihm vor, und ihm war, als würden sie ihn aufsaugen und an einem Ort wieder ausspucken, den nur der Tod selbst kannte.

Leons Angst wurde noch größer. Von einem Moment auf den anderen fühlte er sich wie benommen. Alles um ihn herum schien plötzlich zu wackeln und zu beben, und noch ehe er einen klaren Gedanken fassen konnte, begann sich die gesamte Einrichtung vor seinen Augen aufzulösen. Der Tisch und die Stühle, das Bett mitsamt dem alten Mann, die Regale, die Wände, dann das ganze Haus, die Straße und die Stadt. So verrückt es auch war: Kurz glaubte Leon, sogar bis zum Horizont sehen zu können. Jedoch verhüllten gleich darauf dichte Nebelschwaden seine Sicht, sodass er nicht einmal mehr erkennen konnte, ob Fliege neben ihm stand oder nicht. Er wollte schreien, doch er brachte keinen Ton heraus. Ängstlich tastete er nach seinem Freund, als er plötzlich mit seinem Fuß an irgendetwas hängen blieb, stolperte und der Länge nach mit dem Gesicht im Schlamm landete.

»Fliege?!« Leon wischte sich mit dem Ärmel über die Augen. Er hatte nicht den leisesten Schimmer, was gerade geschehen war und wo er sich befand. Ein Gewirr aus Stimmen war zu hören. Hektische Rufe, ein Zischen und dann ein gewaltiger Knall. Überall um ihn herum fielen Erdbrocken vom Himmel. Leon riss die Arme hoch und hielt sich schützend die Hände über den Kopf.

»Fliiiege!«, schrie er panisch. »Fliege, wo bist du?!« Seine Stimme klang gedämpft. So, als gehörte sie gar nicht zu ihm – als würde jemand anders aus großer Entfernung zu ihm sprechen.

Wieder zischte es. Dann krachte es so gewaltig, dass die Erde bebte und Leon mehrere Meter durch die Luft geschleudert wurde. Vor einer Wand aus Erde und Weidengeflecht kam er zu liegen. Er blinzelte. Sein Körper war über und über mit Schlamm bedeckt, doch er war allem Anschein nach unversehrt geblieben.

Mühsam rappelte er sich auf. Mit beiden Händen wischte er sich den Matsch vom Gesicht. Erst jetzt bemerkte er, dass er knöcheltief im Morast stand. Links und rechts ragten Wände aus Holzpfosten und Sandsäcken in die Höhe, und es roch genau wie nach dem versehentlichen Schuss aus Chlodwigs Flinte.

Fliege hockte mit weit geöffneten Augen neben ihm vor einer Holzleiter und versuchte verzweifelt, mit dem Finger den Schmutz von seiner Brille zu wischen, verteilte den braunen Schlamm jedoch nur gleichmäßig auf den Gläsern. Es war nicht zu übersehen, dass sein Freund der Situation genauso hilflos ausgeliefert war wie er selbst.

»Mein Gott!«, schnaufte Leon. Er packte Fliege am Arm und zog ihn hoch. »Was ist passiert? Wo sind wir?«

»Ich weiß es nicht.« Fliege stützte sich verdattert auf einer Sprosse der Leiter ab. »In einem von Josephs Büchern ist ein Bild von einem Schützengraben. Es sieht so ähnlich aus wie hier.«

»Ein Schützengraben?« Leon sah sich um. »Ich finde, Zwölfjährige haben in Schützengräben nichts verloren. Sehen wir zu, dass wir von hier ver…«

Er wollte gerade weitersprechen, als nicht weit entfernt das Geräusch einer Trillerpfeife und gleich darauf das Brüllen unzähliger Männerstimmen zu hören war. Begleitet wurde das

Furcht einflößende Getöse von einem schrecklichen Knallen und Knattern und von schweren Donnerschlägen, die den ganzen Landstrich erzittern ließen. Ein Regen aus Holzsplittern prasselte auf die zwei nieder, und heiße Metallteile fielen zischend in den nassen Schlamm.

»Verdammt!«, schrie Leon, so laut er konnte. »Nichts wie weg!« Er und Fliege stolperten, so schnell ihre Beine sie trugen, durch den zähen Schlamm den Graben entlang, bis sie endlich einen kleinen Unterstand entdeckten. Er war wie eine Höhle ins Erdreich gebaut. Die Decke war aus dicken Holzbalken gefertigt, die Wände mit massiven Planken gestützt. Oben auf dem Dach lagen Sandsäcke aufgeschichtet. Zumindest vorübergehend würde ihnen dieser Verschlag Schutz bieten.

Atemlos krochen die zwei auf Knien ins Innere. Hier war es feucht, stockfinster, und es stank bestialisch. Immer wenn es in der Nähe laut krachte, erzitterte die ganze Konstruktion, und Sand rieselte durch die Decke auf ihre Köpfe. Aber alles war besser, als von einem heißen Metallsplitter durchbohrt zu werden, fand Leon.

»Sieh mal!«, keuchte Fliege. Er sprang kurz auf, griff nach einer Petroleumlampe, die an einem der beiden Pfosten des Eingangs festgemacht war, und ließ sich sofort wieder neben Leon auf die nassen Planken fallen. »Hast du noch Streichhölzer übrig?« Leon schüttelte den Kopf. Dabei fiel sein Blick nach draußen in den Graben.

Genau in diesem Moment tauchte eine schwarze Silhouette aus dem Nebel. Es war der Tod. In aufrechter Haltung schritt er auf den Eingang des Unterstands zu.

»Vermutlich hat *er* uns hierhergebracht«, sagte Leon leise. »Ich weiß bloß nicht, warum.«

Der Tod bückte sich, trat wortlos ein und nahm dem völlig verstörten Fliege die Lampe aus der Hand. Wie von Geisterhand züngelte in ihrem Glaszylinder eine Flamme hoch, und ein warmer Lichtschein legte sich auf Wände und Boden. Der schwarze Mann stand einfach nur da. Lange sah er die beiden an. Dann wandte er sich um, streckte den Arm aus und leuchtete mit der Lampe ins Dunkel.

Irgendetwas befand sich in dem Raum, allerdings konnte Leon nicht sagen, was es war. Das Licht war sehr schwach, und seine Augen hatten sich noch nicht an die Dunkelheit gewöhnt. Erst nach und nach wandelten sich die schemenhaften Konturen in ein klares Bild.

Leon blinzelte, dann riss er plötzlich entsetzt die Augen auf.

Im hintersten Winkel des Unterstands saßen zwei uniformierte Männer mit gesenktem Kopf auf dem schlammigen Holzboden. Die Beine von sich gestreckt und mit schlaff vom Körper hängenden Armen lehnten sie an der Wand. Direkt neben den beiden, an einem groben Holztisch, saß ein weiterer Soldat. Er lag nach vorne gebeugt mit dem Kopf auf der Tischplatte.

Der Tod schritt auf den Mann zu, hob den Stock und berührte mit der Spitze sachte seinen Helm.

»Ich weiß es noch, als wäre es gestern gewesen«, sprach er mit tragender Stimme. »Ein wahrlich tapferer junger Kämpfer. Bis zu seiner letzten Minute sang er seinen Freunden Mut zu. Hier, in den Gräben des Krieges.« Mit der Lampe deutete er rings um sich.

Er sang ihnen Mut zu?! Starr vor Entsetzen sah Leon zu Fliege.

»Es ist Hendrik«, flüsterte er mit erstickter Stimme. »Der tote Soldat ist bestimmt Hendrik!« Ihm war mit einem Mal so übel, dass er glaubte, sich übergeben zu müssen. Die Hand vor dem Mund, sprang er auf. Dann rannte er aus dem Unterstand ins Freie, wo er sich gegen eine Leiter vor der Grabenwand lehnte und mehrmals tief durchatmete. Auch wenn Leon wusste, dass der Hendrik, den er kannte, nur die Erinnerung an den bedauernswerten Mann in dem Verschlag war, konnte er das Bild des Toten nur schwer ertragen.

Im Augenwinkel sah er nun Fliege aus dem Eingang stolpern. Auch er sah ziemlich mitgenommen aus, erwähnte ihre schreckliche Entdeckung jedoch mit keinem Wort.

»Es hat aufgehört«, sagte er stattdessen.

»Was hat aufgehört?«, keuchte Leon atemlos.

»Na, das Krachen und Knallen.« Fliege sah zum Himmel, und Leon folgte seinem Blick.

Tatsächlich war es absolut still. Nur eine leichte Brise strich durch den schmalen Graben, und immer wenn sich der Luftstrom in den Balken und Brettern verfing, war ein leises Pfeifen zu hören. Auch der Nebel hatte sich inzwischen aufgelöst, und die vorübereilenden Wolken gaben von Zeit zu Zeit den Blick auf das dahinterliegende Blau frei.

»Pst!« Fliege legte Leon die Hand auf die Schulter. »Ich glaube, ich höre eine Stimme.«

Fliege hatte sich nicht getäuscht. Jedes Mal, wenn der Wind in ihre Richtung blies, war ein Wispern zu hören. Es klang eigenartig und kam von irgendwo außerhalb des Grabens.

Leon griff nach der Leiter. Ganz langsam kletterte er Sprosse für Sprosse nach oben. Gerade so weit, dass er über den Wall aus Sandsäcken spähen konnte.

Der Anblick verschlug ihm den Atem. Bis zum Horizont bestand das Land nur noch aus Kratern und Hügeln. Nichts als Erde und Schlamm, so weit das Auge reichte. Kein einziger Baum war zu sehen. Kein Strauch, kein Haus, keine Felder und Straßen. Dafür Stacheldraht und Rauchsäulen, die bis in den Himmel ragten. Überall lagen tote Soldaten und Pferde, und für einen Moment glaubte Leon, in der Hölle gelandet zu sein. Nie zuvor war er an einem schrecklicheren Ort gewesen.

Mit weichen Knien trat er eine Sprosse höher. Er reckte den Hals, um zu sehen, woher die Stimme kam. Da entdeckte er in einem der Krater zwei weitere Soldaten. Einer lag ausgestreckt im Schlamm. Der andere saß aufrecht neben ihm und hielt seinem Kameraden die Hand. Leon kniff die Augen zusammen. Es war völlig verrückt, aber aus irgendeinem Grund kamen ihm auch diese beiden Männer bekannt vor.

Er bedeutete Fliege, ihm zu folgen. Hintereinander kletterten die zwei aus dem Graben. Dann robbten sie auf dem Bauch bis zu dem riesigen Erdloch und lugten vorsichtig über den Rand des Trichters. Leon traf fast der Schlag.

Der leblose junge Mann im Schlamm trug eine Brille. Sein Gesicht war von Schmutz verkrustet, und dennoch konnte man seine Züge deutlich erkennen. Kein Zweifel, es war sein bester Freund. Um einige Jahre gealtert, lag Fliege tot in diesem Krater vor ihnen, und der Mann, der seine Hand hielt, sah haargenau aus wie Leon.

»Das sind wir beide.« Fliege atmete schwer.

»Es ist Philippe«, sagte Leon.

Fliege blickte ungläubig zwischen seinem Freund und den beiden Männern hin und her. »Dann b...bist *du* die Erinnerung Philippes an sich selbst?«

Leon nickte. Beim Anblick der beiden versagte ihm die Stimme.

»Philippe Noël hat *mir* für all das hier die Schuld gegeben«, hörte er plötzlich eine empörte Stimme neben sich sagen. Er hob den Kopf und erkannte, dass der Tod wieder an ihrer Seite war. Ohne ein Geräusch war er ihnen gefolgt. Seltsamerweise war seine Kleidung absolut sauber. Nicht der geringste Schmutz haftete an seinem schwarzen Mantel, seiner Hose und den glänzenden Schnallenschuhen.

Leon und Fliege sprangen auf. Sicherheitshalber entfernten sie sich einen Schritt von der unheimlichen Gestalt.

»Aber ich trage keine Schuld! Für nichts von alledem kann *ich* etwas!«, schnaubte der schwarze Mann aufgebracht, ohne sie weiter zu beachten. »Es sind die Menschen, die diese abscheulichen Dinge tun.« Er streckte beide Arme seitlich vom Körper. »Seht euch nur dieses Inferno an!« Kopfschüttelnd ließ er den Kopf sinken.

»Andererseits ...« Nun sah er wieder auf und grinste, und Leon glaubte in seinem Ausdruck einen Anflug von Schadenfreude zu erkennen. »Wenn sie so weitermachen, geht mir bestimmt nie die Arbeit aus!« Er lachte laut auf, dann betrachtete er Leon und Fliege mit einem irren Blick.

»Noël brach den Vertrag, nachdem seine einzigen beiden Freunde gefallen waren«, flüsterte er. »Weder hielt er sich an das Verbot, Notizen über Valmot zu machen, noch suchte er für mich nach der Figur. Und das nur, um sich an mir zu rächen. An *mir* ...« Er deutete auf sich selbst und verdrehte die Augen, ehe er weitersprach. »Angetrieben von seinem Schmerz, war dieser Mann offenbar besessen von dem Gedanken, mich um all die Seelen zu betrügen. Es scheint, als wollte er durch seine Aufzeichnungen den anderen und sich selbst das ewige Leben schenken. Ob es richtig oder falsch war, kümmerte ihn nicht. Für ihn war es ein Spiel, das er um jeden Preis gewinnen wollte. Ein Spiel um Leben und Tod – und ihr? Ihr wart nichts weiter als seine Spielfiguren.«

Er machte eine kurze Pause und rieb sich nachdenklich das Kinn. »Aber gut, was soll ich sagen? Das ist ja nun alles hinfällig. Noël hat verloren, und ich habe gewonnen. Er wird sterben und seine Erinnerung mit ihm. Die große Ordnung wird wiederhergestellt, und alles wird sein, wie es immer war.«

Leon und Fliege warfen einander einen wissenden Blick zu.

Nichts von dem, was der Tod erzählte, entsprach der Wahrheit, da war Leon sich ganz sicher. Im Gegensatz zu ihnen kannte der Philippes Aufzeichnungen ja nicht. Ohne jeden Zweifel war Philippe Noël verbittert gewesen, als seine beiden letzten Freunde im Krieg gefallen waren. Vermutlich so verbittert, dass er sich seitdem nicht mehr an den Vertrag gebunden fühlte. Doch dass er seine Notizen nur angefertigt hatte, um sich am Tod zu rächen, konnte Leon einfach nicht glauben. Vielmehr war er überzeugt, dass es die Liebe zu seinen Freunden und Verwandten gewesen war, die Philippe so hatte handeln lassen. Ihre Existenz sollte unter gar keinen Umständen ein weiteres Mal ausgelöscht werden.

Warum er sich nie auf die Suche nach der Statue gemacht hatte, konnte Leon allerdings nur erahnen. Wahrscheinlich aus der Überzeugung heraus, dass ihr Versteck der einzig sichere Ort vor dem Tod und seinen schwarzen Jägern war. Einmal aufgestöbert, wäre es nur eine Frage der Zeit gewesen, bis der Herr der Krähenmänner sie ihm abgenommen und Valmot und seine Bewohner gleich darauf ausgelöscht hätte. Leon fuhr sich durch sein struppiges Haar. Was auch immer Noël geplant oder unternommen hatte, dachte er bedrückt, welchen Unterschied machte es jetzt noch? So, wie die Dinge lagen, waren all die Bemühungen des Mannes ohnehin umsonst gewesen.

Leon war gerade dabei, seine Gedanken zu ordnen, da schossen plötzlich links und rechts, vor und hinter ihm, die Regale mit den Gläschen aus dem Boden. Vor seinen Augen erschienen Decke, Fenster und Boden des Raums, der Tisch, die Stühle und gleich darauf das Bett mit dem alten Philippe. Noch ehe Leon begriff, was um ihn herum geschah, befand er sich wieder im Hause Philippe Noëls und sah tief in die dunklen Augen des Todes.

Es war, als hätte er den Raum niemals verlassen.

Der Augenblick der Entscheidung

Die Bilder des Krieges waren so eindringlich gewesen, dass Leon wie betäubt dastand und ins Leere starrte. Erst nach einer Weile erwachte er aus seiner Benommenheit. Aber was war geschehen? Hatte er sich den Schützengraben, den Kriegslärm und die vielen toten Soldaten bloß eingebildet, oder waren er und Fliege tatsächlich auf mysteriöse Weise an jenen furchterregenden Ort gereist?

Gedankenverloren fühlte Leon nach der Figur in seinem Hemd – und zuckte erschrocken zusammen. Die Statue war verschwunden! Er riss den Kopf zur Seite und sah Hilfe suchend zu seinem Freund, der ebenfalls panisch mit beiden Händen auf seinem Oberkörper herumklopfte. Allem Anschein nach war auch das Buch nicht mehr dort, wo es eigentlich sein sollte. Erst als der Tod einen Schritt zur Seite trat, entdeckte Leon die beiden Gegenstände. Sie lagen nebeneinander auf dem kleinen Tischchen in der Mitte des Raums. Wie sie dorthin gekommen waren, wusste er nicht. Für ihn gab es jedoch nur eine mögliche Erklärung: Der Herr der Krähenmänner musste ihnen die Objekte abgenommen haben, während sie auf ihrer merkwürdigen Reise in die Vergangenheit gewesen waren.

Leon wippte nervös vor und zurück. Er dachte fieberhaft darüber nach, wie sie wieder in den Besitz der beiden kostbaren Stücke kommen konnten. Da ertönte plötzlich ein merkwürdiges Geräusch. Eine leise Melodie, die klang, als käme sie aus einer Spieluhr.

»Meine Güte! Die Arbeit ruft!« Sofort fuhr der Tod mit der Hand in seinen Mantel, wühlte darin herum und zog gleich darauf einen kleinen, silbrigen Gegenstand hervor. Leon erkannte ihn sofort wieder: Es war das schimmernde Objekt, das der hagere Mann in der Hand gehalten hatte, als er aus der Sänfte gestiegen war.

Die Ähnlichkeit mit einer Taschenuhr war kaum zu übersehen. Statt der Zeiger eines Ziffernblatts drehten sich jedoch mehrere metallene Scheiben leise surrend auf seiner Vorderseite im Kreis. Der Tod drückte auf einen Knopf am Rand der eigentümlichen Apparatur, und die Musik verstummte.

»Mein Exidometer zeigt an, dass Noëls Zeit gekommen ist«, erklärte er, und auch wenn es seltsam war: Er wirkte dabei ehrlich betroffen, und seine Augen glänzten feucht. Anscheinend erfüllt er seinen Auftrag gar nicht, weil er Gefallen daran findet, dachte Leon. In der Tat wirkte es so, als bewegten ihn echte Gefühle bei der Ausübung seiner Pflicht.

»Ich bin jedes Mal aufs Neue ergriffen«, bestätigte der Tod Leons Eindruck, während er an das Bett trat, sich über Philippe beugte und ihm sachte übers Haar strich. »Nun heißt es Abschied nehmen.« Mit einem verklärten Blick betrachtete er den Alten. »Auch wenn du nicht aufrichtig zu mir gewesen bist«, murmelte er leise, »ich war es immer – und vor allem bin ich es jetzt.« Er hob den Kopf. »Möchtet ihr noch etwas sagen, bevor sein Ende gekommen ist? Immerhin ist es ja auch das eure.«

Leon musste laut schlucken. Genau wie Fliege stand er reglos da und sagte kein Wort.

Der Tod zuckte die Schultern. »Wie ihr meint.« Er lehnte sich vor und breitete seinen Mantel über Philippes Körper.

Leon wusste, dass nun der Augenblick der Entscheidung gekommen war. Falls der Zauber der Statue nicht gewirkt hatte, waren dies vermutlich die letzten Momente ihrer Existenz. Falls doch, würden er und Fliege aller Voraussicht nach weiterleben. Dann allerdings mussten sie das Buch und die Statue um jeden Preis zurückbekommen, um ihren Freunden und Verwandten helfen zu können.

Leon ließ den Tod nicht aus den Augen. Er wartete kurz ab, dann stupste er Fliege unauffällig an, zeichnete hastig mit den Händen die Konturen der Figur in die Luft und zeigte auf sich selbst. Gleich darauf deutete er mit einem Rechteck die Form des Buches an, richtete den ausgestreckten Zeigefinger auf seinen Freund und anschließend auf den Durchgang in der Mauer. Fliege nickte und hob bestätigend den Daumen.

Also gut!, dachte Leon. Er nahm seinen ganzen Mut zusammen und wollte eben losstarten, um sich die Statue zu schnappen, da verspürte er plötzlich einen stechenden Schmerz in der Brust. Ein überwältigendes Gefühl der Trauer schnürte ihm von einer Sekunde auf die andere den Hals zu. Mit Tränen in den Augen stand er da – unfähig, sich auch nur einen Millimeter zu bewegen.

Leon fühlte, wie das Leben aus Philippes Körper wich, und

die Angst vor dem, was gleich geschehen würde, war mit einem Mal so groß, dass er am liebsten laut geschrien hätte. Ängstlich kniff er die Augen zusammen und lauschte seinem Atem, während ihm Gedanken an seine Mutter, seine kleine Schwester, seine Freunde und an die Häuser und Plätze Valmots durch den Kopf gingen. Mit pochendem Herzen wartete er darauf, dass sich die ewige Dunkelheit über ihn breiten und er in wenigen Augenblicken nichts mehr empfinden würde.

Doch es geschah – gar nichts.

Nach einer Weile wagte Leon, vorsichtig die Augen zu öffnen. Fliege stand reglos neben ihm und betrachtete völlig entgeistert seine Hände. Philippe Noël war gestorben, aber er und sein bester Freund waren noch da.

Verwirrt sah Leon zum Bett. Der Tod war gerade dabei, sich den Mantel zu richten. Er steckte die seltsame Apparatur zurück in seine Tasche und betrachtete nachdenklich den leblosen Körper des alten Mannes. Dann wandte er sich dem kleinen Tischchen mit dem Buch und der Statue zu und streckte die Hände nach ihnen aus, als sein Blick an Leon und Fliege hängen blieb. Fassungslos verharrte er in seiner Bewegung. Für einen kurzen Moment schien die Zeit stillzustehen. Keiner sagte ein Wort – niemand rührte sich.

»Die Statue!«, durchbrach die Stimme des Todes plötzlich die Stille, und sein Gesicht formte sich zu einer derart hässlichen Fratze, dass Leon vor Schreck beinahe das Blut in den Adern gefror. »Oh, ihr Unglückseligen!«, rief er. »Ihr habt die Macht der Statue entfesselt!« Der schwarze Mann schloss die

Augen. »Diese Torheit werdet ihr mit eurem Leben bezahlen! Mit dem Leben, das ihr euch zu Unrecht angeeignet habt!« Er hob beschwörend die Arme und warf den Kopf in den Nacken. Ein langes Hauchen, ein dröhnendes, kehliges Geräusch entströmte dem Mund des unheimlichen Wesens.

Leon und Fliege tauschten einen entsetzten Blick, als mit einem Mal Flammen aus den Regalen, aus den Ritzen zwischen den Bodenbrettern, aus der Matratze, den Stühlen und Vorhängen schlugen. Überall um sie herum begann es zu brennen, und innerhalb kürzester Zeit wurde es im Raum so heiß, dass die Röhrchen in den Regalen der Hitze nicht länger standhielten. Eines nach dem anderen zerbarst in tausend kleine Splitter, die wie winzige Geschosse durch das brennende Zimmer zischten. Leon hielt die Hände über den Kopf, um nicht von den Scherben getroffen zu werden.

»Das Buch!«, schrie Fliege. Seine Stimme war in dem Getöse kaum zu verstehen. »Das Buch und die Figur!« Durch den dichten Qualm zeigte er hektisch in die Mitte des Raums.

Nichts wie weg!, dachte Leon. Er schnappte Fliege am Arm, machte einen Satz vorwärts und stürzte durch die Flammen auf das kleine Tischchen zu. Doch gerade als er nach dem Buch und der Statue greifen wollte, loderten plötzlich helle Stichflammen aus dem Buchdeckel und der hölzernen Oberfläche der Figur.

»Oh nein!« Blitzschnell zog Leon die Hand zurück. Er hielt den Ärmel seines Hemds vor Nase und Mund, stieß die beiden Gegenstände vom Tisch und versuchte, die Flammen mit seinem Schuh auszutreten. Aber es war bereits zu spät. Die wertvollen Artefakte brannten lichterloh. Ihm und Fliege blieb nichts anderes übrig, als sie zurückzulassen und ihre eigene Haut zu retten.

Verzweifelt stolperten sie durch den brennenden Türrahmen aus dem Raum. Auch der gesamte Flur stand bereits in Flammen. Dennoch gelang es ihnen, die hölzerne Treppe zu erreichen. So schnell sie nur konnten, hasteten sie die Stufen nach oben. Bei jedem Schritt knackte und knisterte es unter ihren Füßen, und das Feuer züngelte zwischen den Stäben des Geländers hindurch, als wollte es nach ihnen greifen.

Endlich erreichten sie das Dachgeschoss. Nacheinander polterten sie durch die Maueröffnung in Anatols kleine Kammer, als die Treppe plötzlich direkt hinter ihnen in sich zusammenbrach. Mit gewaltigem Getöse stürzten die brennenden Teile der Holzkonstruktion zwei Stockwerke in die Tiefe.

Atemlos sah Leon zurück zu dem Loch in der Wand. »D... das gibt's doch gar n...« Er kam nicht mehr dazu, seinen Satz zu vollenden, denn eine Druckwelle aus Rauch, Staub und Funken schoss plötzlich durch die Maueröffnung. Der heiße Luftstoß war so stark, dass er ihn und seinen Freund von den Beinen riss. Dann war es still. Bis auf das wütende Rumoren der Feuersbrunst tief unter ihren Füßen war nichts zu hören.

»Fliege?«, hustete Leon. »Alles in Ordnung?«

»Ich ... ich denke schon.« Benommen rappelten sich die zwei in die Höhe.

Leon zupfte sein Hemd aus der Hose und wischte sich mit dem Stoff den Staub aus dem Gesicht. »Hörst du das Feuer?«, schnaufte er. »Es wird sich schon bald einen anderen Weg nach oben suchen. Wir müssen von hier verschwinden, und zwar schnell!«

»Ja«, keuchte Fliege. »Aber der einzige Fluchtweg führt durch das Fenster, und das ist viel zu weit oben!« Er stützte sich mit beiden Händen auf die Knie und hob den Kopf. »Wie sollen wir denn da jemals raufkommen?«

Leon überlegte fieberhaft. »Das Bett!«, rief er dann. »Wir verwenden es als Leiter! Los, hilf mir!« Gemeinsam und unter größten Mühen schoben sie die riesige Matratze vom Lattenrost. Dann kippten sie den Bettrahmen und lehnten ihn so gegen die Wand, dass sie sich an den Sprossen des Untergestells bis zur Kante des Fensters hangeln konnten. Durch die Öffnung sah Leon, dass sich bereits die Dämmerung über die Stadt gelegt hatte. Er streckte sich, griff nach dem Rahmen und zog sich nach oben ins Freie. Kaum war er auf dem Dach angelangt, reichte er Fliege die Hand und half seinem Freund nach draußen. Sie sprangen auf die Beine und kletterten auf schnellstem Wege über die Dächer zurück zu LaViolettes Haus.

Als sie die Dachluke erreichten, blickten sie wortlos zurück. Über dem brennenden Haus verdunkelten gewaltige, schwarze Rauchschwaden den Himmel. Ihr beißender Gestank raubte Leon beinahe den Atem.

»Und …?«, fragte Fliege mit erstickter Stimme. »Was soll jetzt aus den anderen werden? Ich meine, das Buch und die Statue sind ja …« Er biss sich auf die Unterlippe.

»Ich weiß es nicht.« Leon legte den Arm um die Schulter seines Freundes und sah ihm tief in die Augen. »Ich weiß nur eines«, sagte er leise. »Wir sind noch da.«

Hintereinander ließen sich die beiden durch die Luke in den Dachbodenraum hinab. Sie kletterten über die Hühnerleiter zurück ins Treppenhaus und liefen die vielen Stufen nach unten in den Verkaufsraum von Ernestos Laden. Es war niemand zu sehen. Nur der große Deckenventilator drehte sich mit einem leisen Quietschen langsam im Kreis.

Als sie den Verkaufstresen erreichten und durch den Durchgang in den Nebenraum lugten, sahen sie Mariettas Großvater auf dem roten Sofa sitzen.

»Da seid ihr ja!« Ernesto LaViolette kratzte sich am Kopf. »Ich frage mich gerade …« Der alte Mann versuchte aufzustehen, aber er war anscheinend noch zu schwach, und so ließ er sich zurück in die Polsterung sinken. »Ich frage mich, wo euer Freund geblieben ist? Ihr wisst schon, der Pilot?« Ratlos blickte er um sich.

»Joseph«, half Fliege ihm. »Eigentlich haben wir gehofft, dass Sie uns sagen können, wo er ist.« Irgendwie machte der alte Mann einen verwirrten Eindruck. Von Joseph fehlte allerdings tatsächlich jede Spur.

Leon trat vor das große Schaufenster und sah nach draußen. Auch Hendrik war nirgendwo zu sehen. Nur die hölzerne Kiste stand nach wie vor an ihrem Platz in der Mitte der gepflasterten Straße.

»Bleib du bei LaViolette«, flüsterte Leon Fliege über seine Schulter hinweg zu. »Ich sehe nach, ob die beiden vor die Tür gegangen sind.« Obwohl er wusste, dass das Verschwinden seiner Freunde wahrscheinlich mit Philippes Tod in Zusammenhang stand, wollte er dennoch nichts unversucht lassen.

Er zog die Glastür auf, trat in den Windfang vor dem Laden und spähte um die Mauerkante zu Noëls Haus.

Vom Wind angefacht, schossen meterhohe Flammen aus den Fensterhöhlen. Immer wieder war das Geräusch berstenden Glases zu hören. Das Knacken und Krachen der brennenden Holzbalken klang furchterregend, und wenn herabfallende Mauerteile auf der Straße aufschlugen, bebte der Boden. Die Krähenmänner waren verschwunden – genau wie die Sänfte ihres Herrn.

Leon wollte sich gerade zu Fliege umdrehen, um ihm Bericht zu erstatten, als er plötzlich ein lautes Wiehern hörte. Er kniff die Augen zusammen und starrte konzentriert auf die dichten Rauchschwaden, die sich wie eine schwarze Walze durch die enge Straße schoben. Da tauchte mit einem Mal die Silhouette von Anatols Wagen schemenhaft aus dem Qualm hervor. Das völlig verängstigte Pferd schob das Fuhrwerk rückwärts vom Brandherd weg.

Ohne zu zögern, sprang Leon auf die Fahrbahn, lief zu dem verstörten Tier und griff nach dem Zaumzeug.

»Brrrrrr! Ist ja gut!« Mit der flachen Hand strich er über den Hals des Rosses. Selbst hier, einige Häuser weiter, war es so heiß, dass Leon schützend den Arm vor sein Gesicht halten musste, um die Hitze ertragen zu können. »Los, komm!«, sagte er zu dem Pferd. »Nur noch ein paar Meter die Straße hinunter, dann haben wir es geschafft.«

Leon wendete das Fuhrwerk und führte es ein Stück weit in Richtung des Ladens, als er plötzlich wie angewurzelt stehen blieb. Ein Rasseln und Scharren, ein Kratzen und Schlagen war zu hören. Erschrocken wandte er sich um. Der Lärm klang, als liefe unmittelbar hinter ihm ein wildes Tier an einer Kette auf und ab.

Leon ließ das Geschirr aus der Hand gleiten. Vorsichtig machte er einen Schritt auf das Fuhrwerk zu. Je näher er kam, desto lauter wurde das Geräusch. Es bestand nicht der geringste Zweifel: Die Furcht einflößenden Laute kamen aus dem Aufbau des Pferdewagens.

Ein schrecklicher Verlust

Leon stand mitten auf der Straße und starrte ängstlich auf den hölzernen Kasten. Sosehr er sich auch bemühte, er konnte keine sinnvolle Erklärung für das merkwürdige Rumoren im Inneren des Aufbaus finden. In jedem Fall war das Ganze ziemlich unheimlich. So unheimlich, dass er beschloss, erst mal zu Fliege und Ernesto LaViolette zurückzulaufen.

Er machte auf dem Absatz kehrt und ging schnellen Schrittes auf den Laden zu, als es plötzlich hinter seinem Rücken laut krachte. Das Geräusch splitternden Holzes und ein wütendes Schnaufen waren zu hören. Sofort rannte Leon los. In Windeseile legte er das letzte Stück des Weges zurück, ohne sich auch nur ein einziges Mal umzusehen. Erst als er den Eingang von Ernestos Laden erreicht hatte, riskierte er einen Blick.

»Das gibt's doch nicht!«, keuchte er. »Fliege! Komm schnell! Das musst du dir ansehen!« Durch die offen stehende Glastür winkte er seinen Freund zu sich.

Die beiden Holztüren am hinteren Ende des Aufbaus waren aus den Angeln gerissen. Nebeneinander lagen sie auf dem Pflaster der Straße. Was aber noch viel unglaublicher war: Aus der leeren Öffnung ragten zwei riesengroße Stiefel. Gewaltige Lederstiefel, die Leon augenblicklich wiedererkannte.

»Es ist Anatol!«, rief er aufgewühlt. »Er lebt!«

»Waaas?!« Fliege stürzte ins Freie. Mit großen Augen sah er zu dem Pferdefuhrwerk.

Tatsächlich! Der Riese saß an der Kante des Wagens und kratzte sich am Kopf. Dann stand er auf, schüttelte seinen Körper, drehte sich um und beugte sich durch die Öffnung ins Innere. Gleich darauf hob er etwas daraus hervor.

»Oh, nein!«, entfuhr es Leon, als er sah, was Anatol in seinen Armen hielt. Es war Chlodwig. Der kleine Kerl war völlig reglos. Offenbar war er ohne Bewusstsein. Genau wie Anatol trug auch er einen schweren Metallring um seinen Fußknöchel. Man hatte die beiden anscheinend in Ketten gelegt, ehe sie in ihren hölzernen Käfig gesperrt worden waren.

»Los!« Leon und Fliege sprangen von den Stufen und hasteten auf ihre verschollen geglaubten Freunde zu.

Als Anatol die beiden bemerkte, verzog sich sein Mund zu einem breiten Lächeln. Er sagte etwas zu Chlodwig, der daraufhin blinzelte, die Augen öffnete und ebenfalls zu ihnen herübersah.

»Chlodwig ist nicht tot!«, japste Fliege, während er übers Pflaster hetzte.

»Gott sei Dank!«, schnaubte Leon. Der Tod hatte sein Wort gehalten. Ihre beiden Freunde waren am Leben.

Als sie den Wagen erreichten, setzte Anatol Chlodwig behutsam auf der Kante des Aufbaus ab, dann schloss er Leon und Fliege in die Arme. So fest, dass Leon die Luft wegblieb.

»Was für ein Glück!«, brummte der Riese erleichtert. »Uns haben die Krähenmänner erzählt, dass sie euch ausgelöscht hätten. Stimmt doch?« Er sah zu seinem kleinen Freund. »Das haben sie doch gesagt, oder?«

»Ja, haben sie«, bestätigte Chlodwig Anatols Worte. »Und auch, dass wir als Nächstes dran wären. Umso mehr freue ich mich, euch zu sehen.«

Der kleine Mann wirkte sehr erschöpft. Seine Stimme klang schwach und brüchig. Er musterte Leon und Fliege von oben bis unten. »Und?«, fragte er dann. »Habt ihr Philippes Auf-zeichnungen retten können?« Leon sah zu Boden.

»Alles ist dem Feuer zum Opfer gefallen. Das Buch, die Sta-tue, Philippes Erinnerungsgläser, das Haus und er selbst.« Er fühlte einen Kloß in seinem Hals, während er sprach. »Es ist ein Wunder, dass *wir* lebend aus dieser Hölle fliehen konnten.« Leon nickte schwach in Richtung des Feuers.

Der Wind hatte inzwischen gedreht. Er hatte die Rauch-schwaden aus der Straße geblasen und so die Sicht auf Phi-lippes brennendes Haus freigegeben. Erst in diesem Augen-blick schien Anatol zu begreifen, was geschehen war. Entsetzt schlug er sich beide Hände an den Kopf.

»Mein Meister!«, rief er verzweifelt. »Mein Meister ist tot – in den Flammen gestorben! Was ... was für ein schreckliches Ende!« Er legte die Stirn an die hölzerne Wand des Aufbaus und begann so bitterlich zu schluchzen, dass der ganze Wagen wackelte.

Leon tauschte einen betretenen Blick mit Chlodwig und Fliege. »Nein«, sagte er dann sanft. »So war es nicht. Philippe ist friedlich eingeschlafen. Das Feuer ist erst danach ausgebro-chen.«

»Bist du sicher?« Anatol wischte sich mit beiden Zeigefingern die Tränen aus den Augen.

»Ja, ganz sicher. Wir waren dabei.«

Die Nachricht vom Ableben Philippe Noëls schien auch Chlodwig schwer zu treffen. Mit hängenden Schultern saß er an der Ladekante und sah an den beiden vorbei ins Leere.

»Ich habe Philippe wirklich gemocht«, murmelte er. Nach einem Moment des Schweigens hob er den Blick. »Ihr habt die Statue also tatsächlich gefunden und zurückgebracht?« Leon und Fliege nickten.

»Aber wo habt ihr sie aufgestöbert, und wieso ist sie verbrannt?«

In aller Eile berichtete Leon von seinem Flug mit dem roten Doppeldecker. Er erzählte von der Bunkeranlage, dem Absturz vor den Toren Quentins und, gemeinsam mit Fliege, von der Begegnung mit dem Tod. Wie unglaublich all ihre Erlebnisse für Anatol und Chlodwig klingen mussten, begriff Leon erst, als er in ihre weit aufgerissenen Augen sah.

»Und die anderen?«, fragte Chlodwig, nachdem sie ihre Ausführungen beendet hatten. »Was ist aus euren Freunden und Familien geworden? Und aus dem Mädchen? Wo habt ihr Marietta gelassen?«

»Marietta?!« Leon erschrak zutiefst. Niemand wusste, wie es um Valmot und seine Bewohner stand und ob Marietta in Sicherheit war oder nicht. Er packte Fliege bei den Oberarmen. »Chlodwig hat recht! Wir müssen sofort aufbrechen!«

»Und was soll aus Joseph und Hendrik werden?«, entgegnete sein Freund.

»Es würde mich nicht wundern, wenn die beiden sich bereits auf den Weg nach Valmot gemacht haben«, sagte Leon, obwohl er genau wusste, dass das gelogen war. Niemals würde Joseph sie alleine zurücklassen, so viel stand fest. Aber er wollte Fliege einfach ein wenig Hoffnung machen. Der sah ihn allerdings nur mit einem verständnislosen Blick an, machte kehrt und lief zurück zu dem Laden des Alten. Die drei folgten ihm.

In dem kleinen Hinterzimmer angekommen, stellte Leon Herrn LaViolette Anatol und Chlodwig vor. Dann berichtete er aufgeregt von ihrem Vorhaben, auf der Stelle Richtung Valmot aufzubrechen, um nach Marietta und den anderen zu sehen.

»Moment!« Der alte Mann blickte erwartungsvoll zu Leon auf. »Sag mir erst, ob *der Herr der Krähenmänner* euer Angebot angenommen hat.«

»Nein, aber wenn er denkt, dass wir deswegen aufgeben, irrt er sich gewaltig!« Trotzig stemmte Leon die Hände in die Hüften. Den Verlust des Buches und der Statue erwähnte er mit keinem Wort. Wie groß seine Sorgen um Marietta und die Bewohner Valmots waren, verschwieg er ebenfalls.

Der Alte sah ihn traurig an. Irgendwie schien er zu ahnen, dass Leon ihm nicht die ganze Wahrheit erzählte. Dennoch fragte er nicht weiter nach.

»Ich komme mit euch!«, sagte er stattdessen. »Immerhin geht es hier um meine Enkeltochter.« Wieder wollte er sich erheben, doch auch diesmal versagten seine Beine. Unmöglich konnte er sie auf ihrer gefährlichen Reise nach Valmot begleiten. Aber sie konnten den alten Mann in diesem Zustand auch nicht alleine zurücklassen, fand Leon.

»Nein, Herr LaViolette, bringen Sie sich nicht auch noch in Gefahr. Bleiben Sie hier. Immerhin kann es sein, dass sich Marietta bis hierher durchschlägt. Einer von uns sollte bei Ihnen bleiben«, schlug er daher vor.

»Ach was, ich komm schon klar.« Mürrisch winkte Ernesto mit der Hand ab. »Ihr seid die, die in Gefahr sind. Ihr und mein Enkelkind. Hier in dem Schrank ist mein Gewehr.« Er sah zu Anatol auf und zeigte auf den Einbauschrank am Fuße des Regals, aus dem er vor zwei Tagen erst die Zeichenmappe mit dem blauen Band gezogen hatte. »Munition und eine Lampe müssten sich ebenfalls darin befinden.«

Der Riese bückte sich. Er öffnete die Schranktüren, holte die alte Flinte, zwei Schachteln mit Patronen und eine etwas verrostete Taschenlampe hervor.

»Bitte bringt mir mein kleines Mädchen zurück.« Ernesto atmete schwer. Die Nachricht von den gescheiterten Verhandlungen mit dem Tod raubte ihm offenbar die letzten Kräfte. Er drückte einem nach dem anderen die Hand, und Leon versprach, alles daranzusetzen, Marietta zu finden und mit ihr so bald wie möglich zurückzukehren.

Es war bereits dunkel, als sie das Haus verließen und den Pferdewagen bestiegen. Leon und Fliege kletterten in den hölzernen Aufbau, während Anatol und Chlodwig auf dem Kutschbock Platz nahmen.

»Hü!«, rief der Riese, und das Fuhrwerk setzte sich mit einem Ruck in Bewegung.

Leon sah zurück zu Noëls Haus. Dichter, schwarzer Qualm zeichnete sich vor dem Sternenhimmel ab, während die inzwischen herbeigeeilte Feuerwehr im Schein der Flammen gegen den Brand kämpfte. Die Männer riefen sich Kommandos zu, richteten den Wasserstrahl ihrer Schläuche auf die Fensterhöhlen und näherten sich dabei Schritt für Schritt dem brennenden Gebäude. Erst als der Pferdewagen um eine Ecke bog, verlor Leon sie aus den Augen.

Dann holperte die Kutsche eine Zeit lang durch die engen, verwinkelten Gassen Quentins, und schon bald rollten sie über die lange Verbindungsstraße Richtung Valmot.

Im Inneren des Laderaums war es stockfinster. So dunkel, dass Leon seinen Freund nicht erkennen konnte, obwohl er ihm genau gegenübersaß. Nur wenn Chlodwig die Taschenlampe kurz einschaltete, um Anatol den Weg zu leuchten, blitzte ein schwacher Lichtschein durch die kleine Fensteröffnung hinter dem Kutschbock.

»Hast du es auch erlebt?«, fragte Leon nach einer Weile zögerlich.

»Was erlebt?«, antwortete Fliege aus dem Dunkel.

»Na, den Krieg! Ich meine, warst du mit mir dort ... in diesem Schützengraben und auf dem Schlachtfeld?«

Kurz war es still.

»Ja«, sagte Fliege dann. »Und glaube mir, es kann einem echt den Tag vermiesen, wenn man sich selbst tot im Schlamm liegen sieht.«

»Verständlich«, gab Leon zurück. »Trotzdem bin ich erleichtert. Ich dachte schon, ich hätte mir das alles nur eingebildet. Ich meine, ich habe schon befürchtet, dass ich nicht mehr ganz richtig im Kopf bin oder so.«

»Du warst doch noch nie ganz richtig im Kopf«, flüsterte Fliege.

»Idiot!« Leon verpasste seinem Freund einen freundschaftlichen Stoß. Für einen kurzen Moment hatte er das Gefühl, als sei alles wieder wie früher. Aber er wusste natürlich, dass das nicht stimmte – dass die Dinge niemals mehr so sein würden, wie sie einmal gewesen waren.

Für einige Zeit sagte keiner ein Wort. Nur das gleichförmige Geräusch der metallbeschlagenen Räder auf dem Asphalt war zu hören.

»Denkst du, wir sind jetzt richtige Menschen?«, brach Fliege plötzlich sein Schweigen. »Ich kann nämlich nicht den geringsten Unterschied zu vorher bemerken.«

»Ich auch nicht«, gab Leon zurück. Dabei warf er einen Blick durch die große Öffnung am hinteren Ende des Wagens. Die vielen Lichter der Stadt funkelten am Horizont, und dort, wo sich die Straße mit Philippes Haus befand, erhellte ein rötlicher Lichtschein den Himmel.

»Ehrlich gesagt …«, fuhr er dann fort. »Ehrlich gesagt hoffe ich, dass es nicht so ist. Wenn wir richtige Menschen geworden sind, dann stimmt alles, was Philippe und Wertheimer geschrieben haben. Und das wiederum würde bedeuten, dass die anderen …« Er verkniff sich den Rest.

»Dass die anderen aufgehört haben zu existieren«, vollendete Fliege Leons Satz.

Obwohl Leon wusste, dass Fliege ihn nicht sehen konnte, nickte er.

Schweigend fuhren sie weiter Richtung Heimat, und je länger sie unterwegs waren, desto müder wurde Leon. Immer wieder fielen ihm die Augen zu, dann nickte er ein.

Plötzlich rumpelte und polterte es gewaltig, und der Wagen wurde so kräftig durchgeschüttelt, dass Leon in hohem Bogen von seiner Sitzbank flog und unsanft auf den Bodenbrettern landete. Von einer Sekunde auf die andere war er hellwach.

»Brrrrrr!« Anatols tiefe Stimme drang durch das kleine Fenster. Dann hielt der Pferdewagen.

»Alles klar?«, fragte Fliege aus der Dunkelheit.

»Das werden wir gleich feststellen«, gab Leon zurück. Er zog sich an der Bank hoch, trat vor die Öffnung und sah nach draußen.

»Was ist denn passiert?«

»Wir haben uns offenbar verfahren«, grunzte Anatol über seine Schulter. »Chlodwig, mein Navigator, hat wohl eine Abzweigung verpasst.«

»Unsinn!«, verteidigte sich sein kleinwüchsiger Freund. »Es gab nicht eine einzige Abzweigung. Das ist der richtige Weg – es *muss* der richtige Weg sein, weil es nur diesen einen Weg gibt.«

»Wieso verfahren? Was meint ihr?«, fragte Leon benommen.

»Na, die Straße!« Anatol nickte vor sich in die Dunkelheit. »Sie hört hier einfach auf.«

»Was?!« Fliege und Leon wandten sich um. Sie liefen zur Türöffnung und sprangen vom Wagen. Es war absolut nichts zu sehen. Kein einziger Stern prangte am Himmel, und auch der Mond zog es anscheinend vor, sich in dieser Nacht nicht zu zeigen. Nur das Zirpen Abertausender Grillen erfüllte die Nacht.

Als Anatol und Chlodwig endlich zu ihnen stießen, erkannte Leon im Lichtkegel der Taschenlampe, dass die Straße tatsächlich wenige Meter hinter dem Pferdewagen abrupt geendet hatte. Anatols Fuhrwerk war über das Fahrbahnende hinweg in eine Wiese gepoltert und stand nun leicht schief zwischen hohen Gräsern mitten in der Landschaft. Leon hatte nicht den blassesten Schimmer, wo sie gelandet waren, wieso die Straße hier einfach aufhörte.

»Darf ich mal?« Er griff nach der Lampe. Doch just in dem Augenblick, als er sie Chlodwig abgenommen hatte, flackerte das Licht kurz auf, dann verlosch es.

»He!«, brummte Anatol. »Mach sie wieder an!«

»Das war ich nicht«, erklärte Leon. »Sie ist von selbst ausgega…« Noch ehe er seinen Satz vollenden konnte, leuchtete die Lampe wieder.

»Na bitte!«, zeigte sich Anatol zufrieden. »Geht doch. Vermutlich ein Wackelkontakt – oder die Batterie«, grunzte er.

Langsam ließ Leon den Lichtkegel über die Wiese streifen. Nichts. Alles, was er sah, waren lange Grashalme, Heuschrecken und ein paar Nachtfalter, die aufgeregt im Schein der Lampe umherflatterten.

»A…aber ich verstehe das nicht«, stammelte er. »Wo sind wir hier?« Er sah zu Fliege, als plötzlich etwas in der Wiese raschelte. Ruckartig drehte er sich in die Richtung, aus der das Geräusch kam. »Seht mal! Dort drüben!« Leon deutete auf ein paar Halme, die in einiger Entfernung hin und her wogten.

Sofort riss Anatol das Gewehr vors Gesicht und zielte in die Dunkelheit. »He, du!«, brüllte er. »Zeig dich, sonst verpass ich dir 'ne Ladung Blei!«

Die Drohung des Riesen schien zu wirken, denn nicht weit entfernt bewegte sich nun etwas zwischen den Gräsern. Leon hob die Lampe hoch, um besser sehen zu können, als das Licht mit einem leisen *Klick* erneut ausfiel.

»Mist!« Er schüttelte die Lampe und schlug mit der Hand gegen ihr Gehäuse. Doch es half nichts. Sie war nicht mehr anzuschalten. Das Rascheln jedoch kam unaufhaltsam näher und näher, bis es unmittelbar vor den vier Freunden verstummte.

Leon hielt die Luft an. Er machte keinen Mucks. Was immer hier durchs Gras schlich, er wusste, dass es sich nun genau vor ihnen befand. Sein Herz raste, und seine Knie zitterten. So stand er, die Lampe in der erhobenen Hand, an seinem Platz und bewegte sich keinen Millimeter.

Da blitzte mit einem Mal das Licht wieder auf.

»Mein Gott!« Laut schnaufend ließ Leon die Lampe sinken. »Du lebst!« Es war einfach nicht zu fassen: Direkt vor ihm stand Marietta. Ihr weißes Kleid war zerschlissen – der Stoff von oben bis unten mit Erd- und Grasflecken übersät.

»Ich habe euch nicht erkannt«, sagte sie leise. »Der Schein der Lampe hat mich geblendet.« Ein zaghaftes Lächeln huschte über ihr Gesicht. Dann fielen sich die beiden um den Hals. Leon drückte seine Freundin ganz fest, so glücklich war er, sie zu sehen. Doch Marietta wirkte gar nicht gesund. Ihr Gesicht war bleich und ausdruckslos.

»Und die anderen?«, fragte Leon aufgeregt und leuchtete

hektisch in die Gegend. »Morelli, meine Mutter und der Rest der Bewohner? Wo sind sie?« Er wünschte sich so sehr, dass im nächsten Augenblick einer seiner Freunde aus der Dunkelheit hervortauchen würde, als das Mädchen plötzlich seine Hand nahm und ihm tief in die Augen sah.

»Ihr müsst jetzt stark sein«, sagte sie dann. »Es tut mir sehr leid, aber ... aber sie sind alle fort.«

Leon fühlte, wie die Verzweiflung in ihm hochstieg. Bis zuletzt hatte er gehofft, dass doch noch alles gut gehen würde, aber nun hatte er Gewissheit. Marietta sah betreten zu Boden, als Fliege den Arm um die Schulter seines Freundes legte. »Valmot hat sich aufgelöst«, flüsterte er kaum hörbar. »Die Häuser sind verschwunden, die Bewohner, die Tiere und die Felder. Die Verbindungsstraße endet genau dort, wo Valmot einst begann.« Für einen Moment schwieg er. »Wir sind zu richtigen Menschen geworden. Aber unsere Erinnerung ist nicht stark genug, um die Bewohner weiterleben zu lassen.« Fliege ließ den Kopf sinken. »Es ist vorbei – unsere Heimat hat aufgehört zu existieren.«

Der Schmerz, den Leon in diesem Augenblick empfand, war so groß, dass er glaubte, ihn nicht ertragen zu können. Er fiel auf die Knie, schloss die Augen und hoffte, dass der Tod zurückkehren würde, um auch ihn zu holen.

Dann fühlte er plötzlich gar nichts mehr. Nichts außer Dunkelheit und Stille.

Ein besonderer Geburtstag

Leon blinzelte. Vorsichtig ließ er seine Augen im Kreis wandern. Angezogen lag er auf einem Bett. Ein Bett, das er nicht kannte – genau wie den kleinen Raum, in dem es sich befand. Die Wände waren mit einer beigefarbenen, alten Tapete beklebt, der Boden aus groben Holzplanken gezimmert, und von der Decke baumelte ein verbeulter, dunkelgrüner Lampenschirm aus Blech. Es roch nach Staub. Durch die geschlossene Jalousie direkt über dem Kopf des Bettes drang ein wenig Sonnenlicht ins Zimmer. Wo um alles in der Welt war er, und wie war er hierhergekommen?

Als Leon den Kopf hob, fiel ihm ein Stein vom Herzen.

»Fliege!«, schnaufte er. Sein Freund saß auf dem Fußende des Betts und lächelte ihn an. »Wo bin ich?«, fragte Leon verwirrt.

»Im Haus von Mariettas Großvater«, erwiderte sein Freund. »Wir leben jetzt hier.«

»Aber ...?« Leon hatte Mühe zu verstehen, was passiert war.

»Du hast zwei ganze Tage geschlafen«, erklärte Fliege.

»Zwei Tage?!« Leon setzte sich auf und rieb sich mit beiden Händen übers Gesicht. »Dann war alles nur ein Traum?« Kurz hatte er die Hoffnung, dass seine Freunde und Verwandten gar nicht verschwunden waren. Dass sie noch existierten und in Valmot auf ihn warteten. Doch Flieges Ausdruck ließ ihn schnell begreifen, dass er sich irrte.

»Nein.« Sein bester Freund schüttelte den Kopf. »Wir beide sind die Einzigen, die übrig sind.«

Eine Weile sahen die zwei sich wortlos an, dann klopfte Fliege Leon mit der Hand aufs Bein. »Los, komm! Das Frühstück wartet!« Er erhob sich.

Leon ließ sich zurück aufs Kissen fallen. »Nein danke. Kein Hunger.«

»Ich verstehe.« Fliege öffnete die Tür. »Aber vom Verkriechen hat keiner was. Komm einfach nach, wenn du so weit bist«, sagte er, trat nach draußen und zog die Tür hinter sich zu.

Leon sah zur Decke. Er dachte an Philippe Noël. Genau so musste er sich gefühlt haben. Damals, als er in seinem Alter gewesen war. Valmot existierte nicht mehr. All seine Freunde und Verwandten waren mit dem kleinen Ort untergegangen. Der Schmerz war so unerträglich, dass Leon die Tränen in die Augen schossen und er die Lippen aufeinanderpresste.

Ja, und er fühlte sich schuldig. Schuldig, nicht wie die anderen ausgelöscht worden zu sein. Während er und Fliege zu richtigen Menschen geworden waren, hatten sie es noch nicht einmal fertiggebracht, Noëls Aufzeichnungen zu retten. So war es den Menschen auch nicht möglich, die Bewohner kennenzulernen, sich an sie zu erinnern und sie auf diese Weise vor dem Untergang zu bewahren. Aber nun war es zu spät.

Warum Marietta nichts zugestoßen war, konnte er sich nicht erklären. Sie war den Bewohnern begegnet, war an vielen Orten Valmots gewesen, und dennoch hatte der Tod sie verschont. Wären Fliege und Marietta wie die anderen verschwunden, er würde nicht länger weiterleben wollen, dachte Leon.

Noch eine ganze Weile blieb er liegen. Dann kroch er mit Mühe aus dem Bett, zog sich seine Schuhe an und verließ auf wackeligen Beinen das Zimmer. Er schleppte sich durch den Gang im zweiten Stock bis zur Treppe und wankte Stufe für Stufe ins Erdgeschoss. Da er keine Ahnung hatte, wo im Hause LaViolette das Frühstück eingenommen wurde, folgte er den Stimmen der anderen, bis zu einem kleinen Raum unweit des Treppenaufgangs.

Als er durch den Türrahmen sah, traute er seinen Augen nicht. Fliege, Marietta, Anatol und Chlodwig standen nebeneinander hinter einem schön gedeckten Frühstückstisch, dessen Mitte eine große Torte mit Zuckerguss und bunten Kerzen zierte.

»Weißt du, was heute ist?«, fragte Fliege feierlich.

»Ja, mein Geburtstag«, sagte Leon leise und rang sich ein Lächeln ab. Wenn er ganz ehrlich war, hatte er noch nicht einen einzigen Gedanken daran verschwendet.

»Und nicht nur das!« Marietta hielt ein Streichholz hoch, entzündete es und steckte eine Kerze nach der anderen an. »Eins, zwei, drei ...«, zählte sie. »... zehn, elf, zwölf ...« Sie machte eine kurze Pause und sah bedeutungsvoll zu Leon auf. »Dreizehn! Heute ist nicht irgendein Geburtstag. Heute wirst du DREIZEHN!« Das Mädchen blies das Streichholz aus, schritt auf Leon zu und umarmte ihn. »Alles Gute!« Marietta küsste Leon auf beide Wangen. Dann drückten ihn alle der Reihe nach.

Ja, in der Tat leuchteten zum ersten Mal in Leons Leben dreizehn Kerzen auf seiner Geburtstagstorte. Doch er konnte sich nicht darüber freuen. Er wünschte sich, dass seine Mutter und Schwester hier wären – und Joseph. Dass sie mit ihm feiern würden – ihn ebenfalls drücken und umarmen und ihm dazu gratulieren würden, ein richtiger Mensch geworden zu sein.

»Mein Großvater verspätet sich etwas«, erklärte Marietta. »Der Arzt hat ihm Bewegung verordnet, also ist er zur Bäckerei gelaufen, um frische Brötchen zu holen.«

Fliege zog für seinen Freund einen freien Stuhl unter dem Tisch hervor. »Es tut uns leid«, sagte er. »Wir haben noch kein Geschenk für dich, aber das reichen wir nach, versprochen!«

»Hauptsache, ihr seid alle da.« Leon holte tief Luft, blies alle Kerzen auf einmal aus und ließ sich auf den Stuhl plumpsen. »Brötchen und Torte – danke, das ist sehr nett von euch«, murmelte er, obwohl er wusste, dass er nicht einen einzigen Bissen runterkriegen würde, so elend, wie er sich fühlte.

Genau in diesem Moment bog Ernesto LaViolette um die Ecke. Die Zeitung unterm Arm, eine Milchflasche in der einen und eine prall gefüllte Papiertüte in der anderen Hand, stand er im Türrahmen.

»Oh!« Als er Leon sah, hoben sich seine Augenbrauen. »Der Jubilar ist aufgewacht. Das ist gut«, sagte er. »Sogar sehr gut.« Er trat an den Tisch, legte die Zeitung ab und drückte Fliege die Backwaren in die Hand. »Ich stelle nur schnell die Milch in den Eisschrank – dann werde ich mich auch bei dir gebührend bedanken und dich hochleben lassen.« Mit diesen Worten machte er kehrt und verschwand durch die Tür nach draußen.

»Möchtest du nicht die Torte anschneiden?«, fragte Chlodwig und rieb sich die Hände.

Leon sah von einem zum Nächsten. Obwohl seine Freunde sich die größte Mühe gaben, sie zu überspielen, war die Bedrückung deutlich in ihren Gesichtern zu erkennen.

»Etwas später«, sagte er. Ihm war so flau im Magen, dass schon der bloße Gedanke an Buttercreme und Schokostreusel zu viel war.

»Sieh mal! Eines mit Sesam. Du magst doch Sesam!« Fliege zupfte mit Daumen und Zeigefinger ein Brötchen aus dem Papiersack und streckte es Leon entgegen. »Du musst etwas essen«, sagte er bestimmt. »Jetzt mach schon!«

»Ich sagte doch bereits, dass ich …«

Plötzlich riss Leon die Augen weit auf. Er schnappte nach Luft und starrte völlig entgeistert auf die Schlagzeile der gefalteten Zeitung.

»Was ist denn los?«, brummte Anatol. Fliege, Chlodwig, Marietta und der Riese erhoben sich von ihren Stühlen und beugten sich über den Tisch.

Atemlos deutete Leon auf die Überschrift. Er war so überwältigt, dass es ihm die Sprache verschlug.

Wer kennt die mysteriösen Unbekannten?, titelte die *Tagespost* in dicken, fetten Lettern. Und das war noch nicht alles: Direkt

unter der Titelzeile waren zwei von Mariettas Porträts abgedruckt. Das Bild des Bürgermeisters und das von Enrico Morelli!

»Aber ... aber das sind ja meine Zeichnungen!«, entfuhr es
dem Mädchen.

»Wahnsinn!« Fliege schnappte nach Luft.

Da Leon sich nicht sicher war, ob er noch träumte, kniff er
die Augen zusammen und öffnete sie erneut. Nein, er hatte
sich nicht getäuscht. Die Zeitung berichtete tatsächlich über
die Bewohner Valmots. Aber wie war das möglich? Langsam
und konzentriert ließ er seinen Blick über den Text unter den
beiden Bildern wandern.

*Nachdem die geheimnisvollen Flugblätter von aufmerksamen
Bürgern gefunden und bei der Behörde abgeliefert worden waren ...,*

stand hier geschrieben,

*... die Untersuchungen der Polizei bisher jedoch zu keinem Ergeb-
nis geführt haben, ersucht die Behörde nun die Bevölkerung um
Mithilfe.*

Leon griff nach der Zeitung und klappte sie auseinander. Über
mehrere Doppelseiten waren die Zeichnungen der Bewohner
abgedruckt. Daneben konnte man die Beschreibungstexte lesen, die Philippe auf die kleinen Zettel gekritzelt hatte. Bild für
Bild strich Leon mit seinem Finger über die Gesichter. Fliege,

Hendrik und die alte Kornell waren ebenso abgebildet wie seine Mutter, seine kleine Schwester Valerie und die anderen Bewohner Valmots. Erstaunlicherweise waren auch die Porträts von Joseph und ihm selbst zu sehen.

»Dich und Joseph habe ich aus dem Gedächtnis gezeichnet«, erklärte das Mädchen stolz, als hätte es in seinen Gedanken gelesen. »Eigentlich gar nicht so schlecht, findet ihr nicht auch?«

Leon nickte geistesabwesend. Er konnte einfach nicht fassen, was geschehen war. Flieges Sturz auf dem Dach war also gar kein schrecklicher Schicksalsschlag gewesen. Nein, wie es schien, war das Herunterfallen der Zettel der allergrößte Glücksfall, den man sich nur vorstellen konnte! Unweigerlich wären die kostbaren Papiere den Flammen zum Opfer gefallen, hätte der Wind sie nicht zuvor über die Straßen der Stadt verteilt. So konnten die Menschen sie finden, aufsammeln und zur Polizei tragen, dachte Leon. Mit zittriger Stimme las er weiter:

Quentin: Auch zwei Tage nach dem verheerenden Brand am Stadtrand gibt es laut Polizeiangaben keine verwertbaren Spuren. Das Rätsel um die gefundenen Porträts wird hingegen immer mysteriöser. Haben die Unbekannten etwas mit dem Feuer zu tun? Bisher weiß niemand, ob es sich bei den Abgebildeten um vermisste oder verstorbene Personen – womöglich sogar um eine Bande von Brandstiftern – handelt. Auch ein übler Scherz kann laut einem Sprecher der örtlichen Polizei nicht ausgeschlossen werden. Inzwischen wurde die Untersuchung auf die benachbarten Bezirke ausgeweitet. Der Fall ist so ungewöhnlich, dass man eines mit Fug und Recht behaupten kann: Das ganze Land spricht zurzeit von nichts anderem.

»Das ganze Land spricht von nichts anderem?!« Leon schnellte von seinem Stuhl hoch. »Ihr wisst doch, was Noël geschrieben hat! Wenn so viele Menschen an die Bewohner Valmots denken, dann ... dann sind sie vielleicht doch noch alle am Leben!« Er bedeutete Fliege und Marietta, ihm zu folgen. Leon war so aufgewühlt, dass er Hals über Kopf aus dem Raum stolperte und quer durch Ernestos Laden Richtung Eingang hastete.

»Was denn ...?« Der alte Mann war gerade mit einer Kanne Tee auf dem Weg zum Speisezimmer. »Warum habt ihr es denn plötzlich so eilig?«

»Wir kommen bald wieder!« Leon wollte eben durch die Tür ins Freie laufen, als ihn Marietta zurückhielt.

»Warte!«, rief das Mädchen. »Sie werden euch doch sofort erkennen.«

»Du hast recht.« Leon ließ den Türknauf los und drehte sich um. »Aber wie sollen wir ...?«

»Die Brille«, unterbrach ihn Fliege. Dabei deutete er auf die Hosentasche seines Freundes.

Längst hatte Leon die falsche Brille aus Morellis Verkleidungskiste vergessen. Er lächelte seinen Freund dankbar an, fuhr mit der Hand in seine Tasche, holte das Brillengestell hervor und schob es sich auf die Nase. Glücklicherweise war es noch ganz.

»Und Fliege?«, fragte er dann an Marietta gewandt.

»Moment!« Ihre Freundin verschwand in dem kleinen Hinterzimmer mit dem roten Sofa. Kurz darauf kehrte sie zurück. In der Hand hielt sie einen breitkrempigen Strohhut.

»Ein Erbstück meines Urgroßvaters«, sagte sie, während sie Fliege den Hut auf den Kopf drückte und so tief in die Stirn zog, dass von seinem Gesicht kaum noch etwas zu erkennen war. »Ich denke, das sollte genügen, was meint ihr?«

»Ein schwarzes Modell habt ihr vermutlich nicht?«, fragte Fliege kleinlaut.

»Ist doch jetzt völlig egal!« Leon zog die Tür auf, und die drei verließen den Laden.

Zahlreiche Schaulustige standen in der schmalen Straße rund um Philippes zerstörtes Haus. Das Gebäude war bis auf die Grundmauern niedergebrannt. Ringsum lagen Trümmer auf dem Gehweg, es roch nach verbranntem Holz, und in den Pfützen des Löschwassers spiegelte sich der strahlend blaue Himmel. Langsam und mit gesenkten Köpfen schritten Leon, Fliege und Marietta zwischen den aufgeregt diskutierenden Passanten hindurch die Straße entlang.

»Wer diese Leute wohl sind?«, murmelte ein älterer Herr mit Schnurrbart. Er hatte seinen Spazierstock über den Unterarm gehängt, um besser in der *Tagespost* blättern zu können. »Sehen Sie nur! Dieser hier soll sogar Pilot sein!« Mit dem Handrücken klopfte er auf Josephs Porträt.

»Ach, woher, ein Pilot!«, wehrte die gut gekleidete Dame neben ihm ab. »Wenn das keine Verbrecher sind, fresse ich einen Besen.«

Der Mann bedachte die Frau mit einem verächtlichen Blick. »Na, dann: Guten Appetit, Teuerste!«, höhnte er, machte kehrt und ging davon.

Immer mehr Menschen strömten in die kleine Straße. Männer, Frauen und Kinder. Sie alle hielten die Morgenausgabe in den Händen, deuteten auf das zerstörte Haus und diskutierten lautstark.

Das Gedränge war bald so groß, dass die drei beschlossen, den Schauplatz zu verlassen. Vorbei an unzähligen Zeitung lesenden Bürgern Quentins liefen sie durch die verwinkelten Gassen, bis sie plötzlich zwischen zwei Brandmauern auf eine riesige Straße stolperten. Sie waren offenbar mitten im Zentrum der Stadt gelandet.

Zum ersten Mal sah Leon einen der prächtigen Boulevards, von denen er sein ganzes Leben geträumt hatte. Der Anblick war so herrlich, dass er vor Aufregung beide Hände vor den Mund schlug. Vornehm gekleidete Bürger, luxuriöse Geschäftsportale und feine Restaurants, so weit das Auge reichte.

Egal wohin er sah: Überall waren die Menschen in die neueste Ausgabe der *Tagespost* vertieft. Unter Straßenlaternen und Alleebäumen, in den schattigen Gastgärten und Lauben der Straßenlokale standen und saßen sie. Konzentriert blätterten sie von einer Seite zur nächsten – vor und zurück.

So wie die vielen Menschen von Quentin würden an diesem Morgen Hunderttausende seine Lieben in der Zeitung betrachten, dachte Leon. Sie würden ihre Vorlieben, ihre Eigenarten und ihre Geschmäcker kennenlernen, sich ihre Gesichter einprägen – und … ja, sich womöglich für immer an sie erinnern.

Als er den Blick über die breite Straße wandern ließ, spürte er zum ersten Mal, dass er ein anderer geworden war. Er fühlte sich verwundbar und vergänglich – und dennoch mächtiger als je zuvor. Denn er besaß nun eine Gabe, die ihm bis vor Kurzem fremd gewesen war. Eine Gabe, die, so unscheinbar sie auf den ersten Blick auch wirken mochte, gewaltiger war als der Tod selbst. Es war die Macht der Erinnerung.

»Lasst uns zurück nach Hause gehen«, sagte Leon leise. »Meine Mutter und Joseph würden bestimmt wollen, dass ich meinen ersten Geburtstag als Mensch richtig feiere.« Fliege und Marietta warfen einander einen fragenden Blick zu. Sie hatten offenbar verstanden, dass Leon mit »nach Hause« nicht Valmot meinte.

»Bist du sicher?« Fliege schob sich den Strohhut aus dem Gesicht.

»Ganz sicher«, lächelte Leon.

»Na, dann.« Die drei kehrten zu Ernestos Laden zurück. Den Rest des Tages feierten sie mit Anatol, Chlodwig und Herrn LaViolette Leons dreizehnten Geburtstag. Sie lachten, aßen und tranken, und die ganze Zeit über hatte Leon das Gefühl, als feierten all die anderen mit ihnen. Als es Abend wurde, verabschiedeten sich der Riese und sein kleiner Freund, und Mariettas Großvater verließ bald darauf das Speisezimmer, um sich schlafen zu legen.

Nur Leon, Fliege und Marietta blieben zurück. Bei Kerzenlicht saßen sie sich am Esstisch gegenüber.

»Schließt die Augen«, flüsterte Leon, »und denkt an Valmot.« Alle drei schlossen ihre Augen. »Und?«, fragte er. »Was seht ihr?«

»Ich sehe die Gassen, die Straßen, den Springbrunnen und die Weizenfelder«, murmelte Fliege. »Moment ... jetzt sehe ich Joseph. Ja, Joseph vor seiner Werkstatt und Hendrik, der singend in seiner neuen, blauen Uniform ...« Ihm versagte die Stimme.

»Ich sehe sie auch«, sagte Marietta. »Und es scheint ihnen gut zu gehen.«

Leon atmete tief ein und aus. Gleichzeitig mit den anderen öffnete er die Augen. »Schwört mir, dass ihr sie niemals vergesst – genauso wie unsere Heimat. Wir haben ein ganzes Menschenleben zur Verfügung. Genug Zeit, um die Erinnerung zu bewahren, sie weiterzugeben und so am Leben zu erhalten.«

»Drei ganze Menschenleben.« Marietta deutete auf Fliege, Leon und sich selbst.

»Drei ganze Menschenleben«, wiederholte Leon. Er schob seine Hand in die Mitte des Tisches. »Ich schwöre«, sagte er dann.

Ohne zu zögern, legte Marietta die ihre darüber. »Ich schwöre.«

Zuletzt legte Fliege seine Hand auf die von Marietta. »Ich schwöre«, sagte auch er.

Die Kerzen flackerten kurz auf, als Leon sich erhob, vor das Fenster trat und die Flügel öffnete.

Er legte den Kopf in den Nacken und sah zum Himmel. Nachdenklich betrachtete er die vielen glitzernden Sterne, und genau in diesem Augenblick wusste er, dass sie alle noch da waren. Seine Mutter, Valerie, Joseph, Hendrik und die anderen. Sie hatten eine neue Heimat gefunden. Ein Zuhause, das ihnen keiner mehr nehmen konnte. Kein Krieg, kein Feuer und auch nicht der Herr der Krähenmänner. Eine Heimat in der Erinnerung der Menschen.